Hermann

Hesse

수레바퀴 밑에

수레바퀴 밑에
Unterm Rad

헤르만 헤세 지음 | 홍성광 옮김

현대문학

차례

제1장

도매업자이자 중개인인 요제프 기벤라트 씨는 마을의 다른 사람들에 비해 이렇다 할 장점이나 특성이 없었다. 그는 여느 사람들처럼 어깨가 떡 벌어진 건장한 체격이었다. 그런대로 장사 수완이 괜찮았던 그는 진심으로 돈을 숭배하는 마음을 뻔뻔하게 드러내는 사람이었다. 그는 조그만 정원이 딸린 아담한 집과 조상 대대로 내려오는 가족 묘지를 소유하고 있었다. 그의 종교관은 약간 계몽되어 있었지만 점차 고리타분해졌다. 그는 신과 공권력에 대해서는 적당히 존경을 표했지만, 시민적 예의범절이라는 확고한 규범에는 맹목적으로 복종했다. 그래서 제법 술을 마시기는 했어도 취하도록 마신 적은 없었고, 장사를 하면서 더러 떳떳지 못한 일을 하기도 했지만 관례상 허용된 한계를 벗어나지는 않았다. 그는 가난한 사람은 가난뱅이라고, 돈 많은 사람은 허풍선이라고 욕을 했다. 시민 단체의 회원인 그는 금요일마다 '독수리' 주점에서 열리는 구주희* 놀이에 참석했다. 라구**를 먹는 날이나 소시지 수프를 먹는 날은 물론이고 빵 굽는 행사에도 어김없이 참석했다. 그는 일할 때는 값싼 시가를 피웠지만, 식사 후나 일요일에는 고급 시가를 피웠다.

그의 내면생활은 속물적이었다. 그가 지녔던 정서는 오래전에 먼지처럼 사라져 버렸다. 남아 있는 것이라곤 전통적인 조야한 가족 의식, 자기 아들에 대한 자부심, 그리고 이따금 가난한 사람들에게 베푸는 즉흥적인 자선 정도밖에 없었다. 그의 정신적 능력은 타고난, 엄격한 한계가 있는 간교함과 계산적인 술수를 넘어서지 못했다. 그가 읽는 것이라고는 신문밖에 없었다. 예술 향유의 욕구는 시민 단체가 여는 연례적인 아마추어 공연과 서커스를 보는 것으로 그럭저럭 채워졌다.

이웃의 어느 누구와 이름이나 집을 바꾼다고 해도 그는 무엇 하나 달라지지 않았을 것이다. 그 마을의 다른 가장들과 다를 바 없이 그는 자신보다 월등한 힘이나 인물에 대한 뿌리 깊은 불신과, 자신보다 뛰어나거나 재능 있는 감성적이고 총명한 사람들에 대한 본능적인 적대감을 지니고 있었다.

---

* 지금의 볼링에 해당하는 독일의 전통적인 놀이로, 공을 손바닥 위에 올려놓고 던진다.
** 여러 고기를 다져 양념한 소스를 친 고기 요리.

이 남자에 대한 이야기는 이 정도면 충분하다 하겠다. 그의 천박한 삶과 무의식적인 비극을 묘사하려면 심오한 풍자 작가가 필요하리라. 그에게는 아들이 하나 있었는데, 이제 그 아이 이야기를 하고자 한다.

한스 기벤라트는 의심할 여지 없이 재능 있는 아이였다. 다른 아이들 틈에서 돌아다니는 그의 모습을 바라보면 그가 얼마나 섬세하고 남다른지 충분히 알 수 있었다. 슈바르츠발트의 이 조그만 마을에서는 여태껏 그만한 인물이 나온 적이 없었다. 마을 밖으로 시선을 돌리거나 그 너머의 세계로 영향을 미칠 만한 사람은 아직까지 한 사람도 없었다. 이 소년의 진지한 눈과 영리해 보이는 이마, 단정한 걸음걸이는 누구로부터 물려받았을까. 혹시 어머니로부터? 이미 여러 해 전에 세상을 떠난 소년의 어머니는 살아 있을 때 두드러진 면은 보이지 않았다. 늘 병들고 근심에 싸인 모습이었다. 그의 아버지는 아예 고려의 대상이 아니었다. 그러므로 정말이지 유서 깊은 이 작은 마을에 하늘에서 신비로운 불꽃이 내려온 셈이었다. 지난 800~900년 동안 이 마을에서 유능한 시민들은 많이 나왔지만, 재능이 뛰어난 인물이나 천재는 한 번도 배출된 적이 없었기 때문이다.

훈련받은 관찰자라면 병약한 어머니와 그 가문의 오랜 연륜을 떠올리며, 이런 과잉된 지성을 가진 자의 출현이 그 가문의 퇴화의 조짐이라고 예측했을 것이다. 하지만 다행히도 마을에는 그런 훈련을 받은 사람은 아무도 없었다. 단지 젊고 영리한 공무원과 교사들만이 잡지 기사나 불확실한 소문을 통해 '현대적' 인간이라는 존재에 대해 막연히 알고 있을 뿐이었다. 이곳에서는 차라투스트라*가 한 말을 모르더라도 누구나 교양인 대접을 받으며 살 수 있었다. 그들의 결혼 생활은 견실했고 때로는 행복했다. 하지만 그들의 삶에는 어느 모로 보나 치유 불능인 구식 태도가 배어 있었다. 그들 중에는 20년 동안 수공업을 하다가 공장주로 변신한 마음씨 따뜻하고 부유한 사람들도 더러 있었다. 그들은 공무원들 앞에서는 모자를 벗어 인사하며 친해지려고 했지만, 자기네들끼리 있을 때는 공무원들을 가난뱅이나 서기 나부랭이라고 불렀다. 그렇지만 이상하게도 그 마을 사람들의 가장 큰 야심은 자신의 아들들이 대학을 나와 공무원이 되는 것이었다. 하지만 안타깝게도 그런 바람은 대체로 이루어질 수 없는 꿈에 불과했다. 대부분의 아들들은 라틴어 학교도 힘에 겨워 끙끙대며 낙제를 거듭한 끝에 간신히 졸업하는 수준이었기 때문이다.

한스 기벤라트가 뛰어난 재능을 지녔음은 의심할 여지가 없었다. 교사들이나 교장 선생님, 이웃 사람들이나 마을 목사, 학교 친구들 등 모든 사람이 이 아이가 영특한 두뇌를 지닌 특별한 존재임을 인정했다. 그것으로 그의 미래는 이미 정해지고 확정되었다. 슈바벤 지역에서는 부모가 부유하지 않을 경우 재능 있는 아이들 앞에는 단 하나의 좁은 길밖에 없었기 때문이다. 그 길은

✦ 니체의 주저 『차라투스트라는 이렇게 말했다』에 등장하는 주인공.

주州 시험에 합격하여 신학교에 들어간 후 다시 튀빙겐의 수도원에 들어가 목사가 되거나 대학 강단에 서는 것이었다. 해마다 40~50명의 시골 소년들이 그처럼 평탄하고 안정된 길을 밟았다. 지나치게 공부를 해서 야윈, 새로 견진성사를 받은 그 아이들은 국비로 인문학의 다양한 영역을 섭렵하고서 8년 내지 9년 후, 그들의 인생행로에서 보다 긴 두 번째 여정을 향해 발걸음을 내딛게 된다. 그들은 그러한 길을 걸으며 자신들이 받은 혜택을 국가에 갚아야 한다.

몇 주 뒤에 주 시험이 예정되어 있었다. 해마다 벌어지는 헤카톰베⁺를 통해 국가는 주에서 머리가 매우 뛰어난 젊은이들을 선발한다. 시험이 치러지는 동안 도시와 마을에서는 수많은 가족들이 시험 장소인 주도州都를 향해 한숨과 기도, 소원을 보낸다.

이 작은 마을에서는 유일하게 한스 기벤라트를 힘겨운 주 시험이라는 경쟁에 내보낼 예정이었다. 그 명예는 대단했다. 그렇지만 그가 거저 명예를 얻은 것은 아니었다. 그는 매일 오후 4시까지 학교 수업을 받았고 그에 이어 교장 선생님의 그리스어 수업도 받았다. 다시 6시에는, 마을 목사가 친절하게 베풀어 주는 라틴어와 종교 수업도 받았다. 또한 일주일에 두 번씩은, 저녁 식사를 마친 후 수학 선생님한테 한 시간 동안 개인 지도를 받았다. 그리

⁺ 고대 그리스에서 황소 100마리를 제물로 바치는 예식으로, 여기서는 무척 어려운 주 시험을 일컫는 말이다.

스어에서는 불규칙동사와 불변화사에 의한 다양한 중문 표현이 무엇보다 중요했다. 라틴어에서는 분명하고 간결한 문체를 익히는 것과 특히 운율의 섬세함을 아는 것이 중요했다. 수학에서는 복잡한 비례식의 계산에 주안점을 두었다. 수학 선생님은, 비례식의 계산이 미래의 공부 과정에서 그다지 중요하지 않은 듯 보이지만 실제로는 아주 중요하다고, 몇몇 주요 과목들보다 더 중요할 수도 있다고 주장했다. 냉철하고 설득력 있는 추론의 토대를 제공해 주기 때문이라며.

그런 지적인 훈련을 받느라 한스가 과중한 정신적 부담이나 종교적 결핍에 시달릴까 봐, 어른들은 그에게 학교 수업이 시작되기 전 한 시간 동안 다른 시간을 갖게 했다. 젊은 영혼들에게 신앙적 생기를 불어넣는, 브렌츠*의 교리문답을 배우고 암송하는 시간이었다. 그러나 안타깝게도 한스는 그런 시간의 가치와 축복을 저버리고 말았다. 교리문답서 안에 그리스어와 라틴어 단어들이나 연습 문제를 적은 쪽지를 몰래 끼워 넣고, 그 한 시간 내내 그런 세속적인 지식의 습득에 골몰했던 것이다. 그렇다고 그의 양심이 아주 무뎌진 것은 아니어서, 그는 그 시간 내내 곤혹스러운 불안감과 가벼운 두려움에 시달렸다. 목사가 곁으로 다가오거나 자신의 이름을 호명할 때면 매번 겁을 내며 몸을 움찔했

---

* Johannes Brenz(1499-1570). 독일의 개신교 지도자이자 성직자로 마르틴 루터의 견해를 지지하며 뷔르템베르크의 종교개혁을 주도했다. 그는 성찬식 때 예수가 실제로 재림한다는 루터의 교리를 옹호했다.

다. 답변을 해야 할 때면 이마에 땀방울이 맺히고 가슴이 두근거렸다. 하지만 그의 답변은 흠잡을 데 없이 정확했고, 발음조차도 그러했다. 목사는 그의 이런 재능을 높이 평가했다.

한스는 집에 돌아와서는 정겨운 등불 밑에서 밤늦도록 숙제를 해치웠다. 낮에 있었던 수업 시간에 받은 쓰기와 외우기, 복습과 예습 숙제였다. 그의 담임교사는 가정의 평화와 축복으로 둘러싸인 조용한 분위기에서 공부하면 더 좋은 결과를 얻을 수 있다고 말해 주었다. 한스는 화요일과 토요일에는 보통 10시까지만 공부했고, 다른 날에는 11시나 12시까지, 때로는 더 늦게까지 공부를 하기도 했다. 아버지는 램프 기름을 너무 많이 쓴다고 때로 불평하기도 했지만, 열심히 공부하는 아들의 모습을 흐뭇한 표정으로 자랑스럽게 바라봤다. 한스는 한가한 시간이나, 우리 삶의 일곱 번째 부분을 이루는 일요일에는 학교에서 미처 읽지 못한 작가들의 책을 읽거나 문법을 복습하라는 권유를 받았다.

선생님은 말했다. "물론 무리하면 안 되지, 안 되고말고! 일주일에 한두 번의 산책은 꼭 필요하기도 하거니와 기적을 낳기도 한단다. 날씨가 좋을 때 책을 들고 밖에 나가 보렴. 그 신선한 공기 아래서 공부가 얼마나 쉽고 즐겁게 느껴지는지 알게 될 테니까. 어쨌든 기운을 내려무나!"

그래서 한스는 될 수 있는 한 산책도 공부에 이용했다. 밤을 샌 듯한 피곤한 얼굴과 푸르스름해진 눈가로 조용하나 당당한 표정으로 돌아다녔다.

"기벤라트 학생을 어떻게 생각하십니까? 시험에 합격할까요?" 한번은 담임교사가 교장 선생님에게 물어보았다.

"해낼 거예요. 해내고 말 거예요." 교장 선생님은 환호하듯 말했다. "그 아이는 아주 영특한 아이들 중 하나예요. 주의 깊게 살펴보세요. 그 아이는 참된 지성의 화신이에요."

지난 한 주 사이 그의 지성은 눈에 띄게 더 깊어진 듯했다. 그의 잘생기고 섬세한 얼굴에 있는 움푹 들어간 눈은 불안하게 빛나고 있었고, 이마에는 초조함과 복잡한 생각을 나타내는 가느다란 주름들이 잡혀 있었으며, 보티첼리*의 그림을 연상케 하는 가늘고 마른 팔과 손은 나른한 우아함을 드러내며 축 늘어져 있었다.

이제 시험 날이 코앞에 다가왔다. 한스는 내일 아침 일찍 아버지와 함께 슈투트가르트로 떠날 예정이었다. 그곳에서 치르는 주 시험을 통해, 그는 자신이 신학교의 좁은 문에 들어설 자격이 있음을 보여 줘야 했다. 그는 교장 선생님을 찾아가 작별 인사를 했다. 대하기 어려운 존재인 그 지배자는 헤어지면서 평소와는 달리 부드러운 어조로 말했다.

"오늘 저녁에는 더 이상 공부를 할 필요가 없다. 약속할 수 있

---

* Sandro Botticelli(1445-1510). 이탈리아 피렌체의 초기 르네상스 화가이다. 그의 대표작인 〈비너스의 탄생〉, 〈봄〉은 르네상스의 우아한 정신을 가장 잘 보여 주는 작품으로 간주되기도 한다. 그는 피렌체의 모든 주요 교회들과 로마 시스티나 성당의 종교화를 그렸다.

겠지? 내일 아침에는 아주 상쾌한 기분으로 슈투트가르트에 도착해야 한다. 한 시간가량 산책하고 나서 제때에 잠자리에 들도록 해라. 젊은이들은 잠을 푹 자야 하거든."

한스는 교장 선생님한테서 무서운 충고를 잔뜩 들을 거라 생각했는데, 이처럼 호의적인 말을 들으니 어안이 벙벙했다. 그는 안도의 한숨을 내쉬며 학교에서 나왔다. 교회 옆 언덕 위에 있는 높다란 보리수들은 늦은 오후의 따가운 햇살을 받으며 흐릿하게 빛나고 있었다. 장터 광장에 있는 분수는 반짝이는 물을 뿜어내고 있었다. 들쭉날쭉한 선을 그리는 지붕들 너머로는 검푸른 전나무와 가문비나무로 덮인 산들이 날카롭게 솟아 있었다. 소년은 마치 너무도 오랜만에 본 듯 그 모든 풍경들이 대단히 아름답게 느껴졌다. 머리가 아팠지만, 다행히도 오늘은 더 이상 공부할 필요가 없었다.

그래서 한스는 어슬렁거리며 발걸음을 옮겼다. 천천히 장터를 가로질러 오래된 시청과 골목을 거쳐 대장간을 지나 낡은 다리에 이르렀다. 다리에서 한동안 돌아다니다가, 마침내 다리의 넓은 난간에 걸터앉았다. 지난 몇 달 동안 하루에 네 번씩이나 이 다리를 지나다녔지만, 다리 위에 서서 고딕식의 조그만 예배당을 쳐다본 적은 없었다. 뿐만 아니라 강물이나 수문, 방죽이나 방앗간도 눈여겨본 적이 없었다. 수영을 즐길 수 있는 강이나 수양버들이 늘어진 강변에조차도 눈길을 준 적이 없었다. 강변에는 제혁 공장이 줄지어 늘어서 있었다. 끝이 뾰족한 버드나무 가지들이 휘어진 채 드리워져 있는 호수처럼 깊고 푸른 강물이 잔잔히 흐르고 있었다.

한스는 이 강에서 하루 종일 놀았던 예전 시절을 회상해 보았다. 이곳에서 얼마나 자주 수영하고, 잠수하고, 노를 젓고, 낚시를 했던가. 아, 낚시! 이제는 낚시하는 법조차 거의 잊어버리고 말았다. 지난해에 시험공부를 이유로 낚시 금지령이 내려졌을 때 그는 비통한 심정으로 울부짖었다. 낚시! 그것은 오랜 학창 시절 동안 가장 아름다운 추억거리였다. 수양버들 아래의 옅은 그늘에 서 있을 때의 기분, 물레방아 근처 둑에서 물이 떨어지며 찰싹이던 소리, 그 깊고도 잔잔한 물소리! 강물 위에 어른거리던 불빛, 기다랗게 늘어진 낚싯대가 가볍게 흔들리던 모습, 미끼를 문 물고기를 잡아당길 때의 짜릿한 기분, 꼬리를 흔들어 대는 차갑고 살진 물고기를 손으로 집어 들 때의 형용할 수 없는 기쁨!

예전에는 가끔 물오른 은빛 잉어와 돌잉어를 낚아 올리곤 했었다. 몸이 가냘픈 잉어, 색깔이 멋진 잉어를 낚아 올리기도 했었다. 한참 동안 그는 강물 위를, 그리고 푸른 강변을 물끄러미 바라보면서 어느덧 상념에 사로잡혀 애수에 젖어 들기 시작했다. 아름답고 자유로웠던 소년 시절의 야성적 즐거움이 저만치 멀어진 느낌이었다. 한스는 무심코 주머니에서 빵을 하나 꺼내 크고 작은 조각을 만들어 물속에 던져 넣었다. 그는 빵 조각들이 물속에 가라앉는 것과 물고기들이 그것들을 뜯어 먹는 모습을 지켜봤다. 처음에는 아주 조그만 금붕어들이 달려들어 작은 조각들을 게걸스럽게 먹어 치웠다. 탐욕스러운 주둥이로 큰 조각들을 이리저리 밀쳐 내면서. 그때 덩치가 좀 더 큰 은빛 잉어가 조심스레 천천히 다가왔다. 그놈의 어두운 등은 강바닥 색깔과 거의 구분되지 않았다. 그놈은 빵 조각 주위를 조심스럽게 돌아다니다가 갑자기 주둥이를 둥글게 벌려 그걸 꿀꺽 삼켜 버렸다.

유유히 흐르는 강물에서는 축축하고 따스한 향기가 피어올랐다. 몇 조각의 흰 구름들이 푸른 수면에 어렴풋하게 비쳤고, 물레방아의 회전 톱은 낑낑거리며 돌고 있었다. 두 군데의 방죽에서는 서늘한 물이 낮은 소리를 내며 한군데로 흘러들었다. 소년은 견진성사가 행해졌던 지난 일요일을 생각하고 있었다. 그는 그 엄숙하고도 감동적인 의식이 진행되는 동안, 자신이 속으로 그리스어 동사를 외우고 있음을 깨달았다. 최근 들어 툭하면 그런 일이 벌어져 머릿속이 뒤죽박죽이 되곤 했다. 학교에서도 늘 당장 해야 할 공부가 아니라 이미 했거나 나중에 해야 할 공부를 생각하곤 했다.

그래, 시험을 잘 치를 수 있을 거야!

한스는 멍하니 자리에서 일어났지만 어디로 가야 할지 마음을 정하지 못했다. 갑자기 우악스러운 손이 어깨를 움켜잡아 그는 깜짝 놀랐다. 친근한 남자 목소리가 그에게 말을 걸었다.

"잘 있었니, 한스? 나하고 산책 좀 할까?"

구두장이 플라이크였다. 예전에 한스는 가끔 그의 구둣방에서 저녁나절을 보내기도 했지만, 벌써 오래전 일이었다. 한스는 그와 함께 걷기 시작했다. 그렇지만 신앙심이 깊은 이 경건주의자의 이야기를 그다지 주의 깊게 듣지는 않았다. 플라이크는 시험 이야기를 꺼냈다. 그러고는 소년 한스에게 행운을 빌고 용기를 북돋워 주었다. 하지만 그가 이야기를 꺼낸 최종 목적은, 시험이란 단지 외적이고 우연한 일에 불과하다는 사실을 지적해 주려는 것이었다. 그는 시험에 떨어진다고 수치스러워할 필요는 없으며 가장 우수한 학생도 떨어질 수 있다고 했다. 설령 네가 그런 일을 당한다 해도, 신은 특별한 의도로 모든 영혼들을 각자의 길로 이끈다는 사실을 유념하라고 했다.

한스는 이 남자에게 양심에 약간 거리끼는 면이 있었다. 한스는 그를, 의젓하고 위엄 있는 그의 인품을 존경했다. 하지만 그와 함께 기도하는 동료들에 대한 우스운 이야기를 들을 때면 잘못인 줄 알면서도 가끔은 함께 웃음을 터뜨리곤 했다. 자신의 비겁함도 부끄러웠다. 언제부터인가 그는 구두장이 아저씨가 예리한 질문을 던질까 봐 겁을 내다시피 하며 그를 피해 다녔다. 한스가 선생님들의 자랑거리가 되면서부터 약간 교만해지자 구두장이 플라이크가 종종 우습다는 시선을 보내는 듯했기 때문이다. 그러자 그의 영혼은 그 호의적인 인도자로부터 차츰 멀어져 갔다. 한스는 반항심이 절정에 달한 사춘기 소년이었기에, 달갑지 않게 자신의 자의식을 건드리는 모든 말에 예민하게 촉각을 곤두세울 수밖에 없었다. 그래서 지금 자기와 함께 나란히 걷는 남자가 염려와 호의를 담은 시선으로 자신을 내려다보고 있다는 사실도 깨닫지 못했다.

크로넨 골목에서 그들은 마을 목사와 맞닥뜨렸다. 구두장이는 적당히 냉랭하게 인사를 하고는 갑자기 서둘러 그 자리를 떠났다. 마을 목사가 최신 유행을 따르는 사람일 뿐만 아니라, 예수의 부활조차 믿지 않는다는 소문이 돌았기 때문이었다. 마을 목사는 한스를 데리고 걷기 시작했다.

"어떻게 지내니?" 목사가 물었다. "이제 시험이 코앞에 다가왔으니 기분이 좋겠구나."

"네, 괜찮아요."

"그래, 정신을 바짝 차리거라! 우리 모두가 네게 희망을 걸고 있다는 걸 알고 있겠지? 특히 라틴어 시험에서 네가 좋은 성적을 거두기를 기대하마."

"하지만 떨어질 수도 있죠." 한스는 수줍은 듯 말했다.

"떨어진다고?" 목사는 너무 놀란 나머지 멈춰 섰다. "네가 떨어진다는 건 말도 안 된다. 도저히 있을 수 없는 일이야! 어떻게 그런 생각을 할 수가 있지!"

"전 그냥, 혹시라도 그렇게 될까 봐……"

"그렇게는 되지 않을 게다, 한스! 그럴 리는 없어. 그런 걱정은 하지 마라. 자, 그럼, 아버님께 안부를 전해 드리려무나! 용기 내고!"

한스는 마을 목사의 뒷모습을 물끄러미 쳐다봤다. 그리고는 구두장이 아저씨가 어디로 갔는지 주위를 둘러봤다. 구두장이 아저씨는 말했었다. 인정미 있고 신을 경외하는 사람은 라틴어 시험을 그다지 중요하게 생각하지 않는다고. 그런데 마을 목사는 라틴어에서 좋은 성적을 거두기를 기대한다고 말했다! 이제 한스는, 시험에 떨어진다면 목사 앞에 얼굴을 내밀 수 없을 것이다.

침울한 심정으로 집에 돌아온 한스는, 경사가 심한 조그만 정원에 살금살금 발을 들여놓았다. 거기에는 이미 오래전부터 사용하지 않아 다 허물어져 가는 뒤채가 있었다. 그 뒤채에 널빤지로 만든 토끼집을 놓고 3년 동안 토끼들을 키웠었다. 하지만 지난가을 그 토끼들을 다 빼앗기고 말았다. 시험공부에만 매진하라는 이유로. 그 후로 한스는 시간을 내서 기분 전환을 할 여유가 없었다.

그 정원에 발을 들인 건 참으로 오랜만이었다. 텅 빈 토끼집은 금방이라도 허물어질 듯이 보였다. 담벼락 구석에 있는 종유석들은 다 무너져 내린 상태였다. 나무로 만든 조그만 물레방아는 휘어지고 깨진 채 수도관 옆에 나뒹굴고 있었다. 한스는 이 모든 물건들을 만들고 다듬으며 즐거워하던 시절을 떠올려 보았다. 어언 2년이란 세월이 흘렀고, 그때가 까마득한 옛날처럼 느껴졌다. 그는 조그만 물레방아를 집어 들고 이리저리 구부린 다음 완전히 찌그러뜨려서는 울타리 너머로 던져 버렸다. 이런 물건은 없애 버려야 해! 이런 물건을 갖고 놀던 시절은 영영 끝나 버렸으니까. 문득 학교 친구 아우구스트가 생각났다. 예전에 한스를 도와서 물레방아도 만들고 토끼집도 고쳐 주던 친구가. 그들은 오후 내내 이곳에서 놀았었다. 돌팔매질을 하고, 고양이를 뒤쫓고, 천막을 치고, 간식으로 날것의 순무를 먹기도 하면서. 하지만 그 후 한스는 주 시험 공부에 전념해야 했고, 아우구스트는 1년 전에 학교를 그만두고 견습 기계공이 되었다. 그 뒤로 아우구스트는 딱 두 번 한스를 보러 왔었다. 그도 쉬는 시간이 거의 없어졌기 때문이었다.

구름의 그림자가 홀연히 골짜기 너머로 사라졌고, 해는 벌써 산기슭 가까이 내려와 있었다. 한순간 한스는 풀썩 쓰러져 울부짖고 싶었다. 하지만 그러는 대신 헛간에서 손도끼를 들고 나와, 그 가냘픈 팔로 토끼집을 산산조각 내버리고 말았다. 나뭇조각들이 이리저리 튀어 올랐고, 쇠못들은 삐걱 소리를 내며 휘어지고 말았다. 반쯤 남은 썩은 토끼 사료도 밖으로 드러났다. 한스는 닥치는 대로 손도끼를 휘둘러 댔다. 마치 토끼와 친구 아우구스트에 대한 그리움, 그리고 어린 시절에 대한 그리움을 깡그리 박살내기라도 하듯.

"아니, 이런, 이런, 대체 무슨 짓이야?" 아버지가 창밖으로 소리쳤다. "거기서 뭘 하는 거냐?"

"땔감을 만드는 거예요."

한스는 더 이상은 아무 대답도 하지 않았다. 그는 손도끼를 내던지고는 정원을 가로질러 골목길로 나가 강을 따라 상류로 달려갔다. 양조장 근처에는 두 개의 뗏목이 묶여 있었다. 예전에는 가끔 뗏목을 타고 몇 시간이고 강 하류로 내려갔다. 무더운 여름날 오후, 뗏목을 타고 통나무들 사이를 피해 강을 내려가다 보면 자 못 흥분되기도 하고 졸음이 밀려들기도 했다. 그는 뗏목들을 뛰 어 건넌 후 버들가지 더미에 몸을 눕히고는, 흘러가는 뗏목 위에 있다고 상상해 보았다. 때로는 빠르게 때로는 천천히 초원과 밭, 마을과 서늘한 숲가를 지나, 다리 아래로 열린 수문을 지나 떠내 려간다, 나는 뗏목 위에 누워 있다, 모든 것이 옛날 그대로다, 카 프베르크에서 토끼 먹이를 구하던 시절, 강가의 제혁 공장 뜰에 서 낚시를 즐기던 시절, 두통도 걱정도 없던 그 시절 그대로다, 라 고 생각해 보았다.

한스는 피곤하고 심드렁해져서 저녁을 먹기 위해 집으로 돌아 왔다. 아버지는 코앞에 닥친 아들의 시험을 맞아 슈투트가르트 로 떠날 생각에 몹시 들떠 있었다. 그는 한스에게 필요한 책은 다 챙겼는지, 검은색 양복은 준비해 두었는지, 가는 도중에 문법 공 부를 할 생각은 있는지, 몸 상태는 어떤지를 몇 번이고 묻고 또 물었다. 한스는 툭 내뱉듯 퉁명스럽게 대꾸하며 저녁을 먹는 둥 마는 둥 하더니 이내 안녕히 주무시라는 인사를 했다.

"잘 자라. 한스! 그냥 푹 자도록 해라! 내일 아침 6시에 깨워 줄 게. 사전도 잊지 않았겠지?"

"네, 잊지 않았어요. 안녕히 주무세요!"

한스는 자신의 조그만 방에서 불도 켜지 않고 한참 동안 앉아 있었다. 자신만의 조그만 방, 그것이 시험 준비가 그에게 가져다 준 유일한 축복이었다. 그 방에서 한스는 주인이었고 누구에게도 방해받지 않았다. 그는 여기에서 피곤과 졸음, 두통과 싸웠고 시저와 크세노폰,[*] 문법과 사전, 그리고 수학 숙제와 씨름하며 기나긴 밤 시간을 보냈다. 때로는 끈질기고 고집스럽게 공명심에 불타기도 했고, 때로는 절망감에 빠지기도 했다. 하지만 여기서 하는 일이 잃어버린 소년 시절의 온갖 놀이보다 더 가치 있다고 생각되기도 했다. 그런 자부심과 도취, 승리감에 가득할 때면 학교나 시험 같은 것보다 더 높은 영역을 꿈꾸고 그리워했다. 그럴 때면 자신은 볼이 통통하고 착하기만 한 친구들과는 다르다는, 더 나은 존재가 될 거라는 대담하고 행복에 겨운 예감에 사로잡혔다. 언젠가는 자신이 무아경의 높은 경지에서 우월한 기분으로 그들을 내려다보게 될 것 같았다. 바로 지금도 그는 이 조그만 방 안에 보다 자유롭고 상큼한 공기가 들어 있는 듯 숨을 크게 들이마셨다. 그러고는 침대 위에 앉아 꿈과 소망과 예감 속에서 몽롱한 상태로 몇 시간을 보냈다. 옅은 색의 눈꺼풀이 과중한 공부에 지친 커다란 눈을 서서히 내리덮었다. 그는 다시 한 번 눈을 떠 두 눈을 깜박거리다가 잠들어 버렸다. 창백한 얼굴은 메마른 어깨 위로 떨어졌고, 가느다란 두 팔은 맥없이 축 늘어졌다. 한스는 그렇게 옷을 입은 채로 그냥 잠들었다. 어머니처럼 부드러운 졸음의 손길이 불안에 떠는 그의 가슴을 진정시켜 주었고, 귀여운

---

[*] Xenophon(BC 431-350). 그리스의 역사가. 그가 쓴 『소아시아 원정기*Anabasis*』는 고대문학 비평가들에게 높은 평가를 받았고, 라틴문학에 많은 영향을 미쳤다.

이마의 가느다란 주름을 펴주었다.

　예상치 못한 일이 일어났다. 이른 새벽인데도 교장 선생님이 기차역까지 몸소 배웅을 나온 것이다. 검정색 프록코트를 입은 기벤라트 씨는 흥분과 기쁨, 자부심에 넘친 나머지 제자리에 가만히 있지 못했다. 그는 초조한 듯 교장 선생님과 한스 주위를 종종걸음으로 돌아다녔다. 역장과 역무원들은 그에게 즐거운 여행이 되기를 바라며 아들의 시험에 행운이 따르기를 바란다고 인사말을 했다. 그는 딱딱한 여행용 소형 가방을 때로는 왼손에, 때로는 오른손에 번갈아 가며 들었다. 우산을 팔 밑에 끼웠다 무릎 사이에 끼웠다 하다가 몇 번 우산을 떨어뜨리기도 했다. 그럴 때마다 그는 여행용 가방을 내려놓고 우산을 주웠다. 그런 그의 모습을 지켜본 사람이라면, 그가 왕복 차표로 슈투트가르트로 가는 것이 아니라 미국으로 떠난다고 생각했을지도 모른다. 반면 아들은 겉보기에는 매우 침착해 보였다. 하지만 남모르는 불안감이 그의 목을 조르고 있었다.

　이윽고 기차가 역에 멈추어 섰다. 아버지와 아들은 기차에 올라탔고, 교장 선생님은 손을 흔들며 작별 인사를 했다. 아버지는 시가에 불을 붙였다. 도시와 강물이 골짜기 저 아래로 사라져 갔다. 기차 여행은 두 사람에게는 고통스러운 일이었다.

　아버지는 슈투트가르트에 도착하자 갑자기 생기를 되찾더니, 쾌활하고 붙임성 있는 사교적인 사람으로 변하기 시작했다. 시골

뜨기가 주州의 수도에 와서 이삼일 정도 머물게 되자 너무 기쁜 나머지 가슴이 벅차올랐던 것이다. 하지만 한스는 더욱 말이 없어지고 불안해졌다. 그는 시가지를 바라보는 순간 가슴을 조이는 답답한 기분에 사로잡히고 말았다. 낯선 얼굴들, 뻐기듯 높이 치솟은 휘황찬란한 건물들, 끝없이 길게 뻗은 길들, 철도마차, 그리고 길거리의 소음이 한스를 겁에 질리게 했고 고통스럽게 했다.

두 사람은 숙모 집에 묵기로 했다. 그곳의 낯선 방들, 숙모의 친절함과 수다스러움, 아무것도 하지 않고 무의미하게 장시간 앉아 있기, 격려를 한다는 핑계로 끊임없이 계속되는 아버지의 충고, 이러한 것들이 소년의 기를 완전히 꺾어 버렸다. 한스는 서먹서먹하고 절망적인 심정으로 방 안에 웅크리고 있었다. 익숙하지 않은 주변 환경, 숙모와 도시풍인 그녀의 사교용 복장, 큰 무늬의 벽지, 탁상시계, 벽에 걸린 그림들, 창밖의 시끌벅적한 거리를 바라볼 때면 완전히 배신당한 기분이 들었다. 또한 집을 떠난 것이 까마득한 옛날처럼 느껴지기도 했고, 힘들게 배운 지식을 한순간에 까맣게 잊어버린 듯한 느낌이 들기도 했다.

오후에 다시 한 번 그리스어의 불변화사를 훑어보려고 할 때, 숙모가 같이 산책을 가자고 했다. 한순간 초원의 푸른색과 숲의 소리 같은 것이 한스의 내면에 떠올랐다. 그래서 그는 즐거운 마음으로 숙모의 제안에 응했다. 그리고 한스는 이곳 대도시에서의 산책이 고향에서의 그것과는 다르다는 사실을 금방 깨닫게 되었다.

아버지는 만날 사람이 있다고 외출한 상태였기에, 한스는 숙모와 단둘이서 산책에 나섰다. 하지만 계단에서부터 고약한 일이 벌어졌다. 오만해 보이는 어떤 뚱뚱한 여인과 2층에서 마주친 것이었다. 숙모가 허리를 굽혀 인사를 하자마자, 그녀는 달변을 늘어놓으며 떠들어 대기 시작했다. 그녀는 그 자리에서 15분 이상이나 이야기를 계속했다. 한스는 계단 난간에 몸을 붙이고 서 있었다. 그녀가 끌고 온 강아지는 한스의 냄새를 맡으며 으르렁거렸다. 한스는 두 사람이 자신에 대해서도 이야기하고 있다는 것을 어렴풋이 알아차렸다. 낯선 뚱보 여자가 코안경 너머로 한스를 위아래로 자꾸 훑어보았던 것이다.

그런 다음 거리로 나섰고, 숙모는 곧장 어느 상점 안으로 들어가더니 한참이 지나서야 나왔다. 그사이 한스는 수줍은 듯 거리에 서 있었다. 거리를 지나는 사람들이 그를 밀치기도 했고, 불량소년들이 그를 놀려 대기도 했다. 상점에서 나온 숙모는 한스에게 판板 초콜릿 한 개를 건네주었다. 한스는 초콜릿을 좋아하지 않았지만 예의상 고맙다고 말했다. 다음 모퉁이에서 그들은 철도마차에 올라탔다. 손님들을 가득 태운 철도마차는 끊임없이 종소리를 울려 대면서 거리를 달려 마침내 넓은 가로수 길이 있는 어떤 공원에 도착했다. 공원의 분수에서는 물이 솟구치고 있었고, 울타리를 친 관상용 꽃밭에는 꽃들이 활짝 피어 있었으며, 조그만 인공 연못에는 금붕어들이 헤엄치고 있었다. 두 사람은 다른 산책객들 사이에서 이리저리 거닐기도 하고 제자리를 맴돌

기도 했다. 수많은 얼굴들, 서로 다른 우아한 복장들, 자전거들, 환자용 휠체어와 유모차들이 눈에 띄었다. 사람들의 시끄러운 목소리도 들려왔다. 두 사람은 먼지투성이의 따스한 공기를 들이마셨다. 그러고는 벤치로 가서 다른 사람들 옆에 자리를 잡았다. 산책하는 내내 이야기를 늘어놓던 숙모는, 이제 한숨을 내쉬고는 사랑스러운 눈초리로 소년을 바라보며 미소를 지었다. 그러고는 아까 준 초콜릿을 먹으라고 했다. 하지만 한스는 초콜릿을 먹고 싶지 않았다.

"내가 어려워서 안 먹는 거니? 그러지 말고 어서 먹어, 먹으라니까!"

한스는 마지못해 초콜릿을 끄집어내 은박지를 벗겨 아주 조금 베어 물었다. 그는 초콜릿을 좋아하지 않았지만, 숙모에게 감히 그런 사실을 말할 용기가 없었다. 한스가 초콜릿을 삼키려고 애쓰는 동안, 숙모는 사람들 틈에서 낯익은 사람을 발견하고 그곳으로 곧장 달려갔다.

"여기 잠깐 앉아 있어라! 곧 돌아올게."

한스는 그 기회를 이용해 초콜릿을 잔디밭에 던져 버렸다. 그러고는 박자에 맞추어 어슬렁거리며 걷기 시작했다. 그는 많은 사람들을 골똘히 쳐다보면서 문득 자신이 불행하다는 생각이 들었다. 결국 한스는 다시 한 번 불규칙동사를 암기하기 시작했지만, 끔찍하게도 거의 아무것도 기억이 나지 않았다. 모든 것을 까맣게 잊어버린 것이다. 바로 내일이 시험인데!

숙모가 한스에게 돌아오더니, 올해에는 주 시험에 응시한 수험생이 118명이나 되는데, 합격생 수는 36명밖에 되지 않는다는 소식을 전해 주었다. 그러자 소년은 완전히 기가 꺾이고 말았다. 그는 숙모 집으로 돌아오는 내내 한 마디도 하지 않았고 집에 도착하자 머리가 아프기 시작했다. 한스가 아무것도 먹으려 하지 않고 낙담해 있자, 아버지는 아들을 호되게 나무랐다. 심지어 숙모마저도 그의 행동을 참기 어려워했다.

밤에 한스는 깊이 잠들기는 했지만, 이런저런 끔찍한 악몽에 시달렸다. 그는 117명의 다른 수험생들과 함께 시험장에 앉아 있었다. 시험관은 때로는 고향의 마을 목사와 닮아 보이기도 했고, 때로는 숙모와 닮아 보이기도 했다. 한스 앞에는 초콜릿이 산더미처럼 쌓여 있었는데, 그는 그것을 먹어 치워야 했다. 모두들 자기 앞에 산더미처럼 쌓여 있는 초콜릿을 다 먹어 치웠다. 하지만 한스의 초콜릿 더미는 자꾸 커지더니 급기야는 책상과 의자 위로 마구 흘러넘쳐서, 그를 질식시킬 것만 같았다. 그가 눈물을 머금고 초콜릿을 먹는 사이에 다른 수험생들이 하나둘 자리에서 일어나더니 작은 문을 통해 사라져 버렸다.

다음 날 아침 한스는 커피를 마시면서 시험에 늦지 않으려고 시계에서 눈을 떼지 않았다. 그 시각 그의 고향 마을에서는 많은 사람들이 그를 생각하고 있었다. 먼저 구두장이 플라이크가 있었다. 그는 자신의 가족과 숙련공들, 그리고 견습공 두 명이 둘러선 식탁 앞에서, 평소에 하는 아침 식사 기도에 몇 마디를 덧붙였다. "오, 주님이시여! 오늘 시험을 치르는 한스 기벤라트 학생도 도와주옵소서. 그를 축복하시고, 힘을 북돋워 주소서. 언젠가 당신의 거룩한 이름을 온 세상에 알리는 올바르고 늠름한 일꾼이 되게 하소서!"

마을 목사는 한스를 위해 기도는 하지 않았지만, 아침 식사를 하면서 부인에게 말했다. "이제 기벤라트가 시험장에 들어갈 시간이오. 두고 보구려, 그 아이는 반드시 해내고 말 거요. 모두가 그 아이를 주목하게 될 거요. 그렇게 되면 내가 그 아이의 라틴어 공부를 도운 것이 해를 끼친 건 아니게 되겠지."

한스의 담임선생님은 수업을 시작하기 전에 학생들에게 말했다. "자, 지금 슈투트가르트에서는 주 시험이 시작되고 있을 거다. 우리 모두 기벤라트의 행운을 빌도록 하자. 사실 그는 행운 따윈 필요하지 않을 거야. 너희들 같은 게으름뱅이 열 명도 그를 당해내지 못할 테니." 안 그래도 학생들은 거의 모두 기벤라트를 생각하고 있었다. 그의 합격이나 낙방을 놓고 내기를 걸었기 때문이었다.

마음에서 우러나는 기원과 진심 어린 관심은 먼 거리를 훌쩍 뛰어넘어 멀리까지 영향을 미치는 법이라서 한스 역시 자신을 생각해 주는 고향 사람들의 마음을 느꼈다. 그는 두근거리는 마음으로 아버지와 함께 시험장에 들어섰고, 무섭고 떨리는 마음으로 조교의 지시에 따랐다. 마치 고문실에 들어선 범죄자처럼 그는 주위를 둘러봤다. 널찍한 시험장은 창백한 소년들로 가득했다. 시험관이 들어와서 수험생들에게 조용히 하라고 지시하고는, 라틴어 문장을 받아쓰라고 했다. 그제야 한스는 안도의 한숨을 내쉬었다. 그 문장이 가소로울 정도로 쉬웠기 때문이었다. 그는 재빨리 즐거운 마음으로 초안을 작성하고는, 신중하고 깨끗하게 정서해 내려갔다. 한스는 답안지를 가장 먼저 제출한 수험생들 중 하나였다.

시험을 치른 뒤 한스는 숙모 집으로 가다가 그만 길을 잃고 말았다. 그래서 두 시간이나 뜨거운 거리를 헤매고 다녔다. 하지만 다시 찾은 마음의 안정이 흐트러지지는 않았다. 잠시나마 아버지와 숙모에게서 벗어나자 오히려 기쁘기조차 했다. 낯설고 시끄러운 주도州都의 거리를 헤집고 돌아다니다 보니, 마치 모험가가 된 듯한 기분도 들었다. 길을 수없이 물어본 끝에 마침내 숙모 집에 도착하자, 질문이 쏟아졌다. "어떻게 되었니? 어땠어? 시험은 잘 본 거야?"

"쉬웠어요." 그는 자랑스럽게 말했다. "제가 5학년 때 이미 번역할 수 있었던 문장이었거든요."

한스는 너무 배가 고팠고 그제야 제대로 식사를 했다.

오후 시간에 아버지는 친지들과 친구들을 만나는 자리에 한스를 데리고 다녔다. 그런 자리 중 하나에서 한스는 자신과 마찬가지로 주 시험을 보기 위해 괴핑겐에서 온 한 소년을 만났다. 검은 옷을 입은 그 아이는 수줍은 표정을 짓고 있었다. 두 소년은 주위 시선은 상관 않고 서먹하면서도 호기심 어린 눈으로 서로

를 쳐다봤다.

"라틴어 시험 어땠어? 쉬웠지?" 한스가 물었다.

"아주 쉬웠어. 하지만 그게 바로 문제야. 대개 쉬운 문제에서 실수하게 되니까. 주의를 게을리하게 되잖아. 그리고 그 안에 숨겨진 함정이 있었을지도 몰라."

"그렇게 생각해?"

"물론이야. 그분들이 그렇게 멍청하진 않거든."

한스는 약간 놀라며 잠시 생각에 잠겼다. 그러다가 머뭇거리며 물어보았다. "너 그 라틴어 문장 써놓았니?"

괴핑겐에서 온 소년은 자신의 공책을 가지고 왔다. 두 소년은 함께 한 단어 한 단어 모든 문장을 낱낱이 검토했다. 괴핑겐 소년은 라틴어에 뛰어난 것처럼 보였다. 한스가 여태껏 들어 보지도 못한 문법 용어를 적어도 두 번이나 사용했던 것이다.

"내일은 무슨 시험을 보게 되지?"

"그리스어하고 작문이야."

그리고 나서 괴핑겐 소년은 한스가 다니는 학교에서는 얼마나 많은 수험생들이 왔는지 물어보았다.

"아무도 안 왔어." 한스가 말했다. "나 혼자뿐이야."

"우리 괴핑겐에서는 열두 명이나 왔는데! 그중 세 명은 대단히 영특한 아이들이야. 그 아이들이 최우수 성적을 얻을 거라고 다들 기대하고 있어. 지난해에도 괴핑겐 출신 아이가 수석을 차지했거든. 넌 시험에 떨어지면 김나지움에 진학할 거니?"

한스는 지금까지 그런 생각은 해본 적이 없었다.

"글쎄, 모르겠어…… 아니, 아마 그러진 않을 거야."

"그래? 난 이번 시험에 떨어지더라도 공부는 계속할 거야. 엄마가 날 울름에 있는 학교로 보내 준대."

한스는 소년의 이야기에 깊은 인상을 받았다. 대단히 영특하다는 세 명의 아이들뿐 아니라, 괴핑겐에서 왔다는 열두 명 모두가 그를 불안하게 했다. 그래서 한스는 더 이상 그 자리에 있을 수가 없었다.

숙모 집으로 돌아온 한스는 책상에 앉아 'mi'로 끝나는 동사들을 다시 한 번 훑어보았다. 라틴어는 자신 있었기에 전혀 걱정되지 않았었다. 그러나 그리스어는 좀 달랐다. 한스는 그리스어를 좋아했지만 읽기만 열심히 했었다. 특히 크세노폰의 글은 너무나도 멋지고 감동적이며 산뜻했다. 모든 문장들이 명랑하고 매력적이며 힘차게 울렸다. 멋들어진 자유정신이 담겨 있고 이해하기도 쉬웠다 하지만 그리스어 문법을 공부하거나 독일어를 그리스어로 옮겨야 할 때면 마치 상반되는 규칙과 형태의 미로 속에 빠진 기분이었다. 그렇게 그리스어가 낯설어질 때면 철자조차 읽지 못했던 첫 그리스어 수업 시간이 떠오르며 다시 불안해지곤 했었다.

다음 날 예정된 순서에 따라 처음에는 그리스어 시험, 다음에는 독일어 작문 시험을 치렀다. 그리스어 시험 문제는 결코 호락호락하지 않아 다 푸는 데 상당히 오랜 시간이 걸렸다. 독일어

작문 시험도 까다로워 자칫하면 주제를 잘못 이해할 소지가 있었다. 10시부터 시험장은 찌는 듯이 더워지기 시작했다. 펜이 좋지 않아서 한스는 종이를 두 장이나 망치고 나서야 그리스어 답안지를 제대로 정서할 수 있었다. 작문 시간에는 옆에 앉은 뻔뻔스러운 수험생 때문에 최대의 위기 상황에 빠졌다. 그 소년이 질문을 적은 쪽지를 한스에게 들이밀며 답을 가르쳐 달라고 옆구리를 찔러 댔기 때문이었다. 옆에 앉은 수험생과의 접촉은 매우 엄격히 금지되어 있었다. 그런 일이 발생하면 가차 없이 시험장에서 쫓겨나게 되어 있었다. 한스는 두려움에 떨며 '나를 내버려 둬!'라고 쓴 쪽지를 건네주고는 그에게서 등을 돌려 버렸다.

날씨는 너무 더웠다. 잠시도 쉬지 않고 끈질기게 시험장 안을 왔다 갔다 하는 시험관도 마직 손수건으로 여러 차례 얼굴을 훔쳤다. 한스는 두꺼운 견진성사복을 입고 땀을 뻘뻘 흘리고 있었다. 머리가 아프기 시작했다. 결국 실수로 가득한 것처럼 느껴지는 답안지를, 내키지는 않지만 그저 시험을 끝낼 작정으로 제출하고 말았다.

한스는 식사 중에 한마디도 하지 않았고, 온갖 질문에 그저 어깨를 으쓱하며 죄인 같은 표정만 지었다. 숙모는 그를 위로해 주었지만, 아버지는 화가 난 기색이 역력했다. 식사를 마친 뒤 아버지는 아들을 옆방으로 데리고 가서 다시 한 번 꼬치꼬치 캐묻기 시작했다.

"시험을 잘 보지 못했어요." 한스가 말했다.

"왜 주의하지 않았니? 정신을 좀 차렸어야지. 이런, 젠장!"

한스는 아무 말이 없었다. 아버지가 욕을 퍼붓기 시작하자 그는 얼굴을 붉히며 말했다. "아버지는 그리스어를 전혀 모르시잖아요!"

그런 와중에도 그는 2시에 있는 구술시험에 가야 했다. 한스는 구술시험이 가장 두려웠다. 태양이 뜨겁게 내리쬐는 거리를 걷다가, 그는 매우 참담한 기분이 들었다. 두통과 불안, 현기증으로 인해 눈앞의 사물이 제대로 보이지 않을 지경이었다.

그는 커다란 녹색 테이블에 자리한 세 명의 시험관들 앞에 앉아 10분 동안 몇 개의 라틴어 문장을 번역한 뒤, 그들이 묻는 질문에 대답했다.

그러고 나서 다시 세 명의 다른 시험관들 앞에서 10분간 그리스어를 번역한 뒤 온갖 질문을 받았다. 마지막으로 불규칙한 어떤 부정과거형에 대한 질문을 받았지만, 그는 아무런 대답도 하지 못했다.

"가도 좋아요. 저기, 오른쪽 문으로."

한스는 방을 나가다가 문가에서 불현듯 그 부정과거형이 생각났다.

"가세요." 한 시험관이 그에게 소리쳤다. "가라니까요! 혹시 어디 몸이 불편하기라도 한가요?"

"아닙니다. 지금 답이 생각나서요."

한스는 방 안을 향해 큰 소리로 외쳤다. 시험관들 중 한 사람

이 웃는 모습이 보였다. 한스는 머리가 쿡쿡 쑤시는 기분을 느끼며 밖으로 뛰쳐나왔다. 그러고는 지금까지 오갔던 질문과 답변을 생각해 내려 해보았지만, 머릿속은 뒤죽박죽이었다. 커다란 녹색 테이블, 프록코트를 입은 세 명의 늙고 진지한 시험관들, 책상 위에 펼쳐진 책, 그리고 그 책 위에 올려놓았던 자신의 떨리는 손만 눈에 아른거릴 뿐이었다. 맙소사, 내가 뭐라고 답변했었지!

거리를 걸으면서 자신이 이곳에 온 지 벌써 몇 주나 된 것 같은, 다시는 이곳을 벗어날 수 없을 것만 같은 생각이 들었다. 고향의 정원과 전나무가 우거진 푸른 산, 강변의 낚시터가 아득히 먼 곳에 있는 것 같은, 아주 오래전에 본 것만 같은 생각이 들었다. 아, 오늘 바로 집으로 돌아갈 수만 있다면! 더 이상 이곳에 머무를 이유가 없었다. 시험을 망쳤기 때문이었다.

한스는 우유 식빵을 하나 사 들고는 참담한 심정으로 오후 내내 이리저리 거리를 돌아다녔다. 아버지에게 변명을 늘어놓기가 싫어서였다. 마침내 숙모 집에 돌아와 보니 아버지와 숙모 모두 그를 걱정하고 있었다. 한스가 지치고 안돼 보여 그들은 그에게 달걀 수프를 먹이고는 침대로 가라고 했다. 내일은 수학과 종교 시험을 볼 차례였다. 그 시험만 끝나면 한스는 다시 고향으로 돌아갈 수 있었다.

다음 날 오전에 본 시험은 매우 잘 치렀다. 어제 치른 주요 과목 시험에서는 아주 운이 나빴는데 오늘은 모든 시험이 잘 풀린 것이 지독한 아이러니처럼 느껴졌다. 하지만 상관없었다. 그는 오로지 집으로 돌아가고만 싶었다.

"시험이 다 끝났으니 이제 집에 돌아갈 수 있어요." 한스가 숙모에게 말했다.

하지만 아버지는 오늘까지 이곳에 머물고 싶어 했다. 칸슈타트로 드라이브를 가서 그 온천의 정원에서 커피를 마시자고 했다. 하지만 한스는 자기는 오늘 떠나게 해달라고 간청했다. 아버지와 숙모는 한스를 기차역까지 데려다 주었다. 차표를 손에 쥔 한스는 숙모로부터 작별의 입맞춤과 함께 먹을 것도 받았다. 그는 기진맥진한 몸을 기차에 싣고 멍하니 푸른 구릉지를 지나 고향으로 달려갔다. 검푸른 전나무 숲이 모습을 드러내기 시작하자 비로소 기쁨과 안도감이 느껴졌다. 늙은 하녀 안나가, 조그만 자기 방이, 교장 선생님이, 지붕이 낮은 친숙한 교실이, 그 밖에 다른 모든 것들이 그리웠다.

다행스럽게도 기차역에는 그를 호기심 어린 눈으로 쳐다보는 지인들은 없었다. 한스는 조그만 짐 꾸러미를 손에 들고서 사람들 눈에 띄지 않게 서둘러 집으로 돌아갔다.

"슈투트가르트에서 멋진 시간 보냈니?" 안나 할머니가 물었다.

"멋진 시간이라니요? 시험이 뭐가 멋지다고. 그저 돌아와서 기쁠 뿐이에요. 아버지는 내일 오실 거예요."

한스는 신선한 우유를 한 컵 마시고 나서 창문 앞에 걸려 있는 수영 팬티를 걷어 밖으로 달려 나갔다. 하지만 마을 사람들이 즐겨 찾는 강가의 풀밭으로는 가지 않았다.

그는 시내에서 멀리 떨어진, '저울'이라고 불리는 곳으로 달려갔다. 키 높은 덤불 사이로 수심 깊은 강물이 유유히 흐르는 곳이었다. 한스는 옷을 벗고 조심스레 손을, 그다음엔 발을 차가운 물속에 담갔다. 물이 차서 약간 소름이 끼쳤지만, 그래도 재빨리 강물 속으로 풍덩 뛰어들었다. 한스는 약한 물살을 거슬러 천천히 헤엄치면서, 며칠 동안 쌓였던 땀과 두려움을 씻어 냈다. 강물이 가냘픈 그의 몸을 식혀 주며 부드럽게 껴안는 동안, 한스의 영혼은 아름다운 고향을 즐겼다. 그는 좀 더 빠르게 헤엄을 쳤고, 잠시 휴식을 취한 다음 다시 더욱 빠르게 헤엄을 쳤다. 기분 좋은 시원함과 피곤함이 그를 감쌌다. 강물에 등을 대고 누운 채 떠내려가면서, 떼 지어 황금빛으로 날아가는 파리들의 윙윙거리는 소리를 들었다. 조그만 제비들이 재빨리 저녁 하늘을 가로지르는 모습도 보였다. 이미 산 너머로 사라진 태양이 저녁 하늘을 장밋빛으로 물들이고 있었다. 다시 옷을 입고 꿈을 꾸듯 집을 향해 걷기 시작했을 때, 골짜기에는 땅거미가 짙게 드리워져 있었다.

한스는 상인 자크만의 정원을 지나갔다. 아주 어렸을 때 몇몇 아이들과 함께 그곳에서 익지도 않은 자두를 훔쳐 먹은 적이 있었다. 흰 전나무 목재가 여기저기 놓여 있는 키르히너의 목공소도 지나갔다. 낚시를 하러 갈 때면 그 목재 더미 아래에서 지렁이를 발견하곤 했었다. 감독관 게슬러의 작은 집도 지나갔다. 2년 전에 한스는 스케이트를 잘 타던 이 집 딸 에마와 사귀고 싶어

애를 태운 적이 있었다. 한스와 동갑인 그녀는 마을에서 가장 귀엽고 우아한 여학생이었다. 한스는 그저 한 번이라도 그녀와 이야기를 나눠 보기를, 한 번이라도 그녀의 손을 잡아 보기를 원했지만, 부끄러움을 타는 성격 때문에 그러지 못했었다. 그 뒤에 에마는 기숙학교에 들어갔다. 이제는 그녀의 얼굴도 거의 생각나지 않았다.

어린 시절의 그런 추억들이 아득히 먼 곳에서부터 떠올랐다. 뒤의 어떤 체험과도 다른 강렬하고 이상한 향내를 풍기면서. 그때만 해도 저녁 무렵이면 나횰트 집안의 리제에게 놀러 가 대문으로 통하는 통로에 앉아 감자를 까먹으며 옛날이야기를 듣곤 했었다. 일요일에는 꼭두새벽에 일어나 방죽 아래로 가서 바지를 걷어 올리고 가재나 금붕어를 잡으면서 양심의 가책을 느끼기도 했었다. 그런 후 옷이 흠뻑 젖은 채 돌아와 아버지한테 매를 맞기도 했었다!

그 시절에는 수수께끼 같은 일도 이상야릇한 사람들도 많았었다. 그 모든 것들을 까맣게 잊고 있었다니! 목이 굽은 구두장이 슈트로마이어 아저씨는 부인을 독살했다는 소문이 나돌았었다. 휴대용 식량을 담은 배낭을 메고 지팡이를 짚은 채 온 마을을 떠돌아다니던 모험가 베크 씨도 있었다. 예전에 그는 호화로운 마차와 네 필이나 되는 말을 소유했던 부자였기에 마을 사람들은 그를 부를 때 언제나 '씨' 자를 붙였었다. 한스는 작고 미심쩍은 골목길의 세계가 이제는 사라져 버렸음을 어렴풋이 느낄 수 있었다. 그렇다고 이후에 생기 있고 가치 있는 다른 체험을 겪은 것도 아니었다.

다음 날은 학교에 가지 않아도 되어 대낮까지 늘어지게 자면서 자유를 만끽했다. 낮에는 기차역에 나가 아버지를 맞았다. 아버지는 슈투트가르트에서 즐거운 시간을 가졌는지 행복해 보였다.

"시험에 합격만 하면 네가 원하는 건 뭐든지 다 들어주마." 아버지는 기분이 좋아서 말했다. "잘 생각해 보아라!"

"아니, 아니에요." 소년은 한숨을 내쉬며 말했다. "전 분명히 떨어졌을 거예요."

"바보 같은 소리, 왜 그 모양으로 구는 거냐? 내 마음이 변하기 전에 소원을 말해 봐라."

"방학 때 다시 낚시하러 가고 싶어요. 그래도 되죠?"

"그래, 가도 좋다. 시험에 합격하기만 하면 말이다."

일요일인 다음 날에는 세찬 비바람이 몰아쳤다. 한스는 자기 방에 틀어박혀서 책을 읽기도 하고 곰곰이 생각에 잠기기도 했다. 그는 슈투트가르트에서 치른 시험을 다시 한 번 곰곰히 생각해 보았다. 그렇지만 여러 번 생각해 봐도 이번에는 지독히 운이 없었다는, 다시 치르면 훨씬 좋은 성적을 얻을 거라는 생각만 들었다. 합격은 불가능할 것 같았다. 이 염치없는 두통! 그는 서서히 커져 가는 불안감에 짓눌렸다. 마침내 한스는 아버지 방으로 달려갔다.

"저, 아버지!"

"무슨 일이냐?"

"뭘 좀 여쭤 보려고요. 어제 말씀하신 소원과 관련해서요. 낚시는 안 할래요."

"왜 지금 와서 그 얘길 꺼내는 거니?"

"왜냐하면, 아, 제가 여쭤 보려고 한 건, 혹시 제가……"

"속 시원히 말해라, 뜸 들이지 말고! 뭔데 그러느냐?"

"혹시 제가 시험에 떨어지면 김나지움에 진학해도 될까 해서요."

기벤라트 씨는 말문이 막혔다.

"뭐? 김나지움에 간다고?" 격한 어조로 그가 말했다. "김나지움에 진학한다고? 누가 너에게 그 따위 소리를 했는데?"

"아무도 그런 말 안했어요. 제가 그냥 생각해 본 거예요."

소년의 얼굴에는 극도의 두려움이 역력했지만, 아버지는 눈치채지 못했다.

"나가라, 나가!" 아버지는 억지웃음을 띠며 말했다. "터무니없는 소리 말고. 김나지움에 가겠다고? 넌 내가 상업고문관*이라도 되는 줄 아나 보구나."

아버지가 손을 내저으며 격렬한 반응을 보이자, 한스는 김나지움에 가는 것을 단념하고 절망적인 심정으로 아버지 방을 나왔다.

"저게 사내 녀석이라고!" 아버지는 아들의 등을 향해 툴툴거렸

---

* 독일에서 1919년까지 상공업 공로자에게 준 칭호.

다. "김나지움에 가겠다고! 넌 뭔가 잘못 생각하고 있어."

한스는 30분가량 자기 방 창문턱에 걸터앉아 깨끗이 닦인 마룻바닥을 뚫어져라 쳐다봤다. 그러면서 신학교나 김나지움, 혹은 대학에 못 갈 경우 어떻게 될지 상상해 보았다. 아마 치즈 가게나 사무실에서 견습사원으로 일하다가 자신이 경멸하는 평범하고 가련한 사람들의 인생을 평생 살아가게 될 것이다. 무슨 일이 있어도 그런 사람이 되기는 싫었다. 귀엽고 영리한 소년의 얼굴이 분노와 고통으로 일그러졌다. 그는 자리에서 벌떡 일어나서는 침을 뱉었다. 그런 뒤 옆에 놓여 있던 라틴어 시선집을 집어 들더니 힘껏 벽에 내동댕이쳤다. 그러고는 비가 내리는 밖으로 달려 나갔다.

월요일 아침 일찍 한스는 다시 학교에 갔다.

"어찌 지내느냐?" 교장 선생님이 물으며 손을 내밀었다. "어제 나한테 올 줄 알았는데. 시험은 어땠느냐?"

한스는 고개를 떨구었다.

"아니, 왜 그러는 거냐? 잘 보지 못한 거야?"

"그런 거 같아요."

"자, 참고 기다려 보자!" 늙은 신사는 한스를 위로해 주었다.

"아마 오늘 오전 중으로 슈투트가르트에서 소식이 올 거야."

오전 시간이 끔찍할 정도로 길게 느껴졌다. 아무런 소식도 오지 않았다. 한스는 점심 식사를 하면서 속으로 흐느끼느라 음식을 제대로 삼키지 못했다.

오후 2시에 한스가 교실에 들어서니 벌써 담임선생님이 와 계셨다.

"한스 기벤라트!" 그는 큰 소리로 한스를 불렀다.

한스가 앞으로 걸어 나갔다. 선생님은 그에게 손을 내밀어 악수를 청했다.

"축하한다, 기벤라트! 네가 이번 주 시험에서 2등으로 합격했단다."

교실 안에 엄숙한 침묵이 흘렀고, 문이 열리더니 교장 선생님이 안으로 들어왔다.

"축하한다. 자, 무슨 할 말이라도 있느냐?"

소년은 너무 놀랍고 기쁜 나머지 몸을 가눌 수가 없었다.

"아무 할 말도 없는 게냐?"

"이럴 줄 알았다면 1등도 노렸을 거예요." 그의 입에서 불쑥 이런 말이 튀어 나왔다.

"자, 그럼 집에 가보도록 하거라!" 교장 선생님이 말했다. "아버님께 이 소식을 알려 드려야지. 앞으론 학교에 나오지 않아도 된다. 어차피 일주일 뒤에는 방학이 시작되니까."

소년은 현기증을 느끼며 거리로 나왔다. 길가에 늘어선 보리수와 햇살을 받고 있는 장터가 눈에 들어왔다. 모든 것이 예전 그대로였다. 하지만 모든 것이 더 아름답고 더 의미심장하고 즐겁게 보였다. 내가 시험에 합격하다니! 더구나 차석으로! 처음에 느꼈던 기쁨의 소용돌이가 지나가자 그는 뜨겁게 감사의 마음에 사로잡혔다. 이제 그는 마을 목사를 피해 다닐 필요가 없었다. 이제 공부를 계속할 수 있게 되었다! 치즈 가게나 사무실도 더 이상 두려워할 필요가 없었다!

그리고 다시 낚시를 하러 갈 수도 있었다. 집에 돌아오니 아버지가 대문 앞에 서 있었다.

"무슨 소식 없니?" 아버지가 넌지시 물었다.

"별거 아녜요. 학교에서 쫓겨났어요."

"뭐라고? 대체 어쩌다 그렇게 된 건데?"

"전 이제 신학교 학생이니까요."

"이럴 수가, 그럼 합격했단 말이냐?"

한스는 고개를 끄덕였다.

"성적은 좋았니?"

"2등으로 붙었어요."

아버지도 설마 그럴 줄은 몰랐다. 그는 할 말을 잊고 아들의 어깨를 계속 두드려 주었다. 그러고는 웃음을 터뜨리며 고개를 설레설레 저었다. 그런 다음 무슨 말을 하려고 입을 열었지만, 아무 말도 못하고 그냥 다시 고개만 저었다.

"아니, 이럴 수가." 마침내 그가 소리쳤다. "세상에, 이럴 수가 있나!" 그는 다시 한 번 소리쳤다.

한스는 집 안으로 득달같이 뛰어들어 다락방으로 통하는 계단을 뛰어 올라갔다. 텅 빈 다락방의 벽장을 열어젖히고는 그 안을 마구 뒤져서 온갖 종류의 상자와 실 뭉치, 코르크 마개를 끄집어냈다. 그것들은 한스의 낚시 도구였다. 이젠 멋진 낚싯대를 만들기만 하면 되었다. 그는 아버지가 있는 곳으로 내려갔다.

"아버지, 주머니칼 좀 빌려 주세요!"

"무엇에 쓰려고?"

"나뭇가지를 잘라 낚싯대를 만들려고요."

아버지는 주머니 속에 손을 집어넣었다. "여기." 아버지는 환한 얼굴로 거드름을 피우며 말했다. "여기 2마르크를 받아라. 그걸로 칼을 사도록 해라. 그러나 한프리트 씨한테 가지 말고 길 건너편의 대장간에 가서 사거라."

한스는 즉시 대장간으로 달려갔다. 도공끄ㅗ은 시험에 관해 물어보았고 기쁜 소식을 듣고는 특별히 멋진 칼을 내주었다. 강 하류 쪽 브뤼엘 다리 아래 멋지고 날씬한 오리나무와 개암나무가 자라고 있었다. 거기서 한스는 오랫동안 고르고 골라 흠이 없고 탄력 있는 나뭇가지를 잘라 내었다. 그는 그걸 가지고 서둘러 집으로 돌아왔다.

한스는 상기된 얼굴과 빛나는 눈으로 즐겁게 낚싯대를 만들었다. 그 일 자체도 낚시만큼이나 재미있었다. 오후 내내, 그리고 밤이 될 무렵까지 한스는 그 일을 하며 앉아 있었다. 흰색과 갈색, 녹색의 실들을 분류하고 꼼꼼히 살핀 뒤에 끊긴 실을 잇기도 했고, 몇 군데의 오래된 매듭과 뒤엉킨 곳을 풀기도 했다. 그리고 온갖 형태와 크기의 코르크 마개와 깃대를 살펴보고 그것들을 새로 깎기도 했다. 그러고는 낚싯줄 추로 쓰려고 가벼운 납 조각들을 망치로 두들겨 둥근 알갱이 모양으로 만든 다음, 그 위에 낚싯줄을 끼울 금을 새겼다. 다음은 낚싯바늘을 챙길 차례였다. 한스는 아직 몇 개의 낚싯바늘을 보관해 두고 있었다. 그는 그것들을 네 겹의 검은 재봉실과 현선絃線,✦ 그리고 꼬아 엮은 말총 끈에 단단히 동여매었다.

밤이 되어서야 모든 일이 끝났다. 이제 한스는 7주나 되는 기나긴 방학을 지루하지 않게 보낼 수 있으리라 자신했다. 낚싯대만 있으면 하루 종일 혼자 강가에서 시간을 보낼 수 있기 때문이었다.

✦ 양의 창자로 만든 줄.

제2장

정말 멋진 여름방학이었다! 언덕들 위로 푸른 용담龍膽 같은 하늘이 펼쳐졌고, 눈부시게 화창한 더운 날들이 몇 주나 계속되었다. 이따금 세찬 비바람이 급작스레 몰아칠 뿐이었다. 사암 절벽을 넘어온 강물은, 협곡과 숲으로 흘러들었다. 그 강물은 낮에 너무 데워져 저녁 늦은 시각에도 멱을 감을 수 있을 정도였다. 올해 들어 두 번째로 베어 말린 풀의 내음이 온 마을에 진동했다. 호밀밭의 좁다란 두렁은 누런색과 적갈색으로 변해 있었다. 냇가를 따라 하얀 독미나리 같은 식물들이 어른 키 높이로 무성하게 자라 있었고, 그 하얀 꽃송이들은 우산 모양을 이룬 조그만 딱정벌레 무리로 항시 뒤덮여 있었다. 사람들은 그 식물의 속 빈 줄기를 잘라 플루트나 피리를 만들기도 했다. 숲가를 따라서는 솜털로 뒤덮인 기품 있는 버배스컴이 화려함을 뽐내며 늘어서 있었다. 가늘고 질긴 줄기 위에서 이리저리 흔들리는 부처꽃과 바늘꽃은, 산비탈을 온통 적자색으로 물들이고 있었다. 숲의 안쪽 가문비나무 아래로는 아름답고도 기묘한 빨간 디기탈리스가 높이 치솟아 있었다. 그 꽃은 은빛 털이 달린 넓은 근생엽과 튼튼한 줄기, 그리고 높다란 분홍색 꽃받침을 가지고 있었다. 그 옆으로는 갖가지 버섯들이 자라나 있었다. 붉은빛으로 반짝이는 광대버섯, 두껍고 넓적한 돌 모양의 버섯, 가지가 많은 붉은 싸리버섯, 이상스러운 무색을 띤 병든 수정란水晶蘭처럼 생긴 버섯도 있었다. 숲과 풀밭 사이의 비탈에는 질긴 금작화가 불붙은 듯 황색으로 타올랐고, 연보라색의 에리카가 기다랗게 무리 지어 자라 있었다. 두 번째 풀베기를 목전에 둔 풀밭에는 황새냉이, 동자꽃, 샐비어, 체꽃이 색색으로 무성하게 자라고 있었다. 활엽수림에서는 방울새들이 쉬지 않고 지저귀고, 소나무 숲에서는 붉은 빛이 도는 다람쥐들이 나무 꼭대기를 넘나들며 뛰놀았다. 비탈과 담벼락과 메마른 묘지에는, 따사로운 햇볕 아래 기분 좋게 숨 쉬고 있는 초록 도마뱀들의 모습도 어슴푸레 보였다. 풀밭 너머로는 지칠 줄 모르는 매미들의 울음소리가 귀가 따가울 정도로 끝없이 울려 퍼졌다.

마을은 이맘때면 시골 분위기를 물씬 풍겼다. 거리는 건초 운반용 수레로 가득했고, 건초 내음과 낫 가는 소리가 공기를 메웠다. 두 개의 공장 건물만 없었다면 그야말로 시골 마을처럼 보였을 것이다.

방학 첫날이 되자 한스는 안나 할머니가 일어나기도 전인 이른 새벽에 벌써 부엌으로 나와 조급한 마음으로 커피를 기다렸다. 한스는 불 지피는 일을 거들고, 양푼에 담긴 빵을 챙기고는, 신선한 우유를 넣은 차가운 커피를 단숨에 들이켰다. 그러고는 빵을 주머니에 쑤셔 넣고 밖으로 달려 나갔다. 한스는 높은 철둑 위에서 걸음을 멈추었다. 그러고는 바지 주머니에서 둥근 양철통을 꺼내 열심히 메뚜기를 잡기 시작했다. 기차가 옆을 지나갔다. 철로가 매우 가파른 오르막길이어서 기차는 꽤나 느긋하게 천천히 움직였다. 열려 있는 차창 안을 들여다보니 승객들은 별로 없었다. 기차는 연기와 증기를 펄럭이는 기다란 깃발처럼 내뿜으며 흥겹게 달렸다. 그는 기차의 뒷모습을 바라봤다. 희끄무레한 연기가 어지럽게 피어오르다가 이내 햇빛 비치는 이른 아침의 맑은 하늘로 사라져 갔다. 이런 풍경을 보는 게 얼마 만인가! 마치 잃어버린 아름다운 시간을 갑절로 되찾으려는 듯, 아무런 거리낌이나 걱정 없이 다시 한 번 어린 시절로 되돌아가려는 듯, 한스는 숨을 크게 들이마셨다.

한스는 메뚜기를 담은 통과 새로 만든 낚싯대를 들고 다리를 건너 정원을 지나 '말구유'라고 불리는, 강가에서 가장 깊은 곳을 향해 걸어갔다. 그곳을 향해 걷는 동안 한스의 가슴은 남모르는 희열과 천렵에 대한 기대로 두근거리기 시작했다. 그곳은 버드나무 줄기에 기대어 다른 어느 곳보다 편히, 아무런 방해도 받지 않고 낚시를 즐길 수 있는 장소였다. 한스는 낚싯줄을 풀고는 거기에 조그만 납덩이를 매달았다. 그러고는 살진 메뚜기를 사정없이 바늘에 꿰고는 낚싯대를 강 한가운데로 힘껏 내던졌다. 오래되고 잘 알려진 놀이가 시작되었다. 조그만 붕어들이 미끼를 먹으려고 낚싯바늘 주위에 떼로 몰려들었다. 얼마 가지 않아 미끼가 없어졌다. 그는 두 번째 메뚜기를 매달았고 다시 세 번째, 네 번째, 다섯 번째 메뚜기를 매달았다. 한스는 점점 더 조심스럽게 미끼를 바늘에 꽂았다. 마침내 그는 납덩이를 하나 더 달아 낚싯줄을 무겁게 했다. 처음으로 제법 덩치가 큰 물고기가 낚싯밥을 건드렸다. 그놈은 낚싯밥을 물고 조금 잡아당기다가 놓아 버리더니 또다시 달려들어 먹이를 건드렸다. 그러다가 마침내 먹이를 덥석 물어 버렸다. 그 노련한 낚시꾼은 낚싯줄과 낚싯대를 통해 손가락으로 전달되는 미세한 움직임을 느낄 수가 있었다!

한스는 낚싯줄을 요령껏 홱 낚아채서는 매우 조심스럽게 잡아당기기 시작했다. 바늘을 물고 있는 물고기가 물 밖으로 드러났다. 황어였다. 담황색으로 희미하게 빛나는 넓은 몸뚱이와 세모난 머리, 아름다운 선홍색의 배지느러미를 보니 황어임을 금방 알 수 있었다. 무게가 대체 얼마나 될까? 하지만 그가 제대로 무게를 추측하기도 전에 물고기는 겁에 질려 필사적으로 버둥거리기 시작했고, 수면 위로 마구 솟구치다가 결국 달아나고 말았다. 물고기는 물속에서 서너 번 몸을 뒤집은 다음 은빛 번개처럼 물속 깊이 사라졌다. 한스는 그 모습을 물끄러미 지켜봤다. 물고기가 낚싯바늘에 제대로 걸리지 않은 모양이었다.

이제 낚시꾼의 마음속에서 낚시에 대한 흥분과 열정이 본격적으로 깨어났다. 낚시꾼의 두 눈은 수면에 닿아 있는 가느다란 갈색 낚싯줄을 날카롭게 응시했다. 그의 뺨은 붉게 상기되었고, 그의 몸놀림은 간결하고 재빠르며 확실했다. 두 번째 황어가 미끼를 물었다가 다시 빠져나갔다. 그다음에는 딱하게도 작은 잉어가 걸렸다. 그리고 잇달아서 곤들매기 세 마리가 걸렸다. 곤들매기는 아버지가 좋아하는 생선이어서 한스는 특히 기뻤다. 그 물고기는 비늘이 작은 살진 몸뚱이, 우스꽝스러운 하얀 수염이 달린 두툼한 머리, 조그만 눈과 날씬한 등짝을 지니고 있었다. 녹색과 갈색 사이의 빛깔을 띤 그것은 뭍으로 올라오면 푸른색으로 변했다.

그사이 태양은 높이 떠올라 있었다. 위쪽의 방죽에는 눈처럼 하얀 물거품이 반짝였고, 수면은 따사로운 산들바람에 살며시 흔들렸다. 눈을 들어 하늘을 보면 무크베르크 산 위로 손바닥 크기의 눈부시게 하얀 구름이 몇 개 떠 있었다. 날씨가 더워졌다. 하늘 중간 높이에 조용히 떠 있는 하얀 구름이 한여름 날의 더위를 가장 잘 말해 주고 있었다. 조그만 구름 조각들은 햇빛을 듬뿍 머금고 햇빛에 젖어 있어 눈이 부셔 오래 쳐다볼 수도 없었다. 구름이 보이지 않으면 날씨가 얼마나 더운지 알아차리지 못할 수도 있다. 사람들은 푸른 하늘이나 반짝이는 수면이 아니라 거품 같은 하얀 구름 조각들이 무리 지어 돛단배처럼 움직이는 것을 볼 때, 문득 태양이 불타오르는 것을 느끼기 때문이다. 그러면 그늘을 찾아 두리번거리다가 땀에 젖은 이마를 손으로 훔쳐낸다.

한스는 차츰 낚시에 흥미를 잃어 갔다. 약간 피곤하기도 했다. 정오경에는 다른 물고기들은 잡히지 않는다. 은빛 잉어들만이, 가장 늙고 큰 것들까지 햇볕을 즐기려고 수면 위로 올라온다. 거무스름한 빛깔의 큰 잉어들은 수면에 바짝 붙어 꿈꾸듯 상류 쪽으로 헤엄쳐 간다. 그러면서 때로는 특별한 이유 없이 깜짝 놀라기도 하지만, 이 시간에는 결코 낚싯밥을 물지 않는다.

한스는 버드나무 가지 너머로 낚싯줄을 드리우고는 바닥에 앉아 푸른 강물을 바라봤다. 따뜻한 공기에 유혹된 물고기들이 마치 마법에 걸린 듯, 차례로 거무스레한 등을 보이며 조용히 느릿느릿 헤엄치며 나타났다. 그놈들은 자신들이 아주 안전하다고 생각하는 듯했다! 한스는 장화를 벗고, 미지근한 물속에 두 발을 담갔다. 그러고는 자신이 낚은 물고기들을 살펴봤다. 커다란 양동이 속에서 헤엄치는 그것들은 가끔씩만 살짝 퍼덕였다. 얼마나 멋진 녀석들인가! 움직일 때마다 비늘과 지느러미에서 흰색과 갈색, 녹색과 은색, 옅은 금색과 청색 등이 반짝거렸다.

주위에는 정적이 감돌았다. 다리 위를 달리는 차 소리와 물레방아의 덜그럭거리는 소리도 여기서는 희미하게만 들릴 뿐이었다. 하얀 거품이 이는 방죽에서 쉼 없이 부드럽게 흘러내리는 조용하고 서늘하고 졸리는 물소리와, 뗏목이 매인 말뚝을 휘감아

도는 나지막한 물소리만 들려왔다.

그리스어와 라틴어, 문법과 문체론, 수학과 암기 속에서 오랫동안 쉬지도 못하고 쫓기듯 살아온 1년 동안의 고통스러운 방황도 졸음에 겨운 따스한 시간 속에 조용히 잠겨 버렸다. 한스는 머리가 아팠지만 여느 때처럼 심하지는 않았다. 이제 다시 강가에 앉은 한스는 방죽에서 흘러내리는 흩날리는 하얀 물거품을 바라보기도 했고, 두 눈을 깜박이며 물에 드리워진 낚싯줄을 지켜보기도 했다. 곁에 있는 양동이 안에는 낚은 물고기들이 여전히 헤엄치고 있었다. 너무나 멋진 순간이었다. 자신이 주 시험에 합격했다는 사실, 그것도 2등으로 붙었다는 사실이 문득 떠오를 때면 맨발로 물장구를 치기도 했고, 두 손을 바지 주머니에 찔러 넣고 휘파람을 불기도 했다. 사실 한스는 휘파람을 제대로 불 줄 몰랐다. 그 때문에 학교 친구들로부터 숱하게 놀림을 당하기도 했다. 그저 이빨 사이로 나지막이 바람 소리만 뿜는 수준이었다. 그렇지만 지금은 아무도 자신의 휘파람 소리를 듣지 않으니 혼자 즐기면 그만이었다.

다른 친구들은 지금 교실에 앉아 지리 공부를 하고 있겠지만, 한스는 수업에서 해방되어 홀로 자유로웠다. 그는 같은 또래의 아이들을 앞질렀고, 그들은 그보다 뒤처지게 되었다. 한스는 아이들에게서 몹시 괴롭힘을 당했었다. 아우구스트 외에는 친한 친구가 없었고, 싸움질이나 놀이에는 별로 흥미가 없었기 때문이었다. 그런데 이제 그들은 한스의 뒤통수나 바라볼 수 있을 따름이었다. 땅개 같은 고집쟁이들. 한스는 그들이 너무 경멸스럽게 느껴져 입을 삐죽거리려고 잠시 휘파람을 멈추었다. 그러고 나서 낚싯줄을 말아 올리다가 웃음을 터뜨리고야 말았다. 낚싯바늘에 꿰어 놓은 미끼들이 모두 사라져 버렸기 때문이었다. 그는 통 속에 남아 있던 메뚜기들을 놓아주었다. 메뚜기들은 마치 마비되어 있었던 듯 잠시 후에야 마지못해 풀밭으로 기어 들어갔다. 옆에 있는 제혁 공장의 노동자들은 벌써 점심을 먹고 있었다. 한스 역시 점심을 먹으러 갔다.

식탁에서는 거의 아무런 대화가 없었다.

"좀 잡았니?" 아버지가 물었다.

"다섯 마리요."

"그래? 나이 든 물고기는 잡지 않도록 주의해라. 그러다간 나중에 어린 물고기가 씨가 말라 버리니까."

대화는 더 이상 이어지지 않았다. 날씨가 너무 더웠다. 식사를 마친 즉시 수영하러 가지 못하는 것이 정말 안타까웠다. 대체 왜 안 된다는 말인가? 그것이 해롭다고 여겨지기 때문이었다. 그것이 허튼소리라는 걸 한스는 너무도 잘 알고 있었다! 그래서 예전에는 상관하지 않고 수영하러 가곤 했었다. 하지만 이제는 그러지 못하리라. 그런 어린애 같은 짓을 하기에는 너무 성숙했기 때문이다. 구술시험 시험관들은 그에게 '귀하'라는 호칭까지 쓰지 않았던가!

한 시간가량 정원의 가문비나무 아래 누워 있는 것도 과히 나쁘지 않았다. 그 그늘이 너무도 시원해, 한참 동안 책을 읽거나 나비를 지켜볼 수도 있을 것 같았다. 한스는 2시까지 거기 누워 있다가 하마터면 잠이 들 뻔했다. 그렇지만 이제 수영하러 갈 시간이었다! 물가의 풀밭에는 서너 명의 꼬마들밖에 없었다. 큰 아이들은 모두 교실에 앉아 있으리라. 한스는 그들이 그러고 있기를 진심으로 바라며 아주 천천히 옷을 벗고, 물속으로 들어갔다. 그는 어떻게 하면 최상의 서늘함과 최상의 따뜻함을 느낄 수 있는지를 잘 알고 있었다. 물속에서 잠수를 하거나 첨벙거리다가, 강가에 배를 깔고 누워 따가운 햇볕에 피부의 물기를 말리기를 번갈아 하면 되었다. 어린 소년들은 거리를 두고 그런 그의 모습을 지켜봤다. 그렇다, 한스는 어느덧 유명 인사가 되어 있었다. 겉모습도 다른 아이들과는 달라 보였다. 햇볕에 그을린 가는 목덜미 위에 있는 그의 잘생긴 얼굴은, 지적이고 거만한 표정을 띠고 있었다. 하지만 한스는 너무 말라 있었다. 팔다리는 연약해 보일 정도로 가늘었고, 가슴과 등엔 갈비뼈가 훤히 드러나 있었으며, 장딴지에도 살이 거의 붙어 있지 않았다.

한스는 거의 오후 내내 물에 들어갔다가 햇볕을 쬐었다가 하기를 반복했다. 4시가 지나자 같은 반 친구들이 와자지껄 떠들면서 그의 주위로 몰려들었다.

"우아, 기벤라트! 넌 참 좋겠다."

한스는 느긋하게 팔다리를 뻗었다. "그래, 괜찮아."

"언제 신학교에 가는 거니?"

"9월이 되어야 갈 거야. 지금은 방학 중이거든."

한스는 자신을 부러워하는 친구들의 시선을 즐겼다. 뒤에서 누가 조롱하며 이런 시구를 읊을 때에도 한스는 조금도 동요하지 않았다.

"나도 슐체 리자베트처럼
될 수 있다면!
그녀는 낮에도 침대에 누워 있지만
나는 그러지 못하네."

한스는 그냥 웃어넘겼다. 그사이 아이들은 옷을 벗기 시작했다. 한 아이는 곧바로 물속으로 뛰어들었고, 다른 아이들은 조심스럽게 물을 끼얹어 먼저 몸을 식혔다. 물속으로 뛰어들기 전에 잠시 잔디밭에 드러눕는 아이들도 있었다. 잠수를 잘하는 아이는 경탄의 대상이 되었다. 누군가가 어떤 겁쟁이를 뒤에서 물속으로 떠밀자 그 겁쟁이가 "사람 살려!" 하고 소리치기도 했다. 아이들은 서로 뒤쫓고, 달리고, 헤엄쳤다. 물에 들어가지 않고 풀밭에서 일광욕을 즐기는 아이들에게 물을 끼얹기도 했다. 첨벙거리는 소리, 고함치는 소리. 강가의 풀밭은 반짝거리는 젖은 몸뚱이들로 가득했다.

한 시간 후 한스는 그곳을 떠났다. 물고기들이 다시 입질을 시작하는 따스한 저녁 시간이 되었기 때문이었다. 그는 저녁 식사 시간까지 다리 위에서 낚시를 했지만, 거의 한 마리도 잡지 못했다. 물고기들은 마구 낚싯바늘로 달려들었지만 미끼만 먹어 치울 뿐 바늘에 꿰인 물고기는 거의 없었다. 낚싯바늘에 미끼로 단 버찌가 너무 크거나 물렁한 모양이었다. 한스는 나중에 다시 시도해 보기로 하고 집으로 돌아갔다.

저녁 식사 시간에, 한스는 많은 친지들이 그를 축하하러 왔다 갔다는 소리를 들었다. 또한 그는 오늘 발행된 주간신문을 넘겨받았다. 거기에는 '공지 사항'이라는 제목 아래 다음과 같은 짤막한 기사가 실려 있었다.

'올해 우리 마을은 초급 신학교 입학시험에 단 한 명의 응시자인 한스 기벤라트를 보냈다. 방금 우리는 그 소년이 차석으로 합격했다는 기쁜 소식을 접했다.'

한스는 신문을 접어 주머니에 집어넣었다. 아무 말도 하지 않았지만 그의 가슴은 자부심과 환호로 터져 버릴 것 같았다. 잠시 후 그는 다시 낚시를 하러 갈 채비를 했다. 이번에는 미끼로 쓰려고 서너 개의 치즈 조각을 챙겼다. 치즈는 물고기가 좋아할 뿐 아니라 어스름한 시각에도 물고기 눈에 잘 띄기 때문이었다. 또한 이번에는 낚싯대는 놓아두고 아주 간단한 손낚시 도구만 챙겼다. 그는 손낚시를 가장 좋아했다. 손낚시는 낚싯대나 낚시찌는 필요 없고, 낚싯줄과 낚싯바늘만 있으면 됐다. 줄을 직접 손에 쥐고 하는 손낚시는 약간 힘들기는 했지만 훨씬 재밌었다. 손낚시를 하려면 낚싯줄이 움찔할 때를, 물고기가 미끼를 건드리거나 덥석 무는 때를 잘 알아채서 바로 대처해야 한다. 즉 능숙한 손놀림과 탐정처럼 주위의 동정을 살필 줄 아는 재능이 필요했다.

강물이 굽이치며 흐르는 움푹 파인 협곡에는 어둠이 일찍 찾아들었다. 강물은 거무스레한 색을 띠며 다리 아래로 조용히 흘러갔다. 아래쪽 물레방아에는 벌써 불이 들어와 있었다. 다리와 골목 너머로 사람들이 떠들고 노래하는 소리가 들려왔다. 밤공기는 약간 후텁지근했다. 강물에서는 거무스름한 물고기들이 수시로 뛰어올랐다. 이런 밤이면 물고기들은 눈에 띄게 흥분해서 지그재그로 쏜살같이 움직이기도 하고, 공중으로 솟구치기도 한다. 또 낚싯줄에 부딪치기도 하고, 겁 없이 미끼를 향해 달려들기도 한다. 마지막 치즈 조각이 다 떨어질 때까지, 한스는 조그만 잉어네 마리를 건져 올렸다. 한스는 내일 그 물고기들을 마을 목사님께 갖다 주겠다고 결심했다. 따스한 바람이 골짜기 아래로 불어왔다. 주위는 상당히 어두웠지만, 하늘은 아직 밝은 빛을 머금고 있었다. 어두워진 마을 위로 우뚝 솟은 교회 탑과 성의 지붕만 도드라져 보였다. 아주 먼 어딘가에서 뇌우가 치고 있는지, 이따금 희미한 천둥소리가 부드럽게 들려왔다.

한스는 머리와 팔다리가 나른한 매우 기분 좋은 상태로, 10시에 잠자리에 들었다. 너무도 오랜만에 맛보는 졸음이었다. 한스의 마음을 진정시켜 주고 한편으론 유혹하기도 하는, 아름답고 자유로운 긴 여름날이 그의 앞에 펼쳐져 있었다. 산책이나 수영, 낚시를 즐기고, 몽상에 잠길 수 있는 나날들이. 수석을 하지 못했다는 사실만 가끔씩 그를 화나게 했다.

이른 아침부터 한스는 어제 강에서 잡은 물고기를 들고 목사관의 문 앞에 서 있었다. 마을 목사가 서재에서 나왔다.

"오, 한스 기벤라트! 좋은 아침이구나! 축하한다, 진심으로 축하해. 그런데 거기 들고 있는 게 뭐니?"

"물고기인데, 서너 마리밖에 안 돼요. 어제 낚시로 잡은 거예요."

"음, 좀 보자! 정말 고맙다. 어서 들어와."

한스는 친숙하게 느껴지는 목사의 서재로 들어섰다. 여느 목사의 서재와는 사뭇 달라 보였다. 우선 화분에 심긴 꽃 냄새나 담배 냄새가 나지 않았다. 책장에 꽂혀 있는 상당히 많은 책들도, 대부분 책등에 래커 칠이 말끔하게 되어 있고 금박을 입힌 신간 서적들이었다. 다른 목사들의 장서에서 볼 수 있는 색이 바래고, 휘어지고, 벌레 먹고, 곰팡이가 슨 책들은 보이지 않았다. 좀 더 자세히 살펴보면 가지런히 정돈된 책들의 제목에서 새로운 정신을 알아챌 수 있었다. 소멸해 가는 구세대의 존경받는 인물들, 예컨대 뱅겔이나 외팅거, 슈타인호퍼*에 관한 책들이나, 뫼리케**가

---

* 뱅겔, 외팅거, 슈타인호퍼는 경건주의 운동을 일으킨 독일의 신학자들이다.
** Eduard Friedrich Mörike(1804-1875). 독일의 서정 시인이자 소설가. 그는 뷔르템베르크 주의 오지인 클레버줄츠바흐의 목사가 되어 이 마을을 배경으로 한 『탑 꼭대기의 낡은 풍향계』라는 작품을 썼다. 풍향계를 의인화시켜 그 눈으로 본 마을 주민들과 목사의 모습을 담은 작품으로, 그에게 큰 명성을 가져다주었다.

『탑 꼭대기의 낡은 풍향계』에서 아름답게 찬미한 경건한 가곡 가수들에 관한 책들은 아예 없거나, 현대적인 작품들 속에 파묻혀서인지 보이지 않았다. 철을 한 잡지와 사면斜面 책상, 서류들이 여기저기 흩어져 있는 커다란 책상 등이 모두 목사의 학식과 근엄함을 보여 주었다. 한스는 마을 목사가 이 서재에서 많은 시간을 연구한다는 인상을 받았다. 실제로도 그랬다. 목사는 여기서 설교나 교리문답, 성경 낭독 및 예배 시간을 위한 준비보다는 학술 잡지에 기고할 연구 논문과 소논문, 그리고 자신의 책 집필에 필요한 연구를 했다. 그는 몽상적인 신비주의에 빠지지도 않았고, '마음의 신학'이라고 불리는, 학문이라기보다는 목마른 민중들을 향한 사랑과 동정에 빠지지도 않았다. 대신 성경을 비판적으로 읽으며 '역사적인 예수'를 찾으려 했다.

사실 신학도 다른 영역과 사정이 크게 다르지 않다. 즉 예술이라 불릴 만한 신학이 있고, 학문이라 불리거나 적어도 그렇게 되려고 애쓰는 신학이 있다. 예나 지금이나 그것은 똑같다. 학문적 성향을 지닌 사람들은 언제나 오래된 포도주를 새로운 술 포대에 담으려다가 술을 망친다. 반면 예술가들은 그릇된 주장들을 태연히 고집하면서도 많은 사람들에게 위로와 기쁨을 안겨 준다. 이것은 비판과 창작, 학문과 예술 간에 오랫동안 벌어져 온 불평등한 싸움이다. 이 싸움에서 학문은 누군가의 도움 없이도 언제나 옳다고 인정받았다. 반면 예술은 믿음과 사랑과 위로와 아름다움의 씨앗을, 영원을 예감하는 씨앗을 뿌릴 수 있는 비옥한 토양을 매번 발견할 수 있었다. 삶이 죽음보다 강하고, 믿음이 의심보다 강력하기 때문이다.

한스는 사면 책상과 창문 사이에 놓인 조그만 가죽 소파에 처음으로 앉아 보았다. 마을 목사는 너무나도 친절했다. 목사는 절친한 동료를 대하듯 한스에게 신학교에 대해, 그곳의 생활과 학업에 대해 이야기해 주었다.

"거기서 새로운 일을 많이 체험하게 될 테다만, 그중에 가장 중요한 것은 그리스어로 된 신약성경을 배우는 것이란다. 그것은 너에게 완전히 새로운 세계를 열어 줄 게다. 그것을 배우면 지식도 풍부해질 뿐 아니라 기쁨도 느낄 게다. 처음엔 배우기가 어렵겠지. 네게 익숙한 아테네의 그리스어가 아니라, 비상한 정신에 의해 창조된 새로운 언어처럼 느껴질 테니까."

한스는 주의 깊게 귀를 기울이며, 자신이 참된 학문에 다가가고 있는 듯한 자부심을 느꼈다.

목사는 말을 이었다. "신학교는 새로운 세계로 너를 인도할 게다. 처음에는 히브리어를 배우는 데만도 시간이 많이 들 테니, 이번 방학에 나와 함께 그리스어 공부를 먼저 시작해 보는 게 어떻겠니? 그러면 신학교에 가서 다른 공부를 할 시간과 여력을 가질 수 있을 게다. 함께 누가복음을 두세 장 읽어 내려가다 보면 그리스어를 손쉽게 배울 수 있을 게다. 사전은 내가 빌려 줄 테니 하루에 한 시간 정도, 기껏해야 두 시간 정도 공부를 해보자. 물론 그 이상은 안 된다. 넌 지금 무엇보다 휴식이 필요하니까. 물론

이건 그냥 제안이란다. 너의 멋진 휴가를 망치고 싶진 않단다."

한스는 공부를 해보겠다고 했다. 누가복음 공부는 푸른 하늘에 떠 있는 한 조각 가벼운 구름처럼 여겨졌기에, 그 제안을 거절하기가 부끄러웠다. 더욱이 방학 동안 새로운 언어를 배운다는 건 공부라기보다는 즐거운 일처럼 느껴졌다. 그러지 않아도 한스는 신학교에서 배울 많은 새로운 과목들이, 특히나 히브리어가 걱정이었기에 무어라도 미리 공부를 하고 가면 좋을 것 같았다.

그래서 한스는 그리 나쁘지 않은 기분으로 목사관을 나와 낙엽송이 늘어선 길을 통과해 숲 속으로 들어섰다. 약간 의심스러웠던 기분은 봄눈 녹듯 사라져 버렸다. 마을 목사와의 약속을 곰곰이 생각해 보니 괜찮은 결정을 했다는 생각이 들었다. 신학교에서도 다른 학우들을 앞지르려면 더욱 큰 야망을 품고 열심히 공부해야 하기 때문이다. 한스는 기필코 남들보다 앞서고 싶었다. 왜 그래야 하는지는 자신도 알지 못했지만.

3년 전부터 마을 사람들이 그를 주목하기 시작했다. 선생님들과 마을 목사, 아버지, 특히 교장 선생님까지 그를 격려하고 자극하며 잠시도 가만두지 않았다. 한스는 처음부터 지금까지 매 학년마다 논란의 여지가 없는 수석 학생이었다. 자기와 견줄 만한 학생은 없었다. 그런데도 어리석게 주 시험에 불안해한 것이다. 하지만 이제 다 지나간 이야기다.

방학을 즐긴다는 건 정말이지 더없이 멋졌다. 산책하는 사람이 자기 말고는 아무도 없는 이런 아침 시간에, 숲은 유난히도 더 아름다워 보였다. 가문비나무들이 줄지어 늘어서 있었다. 마치 높고 둥근 청록색의 천장이 있는 복도를 지나가는 기분이었다. 키 작은 관목은 그다지 보이지 않았다. 단지 여기저기 무성하게 자란 나무딸기 관목만 보일 뿐이었다. 솜털처럼 부드러운 이끼가 깔린 지대가 몇 킬로미터에 걸쳐 펼쳐져 있었다. 그 이끼 위로는 키 작은 월귤나무와 에리카가 자라고 있었다. 이슬은 벌써 말라 있었다. 화살처럼 곧게 뻗은 나무줄기 사이로 아침 숲 특유의 후텁지근한 기운이 감돌고 있었다. 햇살의 온기와 이슬로 인해 공기는 뿌옜다. 이끼, 송진, 가문비나무의 바늘잎, 버섯 냄새가 뒤섞인 숲의 기운이 모든 감각을 살짝 마비시키며 온몸을 휘감았다. 한스는 이끼로 뒤덮인 곳에 드러누웠다. 그러고는 다닥다닥 붙어 있는 거무스레한 월귤나무 잎사귀를 뜯어냈다. 여기저기서 나무줄기를 쪼아 대는 딱따구리 소리와 시샘 많은 뻐꾸기 울음소리가 들려왔다. 가문비나무의 거무스름한 우듬지 사이로 구름 한 점 없는 짙푸른 하늘이 보였다. 쭉쭉 곧게 뻗은 수많은 나무줄기들이 저 멀리까지 촘촘한 갈색 벽을 이루었다. 노란 햇빛이 여기저기 흩어지며 이끼 위에 따뜻하고 찬란한 빛을 던졌다.

원래 한스는 멀리까지 산책할 생각이었다. 적어도 뤼첼러 호텔이나 사프란 풀밭까지는 가보려고 했다. 하지만 지금 그는 이끼 위에 누워 나무딸기를 따 먹으며 꼼짝 않고 허공만 쳐다보았다. 자신이 왜 이토록 피곤한지 알 수가 없었다. 전에는 서너 시간을 걸어도 전혀 피곤하지 않았었다. 한스는 다시 힘을 내어 제법 멀리까지 가보기로 마음먹었다. 하지만 몇 백 걸음 가지 못하고 다시 쉬어야 했다. 왜 그런지는 알 수 없었다. 한스는 다시 이끼 위에 누워 눈을 깜박이며 나무줄기에서 우듬지로, 푸른 풀밭으로 시선을 옮겼다. 숲의 공기가 왜 이렇게 자신을 나른하게 만드는지 알 수가 없었다.

정오 무렵 집에 돌아오자, 그는 다시 두통을 느꼈다. 눈도 아파왔다. 숲길을 지날 때 햇빛이 너무 눈부셨기 때문이다. 그래서 오후 시간의 반을 침울하게 집 주변에서만 보냈다. 다시 강가로 가서 수영을 하자 비로소 머리가 맑아졌다. 이제 목사를 찾아갈 시간이었다.

목사를 찾아가는 길에 구두장이 플라이크와 마주쳤다. 작업장의 창가에 놓인 삼발이 의자에 앉아 있던 플라이크는, 한스를 부르며 안으로 들어오라고 했다.

"얘야, 어딜 가는 거니? 요즘엔 통 보이지 않던데?"

"목사님 댁에 가는 길이에요."

"아직 거길 간다고? 주 시험도 다 끝났잖아."

"다른 일 때문에 가는 거예요. 신약성경 때문에요. 거기에 쓰여 있는 그리스어는 제가 배운 그리스어와는 완전히 다르거든요. 그래서 그걸 배우려고요."

구두장이는 차양 없는 모자를 푹 눌러쓰고 골똘히 생각에 잠겼는지, 넓은 이마에 굵은 주름이 졌다. 그러고는 깊은 한숨을 내쉬었다.

"한스야!" 그가 나지막한 목소리로 말했다. "너한테 할 말이 있다. 지금까진 시험 때문에 잠자코 있었지만, 이젠 너에게 주의를 줘야겠다. 너는 우리 마을 목사가 무신론자라는 것을 알아야 해. 성경이 잘못되었다느니, 거짓이라느니 하면서 너를 속일지도 몰라. 그런 목사와 신약성경을 같이 읽다 보면 너도 모르는 사이에 그만 신앙을 잃어버릴지도 몰라."

"플라이크 아저씨, 전 그냥 그리스어를 배우는 것뿐이에요. 신학교에 가면 어차피 배워야 하거든요."

"너야 그렇게 말하겠지. 하지만 경건하고 양심적인 선생님 밑에서 성경을 배우는 것과, 더 이상 하느님의 존재를 믿지 않는 사람 밑에서 배우는 것은 전혀 다르단다."

"그렇죠. 하지만 그분이 정말 하느님의 존재를 믿지 않는지는 아무도 모르잖아요."

"그렇지 않아, 한스야! 안타깝게도 다들 알고 있는 사실이란다."

"그럼 전 어떡하죠? 배우러 가겠다고 벌써 약속을 했는데요."

"그렇다면 가야지. 그야 당연하지. 하지만 성경이 인간의 작품이라거나, 성경이 사람들을 속인다거나, 또는 성경이 성령에 의해 쓰인 게 아니라는 말을 들으면, 나한테 오너라. 그 문제에 대해 같이 얘기를 나눠 보자꾸나. 그렇게 하겠니?"

"네, 플라이크 아저씨! 하지만 그렇게 나쁜 일은 없을 거라고 확신해요."

"곧 알게 될 거다. 내 말을 기억하렴!"

마을 목사가 아직 집에 돌아오지 않아 한스는 서재에서 그를 기다렸다. 한스는 금박을 입힌 책의 표지들을 살펴보다가 구두장이가 한 이야기 때문에 상념에 잠겼다. 한스는 사람들이 마을 목사나 신식 성직자들에 대해 하는 말들을 숱하게 들어 왔었다. 하지만 지금에야 그 이야기에 호기심이 느껴졌고, 자신이 직접 그런 문제에 휘말린 기분이었다. 하지만 한스는 구두장이와는 달리, 그 문제가 그리 끔찍하게 느껴지지도 않았고 중요하게 생각되지도 않았다. 오히려 해묵은 비밀의 배후를 캘 수 있겠다는 예감에 기뻤다. 오래전엔 그도 학교에서 신의 편재遍在라든가 영혼의 소재, 악마와 지옥에 관한 문제에 골똘히 사로잡히곤 했었다. 하지만 지난 2년 동안 열심히 공부에만 매진하다 보니, 그런 생각들은 자연히 없어지고 말았다. 그런 신앙에 대한 문제는 이따금 구두장이와 대화를 나눌 때만 개인적인 문제로 다가왔다. 목사와 비교하면 구두장이는 우습게 느껴지기만 했다. 쓰라린 세월을 거치면서 얻게 된 구두장이의 준엄하고 확고한 신앙을, 소년은 이해할 수 없었다. 플라이크는 똑똑하긴 하지만 상상력이 부족하고 편파적인 사람이었다. 그는 독실한 체한다는 이유로 많은 사람들의 조롱을 받기도 했다. 한편 성경 낭독 및 기도 모임에서는 엄격한 심판관이자 권위 있는 성경 해석가로 행세했다. 또한 그는 여러 마을들에서 기도 시간을 갖기도 했다. 하지만 그는 그것 말고는 여러 한계를 지닌 일개 수공업자에 지나지 않았다. 반면에 마을 목사는 노련하고 언변이 뛰어난 설교자일 뿐 아니라, 부지런하고 엄격한 학자였다. 한스는 목사의 책꽂이를 쳐다보며 경외감에 사로잡혔다.

얼마 지나지 않아 목사가 돌아왔다. 그는 프록코트를 벗고 집에서 입는 편한 검은색 상의로 갈아입었다. 그러고 나서 그리스어 원문으로 된 누가복음을 한스의 손에 쥐어 주고는 읽어 보라고 했다. 라틴어를 공부할 때와는 전혀 다른 방식이었다. 그들은 몇 개의 문장만 읽고, 그것을 단어의 본래 의미대로 꼼꼼하게 번역해 나갔다. 그런 다음 목사는 별것 아닌 예문을 놓고 능숙하고 뛰어난 언변으로 그리스어의 독특한 정신을 차근차근 설명해 나갔다. 또한 신약성경이 생겨난 시대와 그 내력에 대해 이야기해 주었다. 그렇게 단 한 시간 만에, 한스에게 신약성경의 학습과 독서에 관한 완전히 새로운 개념을 불어넣었다. 한스는 신약성경 한 줄 한 줄에, 단어 하나하나에 수수께끼와 사명이 숨겨져 있다는 걸 알게 되었고, 예로부터 수많은 학자나 사색가, 연구자들이 그 수수께끼를 풀고자 얼마나 애썼는지 어렴풋이 깨닫게 되었다. 자신도 마치 그런 진리 탐구자의 세계에 속해 있는 듯한 느낌이 들었다.

한스는 목사에게서 사전과 문법책을 빌렸다. 그러고는 집으로 돌아와 밤새도록 공부에 매진했다. 이제 그는 참된 연구의 길을 가려면 얼마나 많은 연구와 지식의 산을 넘어야 하는지 느낄 수 있었다. 그리고 어떠한 난관에 봉착해도 힘차게 돌파해 그 길로 나아가리라 굳게 다짐했다. 구두장이가 한 말은 잊혀졌다.

며칠 동안 한스는 이 새로운 계시에 완전히 사로잡혔다. 매일 저녁마다 목사를 찾아갔고, 매일 진정한 학문의 세계에 점점 더 빠져들었다. 학문은 아름답기도 하고 어렵기도 하고 보람 있기도 했다. 그는 이른 아침이면 낚시를 하러 갔고, 오후에는 강가로 수영을 하러 갔다. 그 외에는 집 밖으로 나가는 일이 거의 없었다. 주 시험에 대한 불안감과 거기에 합격한 승리감으로 인해 한동안 수면 아래 가라앉아 있던 야망이 되살아나, 그를 마음 편히 쉬게 해주지 않았다. 그와 동시에 지난 몇 달 동안 자주 느꼈던 독특한 느낌이 머리에서 다시 꿈틀거리기 시작했다. 그것은 두통이 아니었다. 빨라진 맥박과 격한 흥분을 수반한 승리에 대한 조급증이자, 서둘러 성과를 거두고자 하는 격렬한 욕망이었다. 그런 후에는 어김없이 다시 두통이 시작되었다. 하지만 고열을 동반한 두통으로 인해 감각이 예민해지자 책 읽기와 공부는 더욱 빠른 진척을 보였다. 전에는 크세노폰의 어려운 문장들을 읽어 내는 데 15분이나 걸렸지만, 이젠 손쉽게 읽어 나갈 수 있었다. 사전도 거의 필요치 않았고 이해력이 높아져 그 어려운 글들을 즐거운 마음으로 술술 읽어 내려갔다. 이러한 고조된 학습 열기와 인식 욕구는 도도한 자존심으로 변했다. 학교, 선생님, 학창 시절이 벌써 오래전 일인 것처럼 느껴졌고, 홀로 지식과 능력의 고지를 향해 자신의 길을 걷고 있는 것 같았다.

한스는 그런 느낌을 받음과 동시에, 이상하게도 너무 선명한 꿈을 꾸게 되어 가벼운 잠에서 자주 깨어나곤 했다. 가벼운 두통을 느끼며 그렇게 밤에 깨어 다시 잠들지 못할 때면, 성과를 거두어야 한다는 조급증에 사로잡혔다. 또한 자신이 학교 친구들보다 월등히 앞서 있으며, 선생님들과 교장 선생님이 일종의 존경과 심지어 경탄의 눈길로 자신을 바라본다는 생각에 뿌듯한 우월감에 사로잡히곤 했다.

교장 선생님은 한스가 자신이 일깨워 준 아름다운 야심을 유지하며 성숙해 가는 모습을 지켜보는 것을 낙으로 삼았다. 교사들은 가슴이 없다거나, 영혼이 결여된 고루한 좀생이라고 말하지 말라! 그렇지 않다. 오랫동안 제대로 자극을 받지 못했던 한 아이의 재능이 싹트는 것을 볼 때, 아이가 나무칼 놀이나 돌팔매질이나 활쏘기 같은 유치한 놀이를 그만두고 성과를 거두고자 애쓰는 모습을 볼 때, 통통한 볼의 거칠었던 아이가 진지한 학습을 통해 섬세하고 엄숙한, 거의 금욕적인 소년으로 바뀌는 것을 볼 때, 아이가 지적으로 변해 눈이 깊어지고 목표 의식에 투철해지며 손이 하얘지고 조용해지는 것을 볼 때, 선생님의 영혼은 기쁨과 자부심에 겨워 웃음을 터뜨리게 된다. 교사의 의무와 그가 국가로부터 위임받은 직무는 어린 소년에게서 본성의 거친 힘과 욕구를 뿌리째 뽑고, 그 대신 그 아이에게 국가가 인정한 조용하고 절제된 이상을 심어 주는 것이다. 현재 만족스러운 삶을 영위하는 시민이나 근면하게 일하는 공무원들도 학교에서 그런 교육을 받지 않았더라면, 과격한 개혁가나 쓸데없는 상념에 잠기는 몽상가가 되었을 것이다!

소년의 내면에는 야성적이고 무질서하며 야만적인 요소가 숨어 있다. 먼저 그것을 깨뜨려야 한다. 그것은 위험한 불꽃이다. 먼저 그 불꽃을 짓밟아 꺼버려야 한다. 자연이 만들어 낸 인간은 예측할 수 없고 속을 들여다볼 수 없는 위험한 존재다. 인간은 미지의 산에서 흘러내리는 물줄기이며, 길도 질서도 없는 원시림이다. 원시림의 나무를 강압적으로 베어 깨끗이 정리해야 하듯, 학교 역시 자연인으로서의 인간을 깨부수고 굴복시키며 강압적으로 억제해야 한다. 학교의 임무는 정부 측에서 승인한 기본 원칙에 따라 인간을 사회의 유용한 일원으로 만들고, 인간 내면의 특성을 일깨우는 것이다. 이러한 특성의 계발은 병영에서의 주도 면밀한 훈련을 통해 최종적으로 마무리된다.

어린 소년 기벤라트는 얼마나 멋지게 발전해 갔는가! 거리를 어슬렁거리는 일도, 무의미한 놀이도 스스로 그만두었다. 수업을 받는 중에 멍청하게 웃는 습관도 사라졌다. 정원 가꾸기와 토끼 키우기, 낚시 따위의 취미 생활도 이젠 그만두었다.

어느 날 저녁 교장 선생님이 몸소 기벤라트의 집으로 찾아왔다. 그는 굽실거리며 반가이 맞이하는 한스의 아버지를 정중하게 떼어 놓고는 한스의 방으로 들어갔다. 소년은 책상에 앉아 누가 복음을 읽고 있었다. 교장 선생님은 매우 다정하게 말을 건넸다.

"기특하구나, 기벤라트! 벌써 다시 열심히 공부하다니! 그런데 왜 날 보러 오지 않은 거지? 날마다 기다리고 있었는데."

"벌써 찾아뵈었어야 했는데요." 한스는 용서를 구했다. "그렇지만 멋진 물고기 한 마리쯤은 갖다 드리고 싶어서요."

"물고기라고? 대체 무슨 물고기를?"

"잉어나 뭐 그런 거요."

"아, 그래. 그런데 다시 낚시하러 다니는 거니?"

"네, 가끔씩요. 아버지가 허락해 주셨거든요."

"음, 그래! 어때, 재미있게 지내?"

"네, 아무렴요."

"좋아, 아주 좋아. 방학을 실컷 즐겨야지. 이젠 배우는 덴 별 흥미가 없고?"

"아뇨, 교장 선생님, 당연히 배우고 싶어요."

"네가 흥미가 없다면 결코 강요하진 않을 거야."

"아니에요, 정말 배우고 싶어요."

교장 선생님은 두세 번 숨을 깊이 들이쉬고는, 옅은 수염을 쓰다듬으며 의자에 앉더니 말했다.

"한스야! 나는 오래전부터 시험을 아주 잘 치른 학생들이 급작스레 뒤처지는 경우를 종종 보아 왔다. 신학교에선 여러 가지 새로운 과목들을 가르치는데, 월계관을 쓴 학생들이 방학 중에 푹 쉬는 동안 시험 성적이 그다지 좋지 않았던 학생들이 예습을 해서 갑자기 정상의 자리에 오르는 거지."

그는 다시 한숨을 쉬었다.

"우리 학교에서는 넌 언제나 어렵지 않게 1등을 할 수가 있었지. 하지만 신학교에 가면 모두 재능이 많고 매우 열심히 공부하는 아이들뿐이라서, 그런 학생들을 앞지르기가 결코 쉽지 않을 거야. 내 말 알아듣겠니?"

"아, 네."

"그래서 이번 방학 중에 미리 공부를 좀 해두라고 하는 거야. 물론 알맞게 해야겠지! 넌 지금 푹 쉴 권리와 의무가 있으니까. 그래도 하루에 한두 시간쯤이라면 그다지 무리가 안 될 거다. 그 정도의 노력도 하지 않으면 궤도를 이탈하기 십상이고, 다시 정상 궤도에 들어오려면 몇 주일이나 걸리는 법이란다. 네 생각은 어떠니?"

"교장 선생님, 저야 물론 마음의 준비가 되어 있어요. 교장 선생님께서 호의를 베풀어 주시기만 하면요."

"좋아. 신학교에선 히브리어 다음으로 특히 호메로스가 너에게 새로운 세계를 열어 줄 거야. 지금 기초를 튼튼히 다져 놓으면 나중엔 두 배나 즐거운 마음으로 손쉽게 호메로스를 읽을 수 있단다. 호메로스의 글은 매우 독특하고 독창적이란다. 고대 이오니아 지방의 방언으로 쓰인, 호메로스 특유의 운율을 갖춘 글이지. 그의 시를 제대로 즐기려면 열심히 철저하게 공부해야 할 거야."

물론 한스는 그런 새로운 세계에도 기꺼이 파고들 마음의 준비가 되어 있었다. 그래서 최선을 다하겠다고 교장 선생님에게 약속했다. 하지만 정작 문제는 그다음이었다. 교장 선생님은 헛기침을 하고는 다정한 목소리로 말을 이었다.

"솔직히 말하마. 난 네가 수학에도 몇 시간 정도 할애를 했으면 한다. 물론 네가 계산에 약하다는 말은 아니지만, 그렇다고 네가 지금까지 수학을 썩 잘한 것도 아니잖니. 신학교에서는 대수와 기하를 배워야 할 거야. 그러니 미리 공부를 좀 해두는 게 좋지 않겠니?"

"잘 알겠습니다, 교장 선생님."

"너도 알다시피 나는 언제든 대환영이다. 네가 훌륭한 인물로 자라는 것을 보는 것은 나의 명예가 걸린 문제란다. 아무튼 수학 선생님한테 개인 지도를 받을 수 있게끔 아버님께 잘 부탁드려 보렴. 아마 일주일에 서너 시간 정도면 충분할 거야."

"네, 잘 알겠습니다, 교장 선생님."

다시 공부가 초미의 관심사가 되었다. 그래도 이따금 시간을 내어 낚시를 하러 가거나 산책을 할 때면 한스는 양심의 가책을 느꼈다. 헌신적인 수학 선생님은 하필이면 한스가 수영하러 가는 시간을 수학 과외 시간으로 선택했다. 하지만 한스는 아무리 열심히 공부해도 대수에 흥미를 붙이지 못했다. 가장 뜨거운 오후 시간에 강가의 풀밭으로 수영을 하러 가는 대신 수학 선생님의 더운 방으로 가는 것은, 모기가 왱왱거리는 그 방에서 먼지투성이의 공기를 마시며 피곤한 머리에 메마른 목소리로 "a 플러스 b, a 마이너스 b"를 건성으로 말하는 것은 과히 기분 좋은 일은 아니었다. 날씨가 좋지 않은 날에는 무기력하고 견딜 수 없이 답답한 기분에 절망감과 자포자기의 심정에 빠지기도 했다. 한스에게 수학은 낯선 과목이었다. 그렇다고 그가 수학을 무척 힘들어하고 전혀 이해하지 못하는 것은 아니었다. 이따금 훌륭하고 세련된 방식으로 수학 문제를 풀기도 했고, 그러면 기쁘기도 했다. 수학에서 마음에 드는 점은 오류나 속임수가 없다는 것이었다. 주제를 벗어나 믿을 수 없는 주변 영역을 헤매고 다닐 가능성도 없었다. 한스가 라틴어를 좋아한 것도 같은 이유에서였다. 그 언어는 분명하고 확실하며 명백해서, 의심의 여지가 없었다. 하지만 수학 문제를 제대로 풀었다고 새로운 깨달음이 얻어지는 것은 아니었다. 수학 공부는, 곧게 뻗어 있는 국도를 걸어가는 것과 같다는 생각이 들었다. 언제나 앞으로 나아가고, 어제까지만 해도 이해하지 못했던 내용을 날마다 터득하기는 하지만, 갑자기 넓은 전망이 열리는 산 위에는 결코 오르지 못했다.

마을 목사는 신약성경 속의 변질된 그리스어로 너무도 매력적이고 화려한 정신을 전달해 주었지만, 한스를 보다 생기 넘치게 하는 시간은 교장 선생님과 생기발랄한 호메로스의 언어를 공부할 때였다. 처음에는 이해하기 어려웠지만, 얼마 안 가 호메로스는 한스에게 놀라움과 즐거움을 안겨 주었고, 거역할 수 없이 계속 그를 유혹했다. 종종 한스는 그 신비롭고 아름답게 울리는 시구 앞에서 초조와 긴장으로 떨리는 마음을 억누르며 앉아 있었고, 그럴 때면 부리나케 사전을 뒤적여 그 조용하고 청명한 정원으로 들어가게 해주는 열쇠를 찾아냈다.

한스는 다시 많은 양의 숙제에 시달렸다. 밤늦게까지 책상에 앉아 이를 악물고 숙제를 하는 것이 다반사였다. 아버지 기벤라트는 아들이 이처럼 열심히 공부하는 모습을 자랑스럽게 바라봤다. 아버지의 우둔한 정신은 수많은 옹졸한 인간들이 생각 없이 추종하고 있는 모호한 이상에 매달렸다. 즉 아버지라는 몸통에서 뻗어난 자식이라는 가지가 아버지를 뛰어넘기를 바랐던 것이다.

방학 마지막 주가 되자 교장 선생님과 마을 목사는 갑자기 다시 눈에 띄게 부드럽고 배려하는 모습을 보였다. 그들은 한스에게 산책을 나가라고, 공부를 그만하라고 했다. 그러면서 원기 있고 활기차게 새로운 인생행로를 시작하는 것이 얼마나 중요한지를 역설하기도 했다.

한스는 서너 번 낚시하러 가기도 했다. 하지만 머리가 아플 때가 많아서 초가을의 연푸른 하늘이 비치는 강가에 멍하니 앉아 있기만 했다. 전에 여름방학을 왜 그토록 손꼽아 기다렸는지 지금은 알다가도 모를 일이었다. 이제는 여름방학이 끝나 간다는 것이, 곧 신학교에 들어간다는 것이 기쁘게 느껴졌다. 신학교에서는 완전히 다른 생활과 공부가 한스를 기다리고 있을 것이다. 그 외에 그에게 중요한 것은 아무것도 없었다. 그는 이제 물고기를 거의 잡지 못했다. 아버지가 한 번 그 일로 놀리자, 그는 그 뒤로 더 이상 낚시를 하러 가지 않았다. 낚싯줄은 다락방에 있는 상자에 다시 집어넣어 버렸다.

방학이 거의 다 끝날 무렵에야, 한스는 몇 주 동안 구두장이 플라이크에게 가보지 않았다는 사실이 불현듯 떠올랐다. 좋든 싫든 이제라도 아저씨를 찾아가지 않으면 안 되었다. 저녁이었다. 구두장이는 한 어린아이를 무릎 위에 올려놓고 거실 창가에 앉아 있었다. 창문을 열어 놓았는데도 가죽과 구두약 냄새가 온 집 안에 진동했다. 한스는 계면쩍은 표정으로 자신의 손을 아저씨의 딱딱하고 넓적한 오른손에 얹었다.

"그래, 대체 어떻게 지냈니?" 아저씨가 물었다. "마을 목사한테서 부지런히 배웠니?"

"네, 날마다 거기 가서 많이 배웠어요."

"뭘 배웠지?"

"주로 그리스어요. 하지만 그 밖에 온갖 것도 배웠어요."

"나를 찾아오고 싶은 마음은 없었니?"

"물론 뵙고 싶었어요, 플라이크 아저씨. 하지만 그럴 상황이 아니었어요. 목사님 댁에서도 매일 한 시간씩 공부했지만 교장 선생님 댁에서도 매일 두 시간씩 공부했고, 또 일주일에 네 번은 수학 선생님 댁에 가서 공부를 해야 했거든요."

"방학 중에도 그렇게 지냈다고? 말도 안 되는 짓이야!"

"선생님들께서 그렇게 하라고 하셔서요. 그리고 전 배우는 게 그리 힘들지는 않아요."

"그럴지도 모르지." 플라이크는 이렇게 말하며 소년의 팔을 잡았다. "사실 배우는 일이 나쁜 일은 아니지. 그런데 네 팔이 대체

이게 뭐냐? 게다가 얼굴도 너무 말랐구나. 너 아직도 머리가 아프니?"

"이따금씩요."

"정말 말도 안 되는 짓이야, 한스! 게다가 죄악이기도 해. 너 같은 나이에는 바깥바람도 웬만큼 쐬고, 운동도 적당히 하고, 제대로 푹 쉬어야 하는 법이야. 방학이 뭣 때문에 있는 거겠니? 방구석에 죽치고 앉아 계속 공부만 하라고 있는 게 아니잖아. 너 정말 피골이 상접했구나."

한스는 웃음을 지어 보였다.

"그래, 좋다. 넌 물론 너의 길을 잘 헤쳐 나갈 거야. 하지만 지나치면 아니함만 못하단다. 그건 그렇고, 목사님한테 배운 것은 어땠니? 그분이 무슨 말씀을 하셨니?"

"이런저런 많은 말씀을 하셨어요. 하지만 좋지 않은 말씀은 하지 않으셨어요. 목사님은 아는 게 엄청나게 많으셨어요."

"성경을 무시하는 말씀은 한마디도 하지 않으셨니?"

"네, 단 한 번도 그런 적은 없었어요."

"그래, 다행이구나. 너한테 말해 두겠는데, 영혼의 손상을 입을 바에야 차라리 육신을 열 번 망치는 게 낫단다. 넌 나중에 목사가 될 몸이다. 그건 근사하면서도 힘든 직책이지. 그런 일을 하려면 네 또래 젊은이들과는 달라야 해. 언젠가 너는 영혼의 조력자이자 교사가 될 거야. 그렇게 되기를 진심으로 바라마. 그리고 너의 뜻이 이루어지도록 기도할게."

구두장이는 자리에서 일어나더니 양손으로 소년의 두 어깨를 꽉 붙잡았다.

"잘 가거라, 한스! 그리고 잘 살아라! 주님의 축복과 가호가 있기를 빈다. 아멘!"

구두장이의 엄숙한 태도와 기도, 그리고 표준 독일어가 소년에게는 왠지 답답하고 곤혹스럽게 느껴졌다. 마을 목사는 작별하면서 그런 식으로 말하지 않았었다.

신학교에 갈 채비를 하고 여기저기 작별 인사를 하면서 불안스러운 며칠이 후딱 지나갔다. 침구와 옷들, 내의와 책을 담은 상자는 벌써 수도원으로 부쳤고, 여행 가방에 넣을 짐도 다 챙겼다. 한스는 고향과 아버지의 집을 떠나 낯선 학교에 갈 생각을 하니 이상야릇하고 부담스런 기분이 들었다. 어느 서늘한 아침, 아버지와 아들은 마울브론⁺으로 떠났다.

⁺ 12세기의 어느 수도승이 수도원을 지을 장소를 찾다가 어느 노새Maultier가 우물 Brunnen을 발견한 곳에 수도원을 지었다는 데서 마울브론이라는 이름이 유래했다. 마울브론 수도원 내의 신학교 출신으로는 케플러, 횔덜린, 헤세 등이 있다.

제3장

뷔르템베르크 주의 북서쪽, 숲이 우거진 언덕들과 작고 조용한 호수 사이에 마울브론 신학교가 자리 잡고 있다. 그 학교가 있는 수도원*은 시토 교단 소속이다. 아름답고 견고한 그 커다란 수도원 건물은 오랫동안 훌륭하게 보존되어 왔다. 건물의 내부와 외부 모두 화려해, 누구나 여기서 살고 싶은 마음이 생길 정도다. 수도원은 수백 년에 걸쳐 아름답고 푸른 고요한 주변 환경과 잘 어우러져 고상하고 친밀한 분위기를 자아낸다.

✦ 1098년 몰렘 대수도원장인 성 로베르투스가 세운 수도원으로, 12세기부터 시토 교단의 본거지이기도 했다. 베네딕트 교단의 청결, 복종 등을 모방한 시토 교단은 농경지 기증을 거부하고, 직접 황무지를 개간하여 이를 교단의 수입원으로 삼았다.

이 수도원에 방문한 사람은 높은 담벼락 사이로 열려 있는 그림 같은 큰 문을 지나 탁 트인 매우 조용한 장소로 들어서게 된다. 안뜰에는 분수에서 물이 솟아 나오고, 오래된 나무들이 엄숙하게 서 있다. 안뜰 양쪽으로 오래되고 견고한 석조 건물들이 나란히 서 있고, 그 뒤에는 후기 로마네스크 양식의 현관과 더불어 '파라다이스'라고 불리는 교회 본당이 자리하고 있다. 그 현관은 황홀감을 자아내는 우아한 아름다움으로 보자면 어느 것과도 비교할 수 없다. 본당의 웅장한 지붕 위에는 바늘처럼 뾰족한 작은 탑이 익살스럽게 얹혀 있는데, 그 작은 탑이 어떻게 종을 지탱하는지는 알 도리가 없다. 원형이 그대로 보존된 본당의 회랑은 그 자체로 하나의 아름다운 예술 작품이다. 그 회랑에는 분수가 흐르는 멋진 예배당이 장식물처럼 딸려 있다. 힘차고도 고상해 보이는 교차 궁륭窮窿이 있는 성직자 식당, 예배실, 담화실, 평신도 식당, 수도원장의 저택, 그리고 두 개의 교회당이 죽 늘어서 있다. 그림같이 아름다운 담벼락, 출창, 문, 정원, 물레방아, 저택들이 이 육중하고 낡은 건축물을 둘러싸고 있어 아늑하고 밝은 분위기가 난다. 정적이 흐르는 넓고 텅 빈 앞뜰은 잠 속에서 나무 그늘과 놀고 있다가, 점심 식사 후의 휴식 시간에만 잠시 깨어난다. 수도원에서 빠져나온 젊은이들이 이 넓은 앞뜰 여기저기에 흩어져 가벼운 운동을 하거나 소리를 지르거나 웃으며 이야기를 나누거나 공놀이를 하기 때문이다. 하지만 그들은 휴식 시간이 끝나기가 무섭게 서둘러 담벼락 뒤로 사라져 버린다. 전부터 많은 사람들이 이곳을 훌륭한 삶과 크나큰 기쁨이 잉태되는 장소라고, 생기 있는 행복의 씨앗이 자랄 수 있는 장소라고 생각했을지도 모른다. 또한 이곳에서 원숙하고 훌륭한 사람들이 즐겁게 생활하면서, 멋지고 화려한 업적을 이뤄 내야 한다고 생각했을지도 모른다.

오래전부터 언덕과 숲 뒤에 숨어 속세와 멀리 떨어져 있었던 이 근사한 수도원은, 감수성이 예민한 젊은이들에게 아름답고 평온한 분위기를 마련해 주기 위해 개신교 신학교를 열었다. 이 신학교에 입학한 젊은이들은 정신을 산란케 하는 고향 마을과 가족들의 영향에서 벗어날 수 있었고, 활동적인 생활을 할 때 접할 수 있는 유해한 광경으로부터도 차단될 수 있었다. 이 학교에서 지내는 몇 년 동안 젊은이들은 히브리어와 그리스어에 진지하게 매진할 수 있었고, 기타 부수 과목들도 배울 수 있었다. 자신들의 지적 갈증을 그렇게 이상적인 방식으로 해결할 수 있었다. 또한 기숙사 생활을 통해 독학하는 습관과 공동체 의식도 가질 수 있었다. 신학교 학생들의 생계와 학업을 지원하는 교회 재단은, 그들이 특별한 정신을 지닌 인간으로 자라나도록 각별한 주의를 기울였다. 그 결과 그들에겐 정교하고도 확고한 낙인이 찍혔다. 기숙사 생활을 견디지 못하고 뛰쳐나간 몇몇 문제아들을 제외하면, 신학교 출신들은 나중에라도 그 낙인에 의해 서로를 알아볼 수 있었다.

어머니와 함께 수도원의 문에 들어선 학생들은 그 순간 찡한 감동과 감사의 마음을 느꼈고, 후에도 그때를 되돌아볼 때마다 흐뭇한 미소가 되살아나게 된다. 하지만 어머니를 여읜 한스 기벤라트는 별다른 감정 없이 수도원에 들어섰다. 물론 학생들과 함께 온 수많은 어머니들을 지켜보며 이상야릇한 마음을 느끼기는 했다.

공동 침실이라고 일컬어지는, 붙박이 벽장이 있는 커다란 복도에는 상자와 바구니들이 여기저기 흩어져 있었다. 학생들은 부모와 함께 짐을 풀거나 자질구레한 소지품을 정리하느라 정신이 없었다. 학생들은 번호가 매겨진 장롱을 하나씩 배정받았고, 공부방에 있는 책꽂이도 하나씩 지급받았다. 아이들과 부모들은 바닥에 구부리고 앉아 짐을 풀었다. 조교는 그 사이를 영주처럼 헤집고 다니며 가끔 친절한 충고를 해주었다. 모두들 여행 가방에서 끄집어낸 것들을 펼쳐 놓고는 내의는 곱게 접고, 책들은 차곡차곡 쌓고, 장화와 실내화는 가지런히 놓았다. 소년들이 가져온 물품들은 종류도 개수도 대체로 비슷했다. 허용되는 속옷 개수와 그 밖의 중요한 가정용품도 미리 정해져 있었기 때문이었다. 소년들은 세면장에 이름이 새겨진 놋쇠 세숫대야를 갖다 놓았고, 그 옆에 스펀지과 비눗갑, 빗과 칫솔도 놓았다. 다들 램프와 석유통, 수저도 가지고 왔다.

소년들은 모두 정신없이 바쁘게 움직였고 들떠 있었다. 아버지들은 미소를 지으며 그들을 도와주었으나 상당히 지루해하기도 했다. 그래서 때때로 회중시계를 들여다보았고 슬그머니 자리를 뜨기도 했다. 그러나 어머니들은 지극정성을 다해 도와주었다. 그들은 옷가지들을 하나씩 집어 들어 주름을 펴주었고, 매듭을 잡아당겨 바르게 했다. 그러고는 다시 한 번 그것들을 살핀 뒤 옷장에 차곡차곡 넣었다. 그러면서 애정이 담긴 목소리로 주의를 주거나 조언을 하기도 했다.

"새 내의는 특별히 아껴 입어라. 3마르크 50페니히나 주고 샀단다."

"빨랫감은 매달 기차 편으로 보내라. 급할 때는 우편으로 보내고. 검은 모자는 일요일에만 쓰도록 해라."

마음이 느긋해 보이는 뚱보 어머니는 높은 상자 위에 앉아 아들에게 단추 다는 법을 가르쳐 주었다.

다른 어머니는 이런 말도 했다. "집이 그리워지면 언제든 편지해라. 그래도 크리스마스가 끔찍할 정도로 멀진 않구나."

꽤나 젊어 보이는 어떤 예쁜 어머니는 물건으로 가득 찬 아들의 옷장을 훑어보더니 애정 어린 손으로 속옷과 상의, 바지를 쓰다듬었다. 그러고는 어깨가 떡 벌어지고 볼이 통통한 아들을 쓰다듬기 시작했다. 아이는 다른 아이들 앞에서 그런 모습을 보이는 게 부끄러운지 계면쩍게 웃으며 어머니의 손길을 뿌리쳤다. 그러고는 양손을 바지 주머니에 찔러 넣었다. 일반적으로 아들보다는 어머니가 작별을 더 힘들어했다.

하지만 전혀 다른 반응을 보이는 아이들도 있었다. 그들은 어찌할 바를 몰라 바삐 움직이는 어머니를 돕지도 못하며 어머니를 빤히 쳐다보기만 했다. 다시 고향으로 돌아가고 싶은 기색이 역력했다. 하지만 다른 아이들 앞에서 어머니에게 응석을 부리고 싶지 않아, 애써 남자다운 당찬 자존심을 지키려 했다. 어떤 아이들은 금방이라도 울음을 터뜨릴 것 같으면서도 짐짓 아무렇지 않은 표정을 지어 보이려 했다. 어머니들은 그런 아들의 모습을 지켜보며 미소를 짓기도 했다.

거의 모든 아이들은 짐 꾸러미에서 생활필수품 외에도 사과가 든 자루, 훈제 소시지와 제과 제품이 든 바구니 등을 꺼냈다. 스케이트를 가지고 온 학생들도 적지 않았다. 약삭빨라 보이는 작은 소년은 햄 덩어리를 통째로 가져와서 주위의 이목을 끌기도 했다. 그 아이는 자신이 가져온 물품을 숨기려고도 하지 않았다.

집을 떠나 처음 이곳에 온 신입생들과 기존의 신학교 학생들은 쉽게 구별되었다. 하지만 그 상급생들도 마찬가지로 흥분하고 긴장한 모습이었다.

기벤라트 씨는 숙련된 솜씨로 아들이 짐을 푸는 것을 도와주었다. 다른 사람들보다 일찍 일을 끝낸 그는 지루해하며 어찌할 바를 몰라 한스와 함께 공동 침실에 서 있었다. 어디를 둘러보든 주의를 주고 훈계하는 아버지들, 위로하고 충고하는 어머니들, 불안한 심정으로 귀를 기울이고 있는 아들들뿐이었다. 그래서 자신도 아들 한스의 인생행로에 금과옥조가 될 몇 가지 말들을 해주는 게 좋겠다 싶었다. 그는 한참 생각 끝에 곤혹스러운 표정을 지으며, 말없이 서 있는 아들 곁으로 살그머니 다가갔다. 그러고는 갑자기 입을 열어 엄숙한 말투로 진부한 미사여구를 늘어놓기 시작했다. 한스는 아버지의 그런 말투가 이상하다고 생각했지만 그냥 잠자코 듣고 있었다. 어느 순간 한스는 옆에 서 있는 목사가 아버지의 이야기를 들으며 즐거운 듯 미소 짓는 것을 보았다. 창피한 생각이 든 한스는 아버지를 자기 옆으로 끌어당겼다.

"암, 그렇고말고, 우리 가문의 명예를 높여 주겠지? 그리고 윗분들 말에 고분고분 잘 따르도록 해라!"

"네, 물론이죠." 한스가 대답했다.

아버지는 홀가분한 심정으로 안도의 한숨을 내쉬었고 그때부터 지루해하기 시작했다. 한스도 꽤나 따분했다. 그는 때로는 불안한 호기심에 창문 너머로 조용한 회랑을 내려다보았다. 회랑에서 풍기는 고풍스러운 은자의 위엄과 평온함은, 위에서 시끄럽게 떠드는 젊은이들의 삶과 묘한 대조를 이루었다. 한스는 때로는 자기 일에 바쁜 동료 학우들을 바라보기도 했지만, 아는 얼굴은 하나도 없었다. 슈투트가르트에서 같은 수험생 신분으로 만났던 괴핑겐 출신의 소년은, 뛰어난 라틴어 실력에도 불구하고 합격하지 못한 모양이었다. 하지만 한스는 그 사실에 크게 신경 쓰지 않고 앞으로 함께 공부할 학생들을 살펴봤다. 아이들이 준비해 온 소지품들은 종류와 수량 면에서 거의 비슷했다. 그래도 도시 출신과 시골 출신, 유복한 집 출신과 가난한 집 출신은 쉽게 구분할 수 있었다. 부잣집 아이들이 신학교에 들어오는 일은 드물었다. 부모가 너무 거만하거나 혹은 아주 현명해서 자식을 신학교에 보내지 않는 것일 수도 있었고, 자식들의 타고난 재능을 고려해서일 수도 있었다. 그럼에도 불구하고 자신들의 신학교 시절을 떠올리며 자식을 마울브론 신학교로 보내는 교수나 고위 공무원들도 더러 있었다. 40여 명의 학생들이 입고 있는 검은 윗옷은 옷감이나 재단이 제각기 달라 보였다. 뿐만 아니라 예의범절이나 사투리, 태도에도 차이가 있었다. 팔다리가 뻣뻣한 슈바르츠발트 출신 소년들은 말랐고, 연한 금발에 입이 큰 고산지대 소년들은 살이 쪘고, 자유롭고 명랑한 성격의 저지대 출신 소년들은 활동적이었으며, 뾰족한 장화를 신고 나름대로 순화된 사투리를 쓰는 슈투트가르트 출신 소년들은 세련되어 보였다. 이들 꽃다운 청춘들 중 약 5분의 1은 안경을 쓰고 있었다. 가냘프면서도 우아해 보이는 슈투트가르트 출신의 어느 마마보이는 뻣뻣하고 우아한 펠트 모자를 쓰고 고상하게 행동했다. 별스럽게 꾸민 자신의 겉치레를 보고 몇몇 아이들이 나중에 그를 놀려 줘야겠다고 마음먹었다는 건 전혀 모르는 채.

통찰력 있는 관찰자라면 숫기 없는 이 작은 소년들이 각 지역에서 선발된, 지역을 대표하는 젊은이들임을 금방 알아차렸을 것이다. 주입식 속성 교육을 받았음을 멀리서도 알아볼 수 있는 평범한 소년들도 있었고, 유약해 보이는 녀석들도 있었고, 고집이 세고 자기주장이 확고한 녀석들도 있었다. 매끈한 이마를 한 아이들은 마음속으로 보다 높은 삶을 꿈꾸고 있는 듯했다. 영리하고 고집 센 슈바벤 출신들 몇몇은 나중에 더 큰 세계의 중심으로 파고들어, 자신들의 건조하고 완고한 이기주의로 새롭고 강력한 체제를 만들지도 몰랐다. 슈바벤은 전통적으로 철학적 사색능력으로 유명할 뿐 아니라 잘 교육받은 신학자들을 세상에 내놓기도 했기 때문이다. 그런 전통하에서 이미 여러 명의 거짓 선지자는 물론 주목할 만한 선지자도 나왔다. 그 비옥한 땅은 정치적인 면에서는 다른 주에 비해 훨씬 뒤떨어졌지만, 적어도 신학과 철학이라는 정신적 영역에서는 여전히 세상에 확실한 영향을 미치고 있었다. 또한 예로부터 그 지방 사람들은 미적 형식과 몽상적인 시학에서 즐거움을 얻었다. 그래서 최상급의 시인과 삼류 시인을 배출하기도 했다.

외적으로 보면 마울브론 신학교의 제도와 풍습에서는 슈바벤의 분위기는 전혀 감지되지 않았다. 그와는 반대로 옛 수도원 시절부터 내려온 라틴어 이름 말고도 고전적인 이름이 쓰인 라벨들이 많이 붙어 있었다. 바로 기숙사생들에게 배정된 방들의 라벨에 '포룸', '헬라스', '아테네', '스파르타', '아크로폴리스'라는 고전적인 이름이 쓰여 있었고, 맨 끝에 위치한 가장 작은 방 이름은 '게르마니아'였다. 게르만적인 현재로부터 될 수 있는 한 그리스로마적인 꿈을 꾸기 위해 방들에 그런 이름을 붙인 것 같았다. 하지만 그건 그냥 이름에 불과했다. 실제로는 히브리어 이름이 더 적합했을지도 모른다. 우연이기는 하지만, 아테네 방을 배정받은 학생들은 아량이 넓고 말솜씨가 좋은 학생들이 아니라 고지식하고 지루한 학생들이었다. 스파르타 방에는 전사나 금욕주의

자가 아니라 쾌활하고도 사치스러운 학생들이 들어갔다. 한스 기벤라트는 아홉 명의 동료들과 함께 헬라스 방을 배정받았다.

그날 밤 한스는 처음으로 아홉 명의 학우들과 서늘하고 횅한 침실에 들어가 좁은 침대에 몸을 눕혔다. 이상야릇한 기분이 들었다. 천장에는 커다란 석유램프가 달려 있었다. 소년들은 붉은 불빛을 받으며 옷을 벗었는데, 10시 15분이 되자 조교가 와서 불을 꺼버렸다. 이제 그들 모두는 나란히 누웠다. 두 개의 침대 사이마다 옷들이 놓인 작은 의자가 있었다. 기둥에는 새벽종을 치기 위한 줄이 드리워져 있었다. 두세 명의 소년은 벌써 사귀었는지 머뭇머뭇 귓속말을 몇 마디 주고받았지만 이내 잠잠해졌다. 다른 아이들은 아직 낯설어서 그런지 약간 답답한 심정으로 죽은 듯 조용히 침대에 누워 있었다. 이미 잠이 든 아이들은 깊은 숨을 들이쉬고 내쉬고 했다. 누가 자면서 팔을 움직였는지 린넨 이불이 사각거리는 소리가 났다. 한스는 옆에 누워 있는 동료들의 숨소리에 귀를 기울였다. 잠시 후 바로 옆 침대에서 겁먹은 듯한 이상한 소리가 들려왔다. 거기에 누운 아이가 이불을 머리까지 뒤집어쓴 채 우는 소리였다. 멀리서 들려오는 듯한 이 흐느낌에 한스의 마음은 묘하게 흥분되었다. 한스 자신은 향수를 느끼지 않았지만, 그래도 고향에 두고 온 작고 조용한 방은 왠지 그리워졌다. 게다가 불확실한 미래와 새 동료들에 대한 두려움도 엄습했다.

아직 자정이 되지는 않았다. 하지만 더 이상 침실에 깨어 있는 아이는 한 명도 없었다. 잠이 든 어린 소년들은 줄무늬 베개에 뺨을 파묻고 나란히 누워 있었다. 슬퍼하는 아이들이나 당돌한 아이들, 쾌활한 아이들이나 겁먹은 아이들, 모두 달콤하고 깊은 휴식과 망각의 세계로 빠져들었다.

오래된 뾰족한 지붕과 탑, 출창, 고딕식의 작은 첨탑, 총안銃眼이 있는 성벽, 끝이 뾰족한 아치형의 회랑 위로 창백한 반달이 떠올랐다. 달빛은 돌림띠와 문지방에 머물더니 고딕식 창문과 로마네스크식 성문 위로 흘러가서는, 회랑 안에 있는 분수대의 크고 고상한 수반水盤 위에서 연한 금빛으로 떨었다.

헬라스 방의 침실에 있는 세 개의 창문을 통해 노란 줄무늬 몇 개와 빛의 얼룩이 들어왔다. 그 달빛은 옛날 수도승의 꿈에 찾아왔듯 지금 자고 있는 소년들의 꿈에도 찾아왔다.

다음 날 예배실에서는 입학식이 엄숙하게 거행되었다. 교사들은 프록코트를 입고 서 있었고, 교장 선생님은 간단한 인사말을 했다. 학생들은 생각에 잠겨 허리를 굽히고 의자에 앉아 있었다. 그들은 뒤에 앉아 있는 부모들을 쳐다보려고 이따금 몸을 돌리기도 했다. 어머니들은 이런저런 생각에 흐뭇한 미소를 지으며 아들을 바라봤다. 반듯한 자세로 교장 선생님의 말에 귀를 기울이는 아버지들은 진지하고 결연해 보였다. 그들의 가슴은 자부심과 칭찬하고 싶은 마음, 아름다운 희망에 부풀었다. 오늘 이 자리에서 금전적인 이익 때문에 자기 자식을 팔아 버렸다고 생각하는 부모는 아무도 없었다. 마지막으로 학생들이 한 명씩 앞으로 불려 나가 교장 선생님과 악수를 나누며 의무를 다하겠다는 약속을 했다. 이것으로 그들은 바른 행동을 하기만 하면 죽는 날까지 국가로부터 의식주를 보장받게 된 것이다. 하지만 그것을 완전히 거저 얻을 수는 없었다. 그 점에 대해서는 아버지들도 자세히는 모르고 있었다.

소년들에게는 부모들과 작별해야 하는 순간이 입학식보다 훨씬 더 진지하고 감동적으로 생각되었다. 부모들은 일부는 걸어서, 일부는 우편 마차를 타고, 더러는 서둘러 간신히 잡은 차를 타고 뒤에 남겨진 자식들의 시야에서 사라져 갔다. 부모와 자식들은 부드러운 9월의 공기 속에서 오랫동안 손수건을 흔들었다. 마침내 자식들을 두고 떠나는 부모들의 모습이 숲 속으로 사라져 버렸고, 아들들은 조용히 상념에 잠겨 수도원으로 발걸음을 돌렸다.

"자, 이제 너희 부모님들은 떠나셨다." 조교가 말했다.

이제 학생들은 서로를 쳐다보며 사귀기 시작했다. 맨 먼저 같은 방 동료들끼리 어울리기 시작했다. 그들은 잉크병에 잉크를 채우고 램프에 석유를 붓고 책과 공책을 정돈하면서 새로운 공간에 익숙해지려고 노력했다. 그러면서 서로를 호기심 어린 눈길로 쳐다보았고, 대화를 시작했다. 고향이 어딘지, 이전에 다니던 학교는 어디인지를 묻기도 했고, 같이 진땀깨나 흘렸던 주 시험을 회상하기도 했다. 책상들마다 학생들이 무리를 이루어 잡담을 하고 있었다. 여기저기서 해맑은 웃음소리가 터져 나왔다. 저녁 무렵이 되자 같은 방 동료들은, 같은 배를 타고 항해를 마친 승객들보다 서로를 더 잘 알게 되었다.

한스와 함께 헬라스 방에 살게 된 아홉 명 중 네 명은 좀 특이했다. 먼저 슈투트가르트 출신의 교수 아들인 오토 하르트너가 있었다. 그는 재능 있고 침착하며 자신감 넘치는 데다 행동거지도 나무랄 데가 없었다. 넓은 어깨에 체격이 당당했고, 좋은 옷을 입고 있었다. 의젓하고 위엄 있는 태도는 같은 방 동료들의 감탄을 자아냈다.

그다음은 고산지대 출신의 시골 면장 아들 카를 하멜이었다. 그를 사귀는 데에는 제법 시간이 걸렸다. 그는 모순투성이인 데다가 굼뜬 점액질 기질에서 좀처럼 벗어나려 하지 않았기 때문이다. 그러다가 열정에 넘쳐 제멋대로 굴기도 하고 난폭해지기도 했다. 하지만 잠시만 그럴 뿐 다시 원래의 상태로 되돌아갔다. 그런 까닭에 그가 조용한 관찰자인지, 아니면 음흉한 위선자인지 알 수가 없었다.

그리 복잡하지 않은 성격의 헤르만 하일너도 있었다. 슈바르츠발트에서 온 그는 훌륭한 가문 출신이었다. 첫날부터 그는 시인이자 문예 애호가로 알려졌다. 또한 그가 주 시험에서 6운각의 시구로 답안을 작성했다는 소문이 파다했다. 그는 말이 많았고 생기에 넘쳤으며, 멋진 바이올린을 가지고 있었다. 그는 자신의 본질을 겉으로 드러내는 성격인 것 같았다. 감상적인 면과 경솔한 면이 젊은이답게 뒤섞여 있었다. 하지만 그는 겉으로 잘 드러나지 않는 깊은 요소도 지니고 있었고, 벌써부터 자신의 방식대로 살아가는 연습을 하고 있었다.

하지만 헬라스 방에서 가장 별난 존재는 에밀 루치우스였다. 무언가 숨기는 구석이 있어 보이는 연한 금발의 이 소년은 백발의 촌로처럼 끈질기고 부지런하며 무미건조했다. 덩치와 생김새에는 어린 티가 남아 있었지만 다른 면에선 전혀 소년 같지 않아 더 이상 변할 여지가 없는 어른처럼 보였다. 신학교에 들어온 첫날, 다른 학우들은 지루해하며 잡담을 늘어놓거나 새로운 환경에 익숙해지려고 노력했지만, 그는 의연한 자세로 조용히 앉아 문법책을 들여다보았다. 엄지손가락으로 양쪽 귀를 틀어막고는 잃어버린 세월을 만회라도 하겠다는 듯 눈에 불을 켜고 공부에 몰두했다.

시간이 흐르면서 이 조용한 괴짜 소년이 교활한 구두쇠이자 이기주의자임이 드러났다. 하지만 그런 악덕이 너무 완벽하다 보니 동료들은 오히려 감탄을 하거나 그냥 참아 주었다. 그의 마음은 물건을 아끼거나 이득을 보겠다는 심보로 가득 차 있었다. 교활한 그의 술책이 하나둘씩 차례로 드러나면서 학우들은 놀라움을 금치 못했다. 그의 술책은 아침 일찍 자리에서 일어날 때부터 시작됐다. 루치우스는 맨 먼저가 아니면 아예 맨 나중에 세면장에 나타났다. 수건은 물론 가능하면 비누까지 다른 학우의 것을 써서 어떻게든 자기 물건을 아끼기 위해서였다. 그래서 그는 자기 수건을 2주일이나 그 이상 깨끗한 상태로 간직할 수 있었다. 하지만 수건은 일주일에 한 번씩 갈도록 되어 있었다. 월요일 오전마다 선임 조교가 수건 검사를 실시했다. 그래서 루치우스도 월요일 아침에는 자신의 번호가 매겨진 걸이 못에 깨끗한 새 수건을 걸어 놓았다. 하지만 점심시간이면 그것을 걷어서 말끔히 접어 다시 상자에 집어넣은 다음, 대신 쓰던 수건을 걸어 놓았다. 그의 비누는 너무 딱딱해서 몇 달이나 쓸 수 있었다. 그렇다고 에밀 루치우스가 외모를 소홀히 한 것은 아니었다. 오히려 언제나 말쑥해 보였고, 연한 금발에 가르마를 타서 정성껏 빗어 넘겼다. 하지만 속옷과 의복도 최선을 다해 아껴 입었다.

루치우스는 세면장에 있다가 곧장 아침 식사를 하러 갔다. 아침 식사는 커피 한 잔과 설탕 한 조각, 타원형 식빵 하나가 다였다. 대부분의 학생들에겐 그런 아침 식사가 몹시 부족하게 느껴졌다. 한창 나이의 젊은이들은 여덟 시간 잠을 자고 나면 아침에 몹시 배가 고프기 때문이다. 하지만 루치우스는 그런 식사에 만족했고, 매일 나누어 주는 설탕 조각을 먹지 않고 모아 두기까지 했다. 그러고는 설탕 두 조각을 1페니히에 팔기도 했고, 설탕 스물다섯 조각을 공책 한 권과 바꾸기도 했다. 그러니 그가 비싼 기름을 아끼기 위해 밤에 다른 학우들의 램프에서 비쳐 나온 불빛으로 공부한 것은 너무도 당연한 일이었다. 그렇다고 그가 가난한 부모를 가진 것도 아니었다. 오히려 아주 유복한 집안 출신이었다. 사실 몹시 가난한 집안의 아이들은 물건을 아껴 쓰거나 돈을 절약하는 법을 제대로 터득하지 못한다. 그들은 오히려 가진 것을 항상 다 써버리는 습관이 있고, 저축하는 법도 알지 못한다.

에밀 루치우스는 정신의 영역에서도 어떻게든 이득을 얻으려고 했다. 그 점과 관련해서 그는 매우 현명했다. 모름지기 정신적인 소유물이란 상대적인 가치만 있을 뿐이라는 사실을 잘 알고 있었던 것이다. 그래서 그는 시험 준비를 할 때도 좋은 결실을 거둘 수 있는 과목들만 열심히 공부했다. 다른 과목들에선 적당한 중간 점수를 얻는 것으로 만족했다. 그는 언제나 자신의 성적을 동료 학우들의 성적과 견주어 보았다. 그는 지식은 곱절이지만 2등을 하는 사람보다는, 절반의 지식으로 1등을 하는 사람이 되기를 원했다. 그래서 동료들이 밤에 놀이를 하거나 개인적인 독서에 몰두할 때, 그는 조용히 책상에 앉아 공부만 했다. 다른 친구들이 시끄럽게 떠들어도 조금도 개의치 않았다. 심지어 그런 친구들을 부러워하기는커녕 흡족한 표정으로 바라보기도 했다. 다른 학우들도 열심히 공부하면 자신의 노력은 허사가 될지도 모르기 때문이었다.

학우들은 열심히 공부하는 그 야심가의 약삭빠른 술책을 아무도 고깝게 여기지 않았다. 하지만 허풍선이나 지나치게 이익에 집착하는 사람들이 다 그렇듯, 루치우스 스스로가 도를 넘는 어리석은 짓을 저지르고 말았다. 바이올린 교습을 받기로 마음먹은 것이다. 전에 바이올린을 배운 적도 없었고, 음감이나 음악적 재능이 있는 것도 아니었고, 음악을 즐기지도 않으면서! 하지만 그는 바이올린도 라틴어나 수학처럼 결국 배울 수 있을 거라 생각했다. 그는 악기를 연주하면 사람들의 인기를 끌고, 나이가 들면 좋은 취미 생활이 된다는 말을 들은 적이 있었다. 게다가 이곳에서는 바이올린을 배우는 데 돈이 한 푼도 들지 않았다. 신학교에서는 학생들에게 무료로 바이올린을 가르쳐 주기 때문이었다.

루치우스가 바이올린을 배우고 싶다고 하자 음악 선생님 하스는 머리털이 곤두섰다. 음악 수업을 하면서 루치우스의 음악적 재능이 형편없음을 파악하고 있었기 때문이었다. 루치우스가 노래를 부르면 학생들은 꽤나 즐거워했지만, 음악 선생은 절망하곤 했었다. 그래서 그는 바이올린을 배우겠다는 그 소년을 말려 보려 했다. 하지만 루치우스는 세련되고 겸손한 미소를 지으며 자신의 정당한 권리를 주장하고 나섰으며, 음악을 하고 싶은 욕구를 도저히 억누를 수 없다고 선언하기까지 했다. 음악 선생은 할 수 없이 그에게 가장 상태가 안 좋은 연습용 바이올린을 주었다. 그는 일주일에 두 번씩 개인 지도를 받았고, 매일 30분 정도 연습에 몰두했다. 하지만 그가 처음 연습을 마쳤을 때, 같은 방 동료들은 이것이 네 처음이자 마지막 연습이라고 선언했다. 낑낑거리는 그 신음 소리에 가까운 바이올린 소리를 견디다 못해, 다시는 연습하지 말라고 요청한 것이다.

그때부터 루치우스는 바이올린을 들고, 연습하기 적당한 조용하고 외진 곳을 찾아 수도원을 헤매고 다녔다. 그의 끽끽거리는 이상야릇한 바이올린 소리는 옆에 있는 사람을 불안하게 만들었다. 시인 하일너는 그 소리를 두고, 루치우스로 인해 괴롭힘을 당하는 바이올린이 살려 달라고 필사적으로 애원하는 소리 같다고 말한 적도 있었다. 루치우스의 바이올린 실력이 별로 늘지 않자 음악 선생은 신경이 날카로워져 그를 거칠게 대하기 시작했다. 그러자 루치우스는 점점 더 필사적으로 연습에 매달렸다. 그때까지 자기만족에 빠져 실리만 밝히던 그의 얼굴에도 근심 어린 주름이 생기기 시작했다. 그야말로 비극적인 일이었다. 마침내 음악 선생님은 너는 바이올린에 전혀 소질이 없다면서 음악 교습을 거부했다. 그러자 뭐든지 배우고 싶었던 그 소년은 이번에는 피아노를 선택해 자신을 괴롭혔지만 여러 달 동안 아무런 성과도 얻지 못했다. 급기야 그는 전의를 상실하고 슬그머니 그만두고 말았다. 하지만 훗날 음악이 화제에 오를 때면 자기도 전에는 피아노와 바이올린을 배운 적이 있었지만, 애석하게도 이런저런 사정 때문에 그 아름다운 예술에서 점차 멀어지게 되었다고 떠벌렸다.

헬라스 방 학생들은 몇몇 익살스러운 친구들 덕분에 심심찮게 웃고 즐길 수 있었다. 문예 애호가 하일너도 가끔 우스꽝스러운 장면을 연출했다. 반어적이고 기지 넘치는 카를 하멜은 늘 거리를 두고 주위를 살피는 관찰자였다. 그는 다른 동료들보다 한 살 위여서 그들에 비해 자신이 우월하다고 생각했지만, 존경을 받지는 못했다. 변덕이 심했고, 자기 힘을 시험해 보려고 일주일에 한 번꼴로 싸움을 벌이기도 했기 때문이다. 싸울 때면 거칠다 못해 거의 잔인하기까지 했다.

한스 기벤라트는 놀라운 심정으로 그런 하멜의 짓을 조용히 지켜보다가, 착하고 차분한 동료의 자세로 돌아가 자신의 일을 했다. 한스는 거의 루치우스만큼이나 부지런했다. 그래서 하일너를 빼고 같은 방 동료 모두의 존경을 받았다. 스스로를 '경박한 천재'로 선언한 하일너는, 이따금 한스를 공붓벌레라고 놀려 댔다. 저녁이면 드물지 않게 싸움이 벌어지기도 했지만, 하루가 다르게 성장해 가는 또래 소년들은 대체적으로 별 탈 없이 서로 잘 어울렸다. 모두가 어른이 되었다는 느낌을 가지려고, 또한 선생님들이 자신들에게 쓰는 '귀하'라는 생소한 호칭에 맞는 학구적인 진지함과 훌륭한 태도를 보이려고 애썼다. 대학에 갓 입학한 학생이 고등학교 시절을 돌아보듯, 막 떠나온 라틴어 학교 시절을 제법 건방진 표정과 동정 어린 시선으로 돌아보기도 했다. 하지만 그러다가도 간혹 그 나이 또래의 개구쟁이 기질이 그대로 터져 나와 서로 자신의 권리를 주장하며 싸우기도 했다. 그럴 때면 침실은 쿵쿵 발을 굴러 대는 소리와 거친 욕설로 난장판이 되었다.

공동생활을 시작한 지 몇 주일이 지나자, 소년들은 마치 화학 반응을 일으키며 침전하는 혼합물처럼 보이기 시작했다. 이리저리 떠다니던 탁한 덩어리와 부스러기들이 뭉쳐지기도 하고 다시 풀어지기도 하다가, 결국 하나의 견고한 침전물이 되었다. 이러한 현상을 관찰하는 것은, 교육기관의 수장이나 교사들에게는 유익

하고 소중한 경험이었을 것이다. 학생들이 처음의 수줍은 감정을 극복하고 서로를 어느 정도 알게 되자 또 하나의 물결이, 즉 서로를 탐색하는 과정이 시작되었다. 여러 그룹이 만들어졌고, 우정과 반감의 표출이 분명히 드러났다. 같은 지역에서 온 동향인이나 같은 학교를 나온 동창생들이 서로 어울리는 경우는 드물었다. 대부분의 소년들은 새로운 친구를 찾아 나섰다. 도시 출신은 시골 출신을, 고산지대 출신은 평지 출신을 사귀려고 했다. 다양한 친구를 사귀어 자신에게 부족한 부분을 보충하려는 은밀한 욕구 때문인 것 같았다. 젊은이들은 쉽게 마음을 정하지 못하고 서로를 차례로 탐색해 나갔고, 평등 의식과 더불어 고독한 자기만의 세계를 가지려는 욕구가 생겨났다. 그러는 가운데 몇몇 소년은 어린 시절의 곤한 잠에서 깨어나 처음으로 인격의 싹을 조금씩 키워 나갔다. 애착과 질투에서 비롯된 사소한 말다툼도 가끔 벌어졌다. 소년들은 우정의 맹약을 맺기도 하고, 노골적인 적대감을 드러내기도 했다. 그러면서 다정한 사이가 되거나 같이 산책을 즐기는 친구가 되기도 하고, 서로 맞붙어 주먹질을 하는 험악한 관계가 되기도 했다.

한스는 친구를 사귀는 일에는 그다지 관심이 없었다. 카를 하멜이 감정에 못 이겨 친구로 지내자고 분명한 어조로 제안했을 때, 깜짝 놀라 흠칫 물러섰을 정도였다. 그런 직후 하멜은 스파르타 방에 있는 동료들과 친해졌고, 한스는 홀로 남게 되었다. 그러자 잔잔한 한스의 세계의 지평선 너머로도 우정을 그리는 격한 감정이 떠올랐다. 하지만 수줍은 성격의 그는 그 감정을 억눌렀다. 한스는 어머니 없이 지낸 어린 시절 동안 사람들과 어울리는 능력이 위축되고 말았고, 열정적으로 보이는 모든 것에 두려움을 느꼈다. 게다가 소년다운 자부심과 함께 짐스러운 공명심까지 가지고 있어, 루치우스와는 달리 진정한 지식을 중요하게 생각함에도 불구하고 그와 마찬가지로 학교 공부에 방해가 되는 것과는 거리를 두려 했다. 그래서 책상에 앉아 열심히 공부만 했지만, 다른 학우들이 우정을 즐기는 모습을 볼 때면 부러움과 그리움에 시달리곤 했다. 카를 하멜은 한스에게 맞는 친구가 아니었다. 다른 누군가가 다가와 한스를 세차게 잡아당겼다면 그는 순순히 따라갔을 것이다. 한스는 수줍은 소녀처럼 가만히 앉아 자신에게 행복을 안겨 줄, 자기보다 힘세고 용기 있는 누군가를 기다렸다.

학생들 모두 학교 공부를 하느라, 특히 히브리어 공부를 하느라 정신이 없었고 첫 주는 그야말로 쏜살같이 지나가 버렸다. 마울브론을 둘러싼 자그마한 호수와 연못들에는 늦가을의 창백한 하늘과 시들어 가는 물푸레나무, 자작나무, 떡갈나무가 비쳤고, 황혼녘의 긴 그림자가 드리워졌다. 아름다운 산림지대에는 초겨울의 세찬 바람이 끙끙거리는 신음 소리를 내거나 기뻐 날뛰기도 하며 미친 듯 몰아쳤다. 최후의 무도회가 벌어지고 있었다. 벌써 여러 번이나 가벼운 서리가 내리기도 했다.

정서가 풍부한 헤르만 하일너는 마음 맞는 친구를 사귀려고 애를 썼지만 허사로 끝나고 말았다. 그래서 날마다 외출 시간에 홀로 숲 속을 거닐었다. 그는 특히 울적한 분위기의 갈색 연못을 좋아했다. 연못은 갈대숲에 둘러싸여 있었고, 시들어 가는 활엽수 가지가 드리워져 있었다. 그렇게 슬프도록 아름다운 연못가가 몽상가 하일너의 마음을 강력하게 끌어당겼다. 거기서 그는 꿈에서나 볼 법한 부드러운 나뭇가지로 조용한 수면 위에 원을 그리거나, 레나우*의 시집 『갈대의 노래』를 읽었다. 그러고는 아래쪽에 자라는 골풀 위에 누워, 가을 분위기에 어울리는 죽음과 무상에 관한 상념에 잠기기도 했다. 낙엽 떨어지는 소리와 앙상한 우듬지들이 살랑거리는 소리가 어우러져 우울한 화음을 만들어내면, 주머니에서 조그만 검은색 수첩을 꺼내 시 한두 구절을 끼적이기도 했다.

10월도 다 저물어 가는 어느 흐린 날 점심시간, 혼자 산책길에 나섰던 한스 기벤라트가 그 숲 속에 발을 들여놓았다. 그때도 하일너는 거기서 시를 쓰고 있었다. 한스는 소년 시인이 작은 개울의 나무다리 위에 앉아 있는 것을 보았다. 시인은 공책을 무릎 위에 올려놓고, 뾰족한 연필을 입에 문 채 깊은 생각에 잠겨 있었다. 옆에는 펼쳐진 책이 놓여 있었다. 한스는 천천히 그에게 다가갔다.

"안녕, 하일너! 여기서 뭘 하니?"

"호메로스를 읽고 있어. 기벤라트구나."

＋ Nikolaus Lenau(1802~1850). 오스트리아의 시인으로, 작가 개인의 절망감뿐 아니라 당대의 염세주의를 반영하는 감상적인 서정시로 유명하다.

"그런 말 마. 난 네가 뭘 하고 있었는지 알고 있어."

"그래?"

"물론이지. 시를 쓰고 있었잖아."

"그렇게 생각해?"

"물론이지."

"이리 와 앉지그래!"

기벤라트는 하일너 옆에 앉아 두 다리를 물 위에 내려뜨렸다. 그러고는 갈색 나뭇잎들이 서늘한 공기 속에 나부끼며 하나둘 소리 없이 갈색 수면 위로 떨어지는 모습을 지켜봤다.

"여긴 좀 음산하구나." 한스가 말했다.

"응, 그래."

두 소년이 땅바닥에 등을 대고 나란히 드러눕자, 그들을 둘러싼 가을 풍경 중 비스듬히 기운 우듬지들은 사라지고 연푸른 하늘에 섬 모양으로 조용히 떠가는 구름들이 보였다.

"참 멋진 구름이야!" 한스는 기분 좋게 하늘을 바라보며 말했다.

"그래." 하일너가 한숨을 내쉬었다. "우리가 저런 구름이라면!"

"그럼 뭘 하게?"

"그럼 하늘 저 너머로 항해를 하겠지. 멋진 배처럼 숲과 마을, 읍과 주를 넘어서 말이야. 넌 아직 배를 본 적이 없지?"

"그래, 못 봤어. 하일너 넌?"

"물론 봤지. 안됐구나, 그런 것들은 모르고 공붓벌레처럼 공부만 하다니!"

"날 바보라고 생각하는 거니?"

"그렇게 말하진 않았어."

"난 네가 생각하는 것처럼 그렇게 어리석진 않아. 아무튼 배 이야기를 계속 해봐."

하일너는 몸을 돌리다가 하마터면 물에 빠질 뻔했다. 그는 이제 배를 땅바닥에 대고 두 손으로 턱을 받치고 팔꿈치를 바닥에 댔다.

"라인 강이었어." 그는 말을 이었다. "방학 때면 배들을 볼 수 있었어. 어느 일요일이었지. 배에서 음악이 흘러나왔어. 밤이 되자 색색의 등이 불을 밝혔지. 불빛이 강물에 반사되어 반짝였어. 우린 배에서 들리는 음악을 들으며 강물을 따라 내려갔지. 배에 탄 사람들은 라인 포도주를 마시고 있더군. 아가씨들은 하얀 옷을 입고 있었어."

한스는 귀를 기울였지만 아무런 반응은 보이지 않았다. 하지만 그는 눈을 감고, 하얀 옷을 입은 아가씨들을 태운 배가 음악 소리를 울리고 붉은 등불을 밝히며 여름밤을 항해하는 모습을 그려 보았다.

하일너는 말을 계속했다. "모든 것이 지금과는 달랐어. 여기 있는 녀석들 중 그런 걸 아는 사람이 누가 있겠어? 다들 히브리어 철자보다 더 고상한 것이 있다는 건 알지도 못하는 지겨운 위선자들, 겁쟁이들뿐이야. 너도 마찬가지고."

한스는 잠자코 있었다. 이 하일너라는 친구는 정말 별났다. 그는 몽상가이자 시인이었다. 한스는 하일너에게 놀란 것이 벌써 한두 번이 아니었다. 누구나 알고 있듯이 하일너는 어지간히 공부를 하지 않았다. 그런데도 아는 게 무척 많았고, 어떤 질문에도 척척 대답했다. 그렇지만 그는 지식을 경멸하기도 했다.

"예컨대 우린 호메로스의 『오디세이』를 마치 요리책처럼 보고 있어. 한 시간에 겨우 두 구절을 읽으며, 단어 하나하나를 마치 음식처럼 씹어 보지. 구역질을 느낄 때까지 말이야. 그런데도 선생님은 수업이 끝날 때면 매번 이렇게 말해. '이제 시인이 이 시구를 얼마나 멋지게 표현했는지 알았겠지요? 여러분은 여기서 시 창작의 비밀을 들여다본 거예요!'라고. 하지만 그런 식의 공부는, 그 작품에 질식되지 않으려고 불변화사나 부정과거형에 소스를 치는 행위에 불과해. 난 호메로스를 그런 식으로 공부하는 것에는 관심 없어. 게다가, 그런 케케묵은 그리스 잡동사니가 내게 무슨 소용이 있겠어? 만약 우리 중 누가 약간이나마 그리스인처럼 살아 보려고 한다면 당장 쫓겨나고 말 거야. 그런데도 우리 방 이름을 헬라스라고 부르다니, 엉터리 흉내 짓에 불과해! 우리 방은 '쓰레기통'이나 '원숭이 우리', 또는 '실크해트'라고 불려야 해. 고전이라고 하는 것은 모조리 잡동사니에 불과하거든."

그는 허공에 침을 내뱉었다.

"너 아까 시를 쓰고 있었지?" 이제 한스가 물었다.

"그래."

"무슨 시지?"

"이곳의 호수와 가을을 다룬 시야."

"좀 보여 줘!"

"안 돼. 아직 끝내지 않았어."

"그럼 다 되면 보여 주겠니?"

"네가 원한다면."

두 소년은 몸을 일으켜 수도원으로 천천히 되돌아갔다.

"여길 봐! 여기가 얼마나 아름다운지 너도 알겠지?" 하일너는 '파라다이스'라고 불리는 교회의 본당을 지나가면서 말했다. "이 현관과 아치형의 창문, 회랑과 식당들, 다 고딕 양식과 로마네스크 양식이잖아. 다채롭고 정교한 이 건축물들은 모두 예술가의 작품이야. 하지만 이런 마법의 성이 무엇을 위한 거지? 목사가 되려는 36명의 가련한 소년들을 위한 거야. 우리 나라에 돈이 남아 도는 모양이지."

한스는 오후 내내 곰곰이 하일너를 생각해 보았다. 그는 대체 어떤 인간일까? 그에게는 한스가 갖고 있는 단순한 걱정이나 욕 망은 없어 보였다. 그의 생각과 언어는 온전히 그 자신의 것이었고, 풍부하고 자유로운 삶을 살고 있었다. 하지만 그는 이상한 고통에 시달리며, 자신의 모든 주변 환경을 경멸하는 것 같았다. 그는 오래된 기둥과 담벼락의 아름다움을 이해하고 있었다. 또한 자신의 영혼을 시구에 반영해서 허구적인 삶을 만들어 내는 독특한 비법을 터득하고 있었다. 그는 생동감 넘치는 제어하기 어려운 인간이었다. 하일너는 한스가 1년 동안 하는 것보다 더 많은 농담을 날마다 하고 있었다. 또한 그는 우울해 보였지만, 자기 자신의 슬픔을 낯설고 익숙하지 않은 값비싼 물건처럼 즐기는 듯 보였다.

그날 저녁 하일너는 자신의 엉뚱하고 특이한 본질을 같은 방 모든 동료들에게 증명해 보였다. 동료 중에 오토 뱅거라는 허풍선이이자 옹졸한 녀석이 그에게 싸움을 걸었다. 하일너는 잠시 차분히 있다가 익살을 떨기도 하고 거만한 표정을 짓기도 했다. 그러다가 느닷없이 오토 뱅거의 따귀를 갈기는 것이었다. 일순간에 두 소년은 서로 뒤엉켜 격렬하게 몸싸움을 벌였다. 조타수가 없는 배처럼 밀려나기도 하고, 반원을 그리기도 하고, 몸을 홱 움직이기도 하면서 헬라스 방을 아수라장으로 만들었다. 둘은 상대방을 벽으로 밀어붙이기도 하고, 의자 위로 넘어져 바닥에 쓰러지기도 했다. 두 소년 모두 말은 한마디도 하지 않았다. 숨을 가쁘게 몰아쉬었고, 부글부글 끓는 화를 못 이겨 거품을 내뿜기도 했다. 동료들은 비판적인 표정으로 두 사람을 지켜보기만 할 뿐 싸움에 말려들지 않았다. 두 발을 옆으로 피하기도 하고 책상과 램프가 망가지지 않도록 옆으로 치우기도 하면서 재미있다는 듯 긴장된 표정으로 싸움의 결과를 기다렸다. 몇 분이 지나자 하일너가 뱅거에게서 떨어져 나와 힘겹게 몸을 일으키더니 숨을 몰아쉬었다. 그는 온몸에 찰과상을 입은 것 같았다. 두 눈은 붉게 충혈되어 있었고, 셔츠의 칼라는 찢어져 있었으며, 바지의 무릎에는 구멍이 하나 나 있었다. 상대방이 다시 덤벼들려고 했지만, 하일너는 팔짱을 낀 채 태연히 서서 거만한 투로 말했다. "난 이제 가만있을 테니, 어디 덤빌 테면 덤벼 봐!" 오토 뱅거는 욕을 퍼부으며 방에서 나갔다. 하일너는 책상에 몸을 기대고는 스탠드 램프를 돌려놓았다. 그는 두 손을 바지 주머니에 찔러 넣고는 무언가를 골똘히 생각하는 것 같았다. 그러다가 느닷없이 눈물을 흘렸다. 그의 눈물은 하염없이 쏟아져 나왔다. 이렇게 대놓고 눈물을 보이는 것은 전례가 없는 일이었다. 신학교 학생들은 우는 것을 가장 치욕스러운 일로 여기기 때문이었다. 하지만 하일너는 자신의 눈물을 숨기려 하지 않았다. 그는 방에서 나가지도 않고, 창백해진 얼굴을 램프 쪽으로 돌린 채 가만히 서 있었다. 그는 눈물을 닦지 않았고, 바지 주머니에 넣은 손을 빼려고도 하지 않았다. 다른 동료들은 그의 주위에 둘러서서 호기심 어린 표정으로 심술궂게 그를 바라봤다. 마침내 하르트너가 그의 앞으로 다가서며 말했다. "야, 하일너, 넌 대체 부끄러운 줄도 모르니?"

눈물을 흘리던 하일너는 마치 깊은 잠에서 막 깨어난 사람처럼 천천히 주위를 둘러봤다.

"부끄러워? 너희들 앞에서?" 그는 경멸하듯 큰 소리로 말했다. "천만에, 이 친구야!"

그는 얼굴을 닦고는 화난 듯 쓴웃음을 지어 보였다. 그러고 나서 자신의 램프를 끄고는 방에서 나가 버렸다.

한스 기벤라트는 싸움이 벌어지는 내내 그 자리에 가만히 서서 놀라고 두려운 심정으로 하일너 쪽을 힐끔거리기만 했다. 15분쯤 지난 뒤 그는 사라진 친구를 뒤따라가 보기로 마음먹었다. 하일너는 어둡고 쌀쌀한 공동 침실의 낮은 창턱에 앉아 꼼짝 않고 회랑을 내려다보고 있었다. 뒤에서 보이는 그의 어깨와 깎은 듯이 뾰족하고 좁은 머리통은, 소년 같지 않은 진지한 분위기를 풍겼다. 한스가 다가와 창가에 멈추어 섰을 때도 그는 미동도 하지 않았다. 한참 있다가 하일너는 계속 앞쪽을 바라보며 마침내 쉰 목소리로 물었다.

"무슨 일이니?"

"나야." 한스는 수줍은 듯 말했다.

"무슨 일로 왔어?"

"아무 일도 아니야."

"그래? 그럼 가보지그래."

한스는 마음이 상해서 정말 가버리려고 했다. 그때 하일너가 그를 못 가게 붙잡았다.

"가지 마." 그는 일부러 가벼운 어조로 말했다. "진심으로 한 말이 아니었어."

두 소년은 서로의 얼굴을 들여다보았다. 서로의 얼굴을 이렇게 진지하게 쳐다본 것은 이때가 처음이었다. 그들은 상대방의 소년다운 매끈한 용모 안에 깃들어 있는 독특한 개성과 특별한 영혼을 상상하고 있었다.

헤르만 하일너는 천천히 팔을 뻗어 한스의 어깨를 붙잡았다. 그러고는 한스를 자기 쪽으로 바짝 끌어당기는 바람에 둘의 얼굴은 거의 맞닿을 만큼 가까워졌다. 그러고 나서 한스는, 상대방의 입술이 닿는 느낌에 화들짝 놀라고 말았다.

한스의 가슴은 익숙하지 않은 떨림에 사로잡혔다. 이 어두운 공동 침실에서 하일너와 갑작스럽게 입맞춤을 하다니, 무언가 무섭고 무언가 새롭고 무언가 위험하게 느껴졌다. 누군가에게 이 장면을 들키기라도 했다면 그야말로 끔찍한 꼴을 당했을 것이다. 동료들은 두 사람의 입맞춤을, 좀 전에 보았던 하일너의 눈물보다 훨씬 더 우스꽝스럽고 수치스러운 짓이라고 생각할 게 틀림없기 때문이었다. 한스는 아무 말도 할 수 없었고, 피가 머리로 솟구쳐 오르는 느낌이었다. 자리를 박차고 달아나고 싶은 마음이 굴뚝같았다.

어른이 이 광경을 목격했더라면, 잘생기고 장래가 촉망되는 두 소년들의 갸름한 얼굴에 비친 수줍음과 진지함에서, 은밀한 즐거움을 느꼈을지도 모른다. 그들의 얼굴에는 아직 어린애다운 매력도 남아 있었고, 청소년기의 소심한 반항심도 엿보였다.

차츰 젊은이들은 공동생활에 익숙해졌다. 서로를 알게 되었고, 서로에 대해 나름의 지식을 갖게 되었으며, 서로가 어떤 사람인지 상상할 수 있게 되었다. 그러는 가운데 우정을 맺는 소년들도 제법 생겨났다. 함께 히브리어 동사를 공부하는 짝, 함께 그림을 그리는 짝, 함께 산책하러 나가는 짝, 함께 실러의 책을 읽는 짝도 있었다. 라틴어는 잘하는데 수학은 못하는 아이와, 라틴어는 못하지만 수학은 잘하는 아이가 어울려 공동 학습의 결실을 맛보기도 했다. 그러나 현실적인 이익을 공유하는, 일종의 계약 같은 우정도 있었다. 한번은 햄을 많이 갖고 있어 부러움을 사는 한 소년이 햄을 먹다가 갈증이 나서, 과수원집 아들에게 햄과 사과를 바꾸자고 했다. 슈탐하임 출신의 그 과수원집 아들의 물품 상자에는 탐스러운 사과가 가득 담겨 있었기 때문이다. 두 소년은 함께 자리에 앉아 조심스럽게 대화를 나눈 끝에, 둘 다 각자의 아버지에게서 햄과 사과를 계속 공급받는다는 사실을 알게 되었다. 그리하여 그들은 서로의 것을 계속 교환하기로 했다. 이런 식의 현실적인 우정이 이상적이고 충동적인 우정보다 훨씬 오래 지속되기도 했다.

외톨이는 얼마 되지 않았는데, 그중 루치우스도 있었다. 그 무렵 그는 자신의 시간을 온통 음악을 배우는 데 바치고 있었다.

서로 어울려 보이지 않는 짝들도 있었다. 그중 헤르만 하일너와 한스 기벤라트가 가장 어울리지 않는 짝으로 간주되었다. 정신이 몽롱한 듯 보이는 소년과 성실한 소년, 시인과 공붓벌레의 만남이기 때문이었다. 둘 다 가장 총명하고 가장 재능 있는 아이로 꼽히기는 했지만 하일너는 반쯤 조롱이 담긴 천재라는 평판을 얻었고, 기벤라트는 지루한 모범생이라는 오명을 얻었다. 하지만 아이들은 둘의 우정을 별로 방해하지는 않았다. 각자 자신들의 우정을 쌓기에 바빴기에, 그 둘은 간섭받지 않고 나름대로 잘 지낼 수 있었다.

소년들은 이처럼 개인적인 관계와 체험을 쌓으면서도, 결코 학업을 소홀히 하지 않았다. 그들 생활의 중심은 어디까지나 학업이었다. 그에 비하면 우정도, 때때로 벌이는 싸움질도 심심풀이에 지나지 않았다. 루치우스가 아무리 음악에 빠져 있다 해도, 하일녀가 아무리 시작詩作에 열중한다 해도, 그들 역시 그랬다. 그들은 무엇보다 히브리어 공부에 긴장을 늦추지 않았다. 그 기이한 태곳적 여호와의 언어는, 메마르고 앙상하면서도 아직 살아 있는 신비한 나무 같았다. 그들은 그 이국적인 나무의 이상하게 뻗은 가지에 주목했고, 색과 향이 묘한 그 나무의 꽃에도 놀라워했다. 그 나무의 가지와 움푹 파인 홈과 뿌리에는, 섬뜩하지만 다정하기도 한 수천 년 묵은 유령들이 자리하고 있었다. 즉 기상천외한 무서운 용, 순진하고도 사랑스러운 소녀, 주름살 많은 현자가 앉아 있었다. 그 옆에는 잘생긴 소년과 고요한 눈의 소녀, 걸핏하면 싸우는 부인들도 있었다. 아득한 꿈속의 인물처럼 보이던 루터 성경 속의 인물들이 피가 도는 날것의 인물처럼 느껴졌고 목소리도 생생하게 들리는 듯했다. 그들은 낡고 거추장스럽고 집요하고 불길한 삶을 여전히 살아가고 있는 듯했다. 적어도 하일녀에게는 그렇게 보였다. 그는 모세오경+을 매시간 저주하면서도, 그 속에서 생명력과 영혼을 발견해 냈다. 거기 실린 모든 어휘를 알고 그 모두를 정확하게 발음할 줄 아는 인내심 많은 학생들보다 그 안에서 더 많은 것들을 빨아들인 것이다.

+ 구약성경에서 모세의 글인 창세기, 출애굽기, 레위기, 민수기, 신명기를 말한다.

한편 신약성경에 담긴 모든 것은 우아하고 밝고 친밀하게 느껴졌다. 구약성경보다 덜 낡은, 심오하고 풍부한 언어로 쓰인 그 책 속에는 강렬하고 창의적인 젊은 정신이 가득 차 있었다.

그리고 『오디세이』가 있었다. 그 시구는 힘차고 아름다웠으며 강력하고도 균형이 잡혀 있었다. 그것을 읽으면 지금은 사라져 버린 반듯하고 행복한 삶에 대한 지식과 예감이 마치 바다 요정의 희고 포동포동한 팔처럼 떠올랐다. 그 시구는 때로는 강력한 필치로 손에 잡힐 듯 선명한 윤곽을, 때로는 꿈이나 아름다운 예감처럼 흐릿한 윤곽을 그려 내었다. 그에 비하면 역사가 크세노폰이나 리비우스*의 책은 아예 보이지 않거나 거의 빛을 잃은 듯 보였다.

친구의 눈에는 모든 사물이 자기와 달리 보인다는 것을 알고 한스는 놀라움을 금치 못했다. 하일너에게는 추상적인 것은 아무것도 없었다. 상상 속에서 모든 것을 그리고 채색할 수 있기 때문이었다. 혹시 그게 안 될 때면 모든 것을 외면하고 지루해했다. 그는 수학은 스핑크스**만큼이나 교활한 악의적인 학문이라고

---

* Titus Livius(BC 59-AD 17). 살루스티우스, 타키투스와 함께 로마의 위대한 3대 역사가로 손꼽히는 인물. 그의 『로마사』는 당대에 이미 고전이 되었으며, 18세기에 이르기까지 역사 서술의 방식과 원칙에 큰 영향을 미쳤다.
** 스핑크스는 헤라가 갓난아기를 버린 라이오스 왕을 응징하기 위해 보낸 괴물로, 테베로 들어가려는 사람들에게 기묘한 수수께끼를 내어 틀릴 경우 가차 없이 죽이는 임무를 수행했다. 오이디푸스가 수수께끼를 모두 맞히자, 스핑크스는 굴욕감을 이기지 못해 머리를 바위에 부딪쳐 자살했다고 한다.

생각했다. 그래서 그 괴물을 피해 멀찌감치 달아나 버렸다.

두 소년 사이의 우정은 기묘했다. 하일너에게 우정은 즐거운 사치이자 위안 혹은 한낱 장난이었다. 하지만 한스에게 그것은 자랑스러운 보물이자 때로는 무거운 짐이기도 했다. 이전까지 한스는 저녁 시간을 늘 공부에 할애했었지만, 지금은 그럴 수가 없었다. 하일너가 공부하다가 싫증이 나면 한스 곁에 와서 그가 보는 책을 치워 버렸기 때문이다. 한스는 친구를 몹시 좋아하기는 했지만 마침내 저녁마다 그가 올까 봐 두려움에 떠는 지경이 되었다. 그래서 의무적으로 정해진 공부 시간에는 남들에게 뒤지지 않으려고 곱절로 열심히 공부했다. 하일너가 그런 근면성을 비판하며 못마땅한 소리를 하기 시작하자, 한스는 더욱 곤혹스러워졌다.

"그건 날품팔이 짓이나 마찬가지야. 자발적으로 하는 공부가 아니라 선생님들이나 아버지가 두려워서 하는 공부라고. 1등을 하든 2등을 하든 그게 뭐가 중요해? 나는 20등에 불과하지만 너희 공붓벌레들보다 덜 똑똑하진 않아."

한스는 하일너가 책을 다루는 방식을 보고 경악을 금치 못한 적도 있었다. 한번은 교실에 지도책을 놓고 와서, 다음 날 배울 지리 과목을 예습하려고 하일너의 지도책을 빌린 적이 있었다. 놀랍게도 모든 페이지가 연필 자국으로 지저분했다. 이베리아 반도의 서해안은 기괴한 옆얼굴로 변해 있었다. 그 옆얼굴의 코는 포르토에서 리스본에 이르렀고, 피니스테르 곶 일대는 곱슬곱슬한 머리카락처럼 덧칠되어 있었다. 세인트빈센트 곶은 얼굴 아래쪽에 있는 수염이 되어 있었다. 다른 페이지에도 다 낙서가 되어 있었다. 지도의 뒷면도 캐리커처와 불손하고 익살스러운 시구로 가득했다. 잉크 얼룩이 묻은 곳도 많았다. 자신의 책들을 보물처럼 신성하게 다뤄 왔던 한스에게, 하일너의 그런 대담한 행위는 신성모독처럼 느껴지기도 했고 대담한 범죄처럼 여겨지기도 했다.

한스는 하일너가 때때로 자신을 그저 호감 가는 장난감으로, 말하자면 일종의 애완용 고양이로 여긴다고 생각했다. 스스로 생각해 봐도 자신에게 그런 면이 없지 않았다. 하지만 실은 하일너는 한스에게 집착하고 있었다. 자신의 속마음을 털어놓을 수 있는, 학교와 인생에 대한 자신의 혁명적인 견해에 귀 기울이며 경탄도 해줄, 누군가가 필요했던 것이다. 또한 기분이 울적해질 때면 무릎 위에 자신의 머리를 누일 수 있는, 자신을 위로해 줄 사람이 필요하기도 했다. 젊은 시인들이 으레 그렇듯, 그는 약간의 어리광이 섞인 우울증에 가끔 시달렸다. 청소년기로 넘어가는 시기이기 때문이기도 했고, 목표 없는 과도한 예감과 에너지와 욕망 때문이기도 했다. 또한 성적으로 성숙해지면서 생긴 이해하기 힘든 우울 때문이기도 했다. 그럴 때면 하일너는 동정과 보살핌을 받고 싶은 병적인 욕구를 느꼈다. 예전에 어머니의 사랑을 듬뿍 받았던 그 소년은, 이제는 위안을 줄 싹싹한 친구가 필요했다. 아직까지 여자의 사랑을 받을 만큼 성숙하지 못했기 때문이다.

가끔 저녁이면 하일너는 매우 불행한 표정을 하고 한스를 찾아왔다. 그러고는 공부하고 있는 한스를 꾀어 함께 공동 침실로 가자고 졸라 댔다. 두 소년은 공동 침실의 서늘한 현관이나 어둑어둑해진 높다란 예배실을 이리저리 거닐기도 했고, 추위에 떨며 창가에 앉아 있기도 했다. 그럴 때면 하일너는 하이네의 시를 읽는 다정다감한 소년들처럼 애처롭게 온갖 탄식을 늘어놓으며, 어린애 같은 슬픔의 구름에 휩싸이는 것이었다. 한스는 친구의 슬픔을 제대로 이해하지 못하면서도 그것에 깊은 인상을 받았고, 때로는 심지어 그런 감정에 전염되기도 했다. 감수성이 예민한 문예 애호가인 하일너는 특히 흐린 날에 심한 우울증을 겪었다. 늦가을의 먹구름에 하늘이 어두컴컴해지고 그 먹구름 사이로 베일에 싸인 듯한 달이 나타나면, 그의 탄식은 절정에 달했다. 그럴 때면 그는 오시안*의 정취에 흠뻑 빠져들거나 알 수 없는 우수에 젖기도 했다. 하일너는 그런 자신의 심정을 순진한 한스 앞에서 한숨이나 말이나 시의 형태로 마구 쏟아 냈다.

한스는 그렇게 하일너에게 시달리면서도 남는 시간에는 조급한 마음으로 공부에 열중했다. 하지만 공부가 점점 더 힘들어졌다. 두통이 재발된 건 그리 놀랍지 않았다. 하지만 딱히 하는 일이 없는데도 점점 더 무기력해지고 꼭 필요한 일도 억지로 할 수밖에 없는 자신의 상태가 걱정되었다.

한스는 하일너와의 우정으로 인해 자신이 지쳐 가고 있음을,

✦ Ossian. 3세기경의 전설적인 켈트 족 시인이자 영웅.

심지어 하일너의 손이 닿지 않는 자기 고유의 부분까지 병들고 있음을 어렴풋이 느끼고 있었다. 하지만 하일너가 음울해하고 울상을 지을 때면 한스는 그가 가엾게만 생각되었다. 또한 자신이 그에게 없어서는 안 될 존재임을 알게 될수록 그에 대한 애정은 더욱 커지고 의기양양해졌다.

물론 한스는 하일너의 병적인 비애감이 과도하고 불건전한 충동의 분출일 뿐이라는 것을 알고 있었다. 자신이 진정 경탄하는 하일너의 본질은 따로 있었다. 그가 자신의 시를 낭송하거나, 시인으로서의 자기 이상을 말하거나, 실러나 셰익스피어가 쓴 독백을 드라마틱한 제스처를 써가며 열정적으로 낭독할 때면, 자신에게는 없는 그의 마술적인 재능을 느끼곤 했다. 그럴 때 하일너는 하늘을 두둥실 떠다니는 것 같았다. 천상의 자유를 누리며, 호메로스의 글에 나오는 천사처럼 날개 달린 신발을 신고 자신으로부터 멀리 떠나는 듯했다. 이전까지 한스는 시인의 세계를 잘 알지도 못했고, 그것을 그리 중요하게 생각지도 않았다. 하지만 이제 그는 친구의 입에서 흘러나오는 그 즐거운 운율에, 현혹적인 이미지를 담은 그 아름다운 언어에 아무런 저항을 할 수가 없었다. 그런 새로운 세계에 대한 경탄은 친구에 대한 숭배로 이어졌다.

어느덧 세찬 바람이 몰아치는 우중충한 11월이 찾아와, 램프를 켜지 않고 공부할 수 있는 시간은 얼마 되지 않았다. 칠흑같이 어두운 밤에는 세찬 바람이 산더미만 한 구름을 깜깜한 산꼭

대기로 마구 몰아대기도 했고, 방향을 바꿔 낡고 견고한 수도원 건물을 때리기도 했다. 나뭇잎은 이제 거의 다 떨어지고 없었다. 울창한 산림지대의 왕이라 할 수 있는 억센 떡갈나무만이 시든 우듬지를 살랑거리며 다른 모든 나무들보다 더 큰 소리로 불평을 늘어놓을 뿐이었다. 하일너는 몹시 울적해졌다. 그는 한스 곁에 있는 대신 멀리 떨어진 연습실에서 홀로 시끄럽게 바이올린을 켜거나, 동료들과 싸움을 벌이는 데 맛을 들였다.

어느 날 저녁 하일너는 연습실에 갔다가 악보대 앞에서 연습에 몰두하고 있는 루치우스를 발견했다. 하일너는 화가 나서 밖으로 나갔다가 30분 뒤에 다시 연습실로 들어왔는데, 여전히 루치우스는 연습에 몰두하고 있었다.

"이제 좀 그만하는 게 어때?" 하일너는 비난을 퍼부었다. "다른 사람들도 연습하고 싶거든. 게다가 네가 긁어 대는 소리는 정말 견디기 힘들단 말이야."

그래도 루치우스가 꿈쩍도 않고 다시 바이올린을 켜기 시작하자, 하일너는 이성을 잃고 악보대를 발로 걷어차 쓰러뜨려 버렸다. 악보대는 바이올린을 켜고 있던 루치우스의 얼굴을 후려쳤고, 악보가 이리저리 흩날렸다. 루치우스는 그 악보를 주우려고 몸을 구부렸다.

"교장 선생님께 이를 거야." 잠시 후 루치우스가 결연히 말했다.

"마음대로 해." 하일너는 격분해서 소리쳤다. "내가 네 엉덩이를 걷어찰 테니 그것까지도 일러바쳐." 그러면서 그는 정말로 발을 들어 올렸다.

루치우스는 그 발길질을 피해 문으로 달려갔고, 하일너는 재빨리 그의 뒤를 쫓았다. 복도와 현관, 계단을 가로지르는 소란스러운 추격전 끝에 급기야는 수도원에서 가장 멀리 떨어진, 정적이 흐르는 교장 선생님의 우아한 사택에 이르렀다. 하일너가 그 도망자를 거의 따라잡은 순간, 루치우스는 사택의 서재로 통하는 문을 두드리고 있었다. 루치우스는 마침내 한 방 걷어차이고 나서야 그 신성한 영역으로 들어갈 수 있었다.

전대미문의 사건이었다. 다음 날 아침 교장 선생님은 청소년의 타락을 주제로 한 훌륭한 연설을 했다. 루치우스는 갈채를 보내는 심정으로 거기 귀를 기울였고, 하일너는 무거운 감금 처분을 받았다.

교장 선생님은 학생들 앞에서 하일너에게 호통을 쳤다. "몇 년 동안 이런 처벌이 내려진 적은 없었다. 자네가 10년이 지나도 이 일을 잊지 않도록 해주겠다. 다른 학생들은, 하일너를 끔찍한 본보기로 삼아야 할 것이다."

학생들은 모두 겁먹은 표정으로 하일너를 힐끔거렸다. 그는 창백하지만 당돌한 표정으로 우두커니 서 있었고, 교장 선생님의 시선도 피하지 않았다. 많은 학생들은 내심 그런 하일너의 태도에 찬탄을 금치 못했다. 그렇지만 교장 선생님의 훈시가 끝나자 모두들 하일너를 마치 나병 환자처럼 홀로 남겨 두고 떠들썩하게 떠나 버렸다. 지금 하일너의 편이 되려면 대단한 용기가 필요했기 때문이었다.

한스 기벤라트도 하일너의 편이 되어 주지 못했다. 그래야 한다고 생각했지만, 차마 용기가 없었던 것이다. 한스는 자신의 비겁함을 자책하며 불행한 심정으로 창문에 몸을 기대었다. 창피한 나머지 고개도 들 수 없었다. 그는 친구를 찾아가야 한다고 생각했지만 그러면 자신도 주목 대상이 될 게 뻔했다. 감금 처분이 내려진 친구와 계속 교류하다가는 자칫하면 자신도 나쁜 평판을 얻게 될 수 있었다. 신학생들은 국가의 혜택을 입는 대가로 단호하고 엄격하게 다스려진다. 입학식 때 교장 선생님도 그런 말을 했기에 한스는 그 사실을 잘 알고 있었다. 그는 친구로서의 의무와 야망 사이에서 갈등하다가, 결국 무릎을 꿇고 말았다. 그의 야망은 시험에서 좋은 성적을 거둬 명예를 얻고, 자기 인생에 주어진 역할, 그 낭만적이지도 위험하지도 않은 역할을 잘 수행하는 것이었다. 용기를 내어 친구를 찾아가고 싶은 마음은 여전했지만, 차일피일 미루다 보니 점차 그러기가 더 어려워졌다. 결국 그의 우유부단함은 배신이 되고 말았다.

열정적인 소년 하일너는 사람들이 자신을 피하는 것을 알고 있었고, 그들이 그럴 수밖에 없는 이유도 이해했다. 하지만 한스만은 그러지 않으리라 굳게 믿고 있다가 배신을 당하니 크나큰 슬픔과 분노를 느꼈다. 그에 비하면 예전의 공허감과 비애는 우스꽝스럽게 느껴졌다. 하일너는 기벤라트 곁에 잠시 멈추어 서서 창백하지만 도도한 얼굴로 조용히 말했다. "넌 비열한 겁쟁이야,

기벤라트. 망할 자식!" 그러고는 두 손을 바지 주머니에 찔러 넣고 나지막한 소리로 휘파람을 불며 횡하니 떠나 버렸다.

다른 학생들은 다시 자신의 생각과 일에 빠져들었다. 그 사건이 일어나고 며칠 지나지 않아 갑자기 눈이 쏟아졌고, 청명하고 추운 겨울 날씨가 시작되었다. 소년들은 눈싸움을 하고, 스케이트도 탔다. 불현듯 크리스마스 휴가가 임박했음을 깨닫고 모두들 그에 관한 이야기를 나누기도 했다. 하일너는 점차 아이들의 관심에서 멀어져 갔다. 그는 머리를 똑바로 쳐들고 오만한 표정을 지으며 조용하지만 당돌하게 돌아다녔다. 아무와도 대화를 나누지 않았고, 걸핏하면 노트에 시를 쓰곤 했다. 검은색 방수포가 덮인 노트의 겉면에는 '어느 수도사의 노래'라는 제목이 쓰여 있었다.

떡갈나무, 오리나무, 너도밤나무, 버드나무에 매달린 서리와 얼어붙은 눈송이는 부드럽고 환상적이었다. 심한 추위로 얼어붙은 연못 위를 걸으면 뽀드득 소리가 났다. 회랑의 안뜰은 조각된 정원처럼 보였다. 방마다 축제 분위기가 넘쳐났고, 매사에 침착한 두 명의 교사마저 가볍게 흥분한 얼굴로 크리스마스를 기다렸다. 선생님이나 학생이나, 크리스마스에 무관심한 사람은 아무도 없었다. 긴장되고 굳은 표정이던 하일너의 얼굴도 약간 밝아졌다. 루치우스도 크리스마스 휴가 때 집으로 가져갈 책과 신발을 고르느라 들떠 있었다. 부모님으로부터 온 편지들에도 가슴 설레는 내용이 담겨 있었다. 무얼 가장 갖고 싶은지를 물어보고 빵 굽는 날짜를 알려 주면서, 아들을 다시 만날 날을 손꼽아 기다리는 심정과 아들에게 멋진 선물이 준비되어 있음을 간접적으로 말하고 있었다.

크리스마스 휴가를 떠나기 전 학생들은 즐거운 이벤트를 벌이고 싶었다. 특히나 가장 큰 헬라스 방에 사는 학생들은 고향으로 떠나기 전에 크리스마스 축제를 열고 싶어 했다. 그래서 축사와 두 편의 시 낭송, 플루트 독주와 바이올린 이중주를 준비하고 선생님들 모두를 초대했다. 우스꽝스러운 프로그램도 하나 넣고 싶어서 회의를 거듭했지만, 뾰족한 수가 떠오르지 않았다. 그때 카를 하멜이 지나가는 말로 에밀 루치우스의 바이올린 독주가 가장 우스울 거라고 했고, 다들 그 생각에 동의했다. 그리하여 그들은 애원하고 협박까지 해서, 결국 그 불운한 악사의 연주를 프로그램에 넣을 수 있었다. 선생님들에게 보내는 정중한 초대장에는 다음과 같은 특별 순서가 적혀 있었다. '〈고요한 밤〉 바이올린 연주, 실내악의 거장 에밀 루치우스.' 그가 실내악의 거장이라는 칭호를 얻은 것은 외떨어진 음악실에서 혼자 열심히 연습을 한 덕분이었다.

축제에 초대된 교장과 교사들, 복습 담당 교사들, 음악 선생님과 선임 조교들이 모습을 드러냈다. 루치우스가 하르트너에게서 빌린 프록코트를 입고 옷자락을 휘날리며 등장하자 음악 선생님의 이마에는 땀방울이 맺히기 시작했다. 머리를 보기 좋게 다듬고, 말끔히 다림질한 프록코트를 입은 루치우스는 부드럽고 겸손한 미소를 흘리며 무대에 올랐다.

인사하는 모습에서부터 루치우스는 벌써 청중들의 웃음을 자아냈다. 가곡 〈고요한 밤〉은 그의 손가락 아래서 애절한 탄식이 되고, 신음하는 듯 고통스러운 고뇌의 노래가 되었다. 그는 두 번이나 다시 시작해 보았으나, 선율은 찢어지고 잘게 썰릴 뿐이었다. 그럴 때마다 그는 발로 박자를 맞추며 추운 날씨에 숲에서 일하는 벌목 인부처럼 연주했다.

교장은 분노가 치민 나머지 얼굴이 창백해진 음악 선생을 향해 재미있다는 듯 고개를 끄덕여 보였다.

루치우스는 세 번째로 다시 연주를 시작했지만 이번에도 막혀 버리고 말았다. 그러자 그는 바이올린을 내려놓고 청중 쪽으로 몸을 돌려 변명의 말을 늘어놓았다. "잘 되질 않는군요. 하지만 전 겨우 지난가을부터 바이올린을 켜기 시작했답니다."

"잘했어요, 루치우스." 교장이 소리쳤다. "우린 자네의 노고를 고맙게 생각하고 있어요. 계속 열심히 배우도록 해요. Per aspera ad astra.+"

12월 24일이 되자 새벽 3시부터 크게 웅성거리는 소리가 나기 시작하면서 모든 침실이 활기를 띠었다. 유리창에는 섬세한 나뭇잎 모양의 두꺼운 성에가 끼어 있었고, 세면장의 물은 꽁꽁 얼어붙어 있었고, 수도원 안뜰에는 살을 에는 듯한 칼바람이 불고 있

+ '고난을 뚫고 별까지'라는 뜻의 라틴어 문구.

었지만, 그런 것에는 아무도 아랑곳하지 않았다. 식당에는 커피를 끓이는 커다란 통에서 김이 모락모락 피어오르고 있었다. 얼마 후 외투를 입고 목도리를 감은 학생들이 무리 지어 어두운 새벽을 뚫고 마침내 귀향길에 오르기 시작했다. 희미하게 반짝이는 하얀 들판을 지나고, 정적이 감도는 넓은 숲 지대를 가로질러 멀리 떨어진 기차역을 향해 발걸음을 옮겼다. 모두들 이야기꽃을 피우며 농담을 하기도 하고, 큰 소리로 웃기도 했다. 그렇지만 각자의 마음은 숨겨진 바람이나 기쁨, 기대로 가득 차 있었다. 도시에서도 시골에서도 한적한 농가에서도, 크리스마스 장식을 한 따뜻한 방에서 부모와 형제자매들이 그들을 기다리고 있었다. 크리스마스를 맞아 고향으로 떠나는 경험은, 그들 대부분에게 처음이었다. 또한 그들 대부분은 가족들이 사랑과 자부심을 품고 자기들을 기다리고 있음을 알고 있었다.

온통 눈으로 뒤덮인 숲의 한가운데에 있는 조그마한 역에서 학생들은 매서운 추위에 떨며 기차를 기다렸다. 모두가 지금처럼 한마음으로 똘똘 뭉쳐서 흥겨워했던 적은 한 번도 없었다. 하일너만이 입을 꼭 다문 채 홀로 서 있었다. 기차가 도착하자 동료들이 기차에 오르기를 기다린 다음, 그는 마지막으로 혼자서 다른 칸에 올라탔다. 한스는 다음 역에서 기차를 갈아타면서 다시 한 번 하일너를 쳐다봤다. 창피함과 후회가 얼핏 스치기도 했으나, 그러한 감정은 고향에 돌아간다는 흥분과 기쁨에 묻혀 금방 사라지고 말았다.

집에 도착하니 아버지가 흡족한 표정으로 맞아 주었다. 그리고 탁자 위에는 선물이 잔뜩 쌓여 있었다. 그러나 기벤라트의 집에서는 제대로 된 크리스마스 분위기는 나지 않았다. 합창도 없었고, 들뜬 축제도 없었으며, 어머니도 안 계셨고, 크리스마스트리도 없었다. 아버지 기벤라트는 축제를 여는 방법을 몰랐다. 하지만 그는 아들이 자랑스러워 이번에는 선물을 마련하면서 돈도 아끼지 않았다. 아무튼 한스는 이런 식의 크리스마스에 익숙하기에 아무것도 아쉬울 게 없었다.

마을 사람들은 한스의 얼굴이 별로 좋아 보이지 않는다고 생각했다. 몸은 너무 야위고, 얼굴은 너무 창백한 것 같다고 했다. 수도원의 음식이 형편없어서 그런 건지 물어보기도 했다. 한스는 그렇지 않다고 열심히 반박했다. 잘 지내고 있다고, 가끔 두통만 있을 뿐이라고 잘라 말했다. 그러자 마을 목사는 자기도 젊은 시절 두통에 시달렸다면서 한스를 위로해 주었다. 그것으로 모든 문제가 해결되었다.

크리스마스 날, 반들반들 얼어붙은 강은 스케이트를 타는 사람들로 아침부터 밤까지 입추의 여지가 없었다. 한스는 크리스마스 휴가 동안 새 옷을 입고 녹색의 신학생 모자를 쓴 채 거의 매일 바깥을 돌아다녔다. 그는 예전의 학교 동료들이 부러워하는 높은 세계에 우뚝 서 있었다.

제4장

4년 동안의 신학교 생활 중 학년마다 한 명 이상은 꼭 정도를 벗어나곤 한다. 목숨을 잃는 학생도 가끔 생긴다. 그런 학생은 동료들의 노랫소리가 울려 퍼지는 가운데 땅에 묻히거나, 그들의 마지막 배웅을 받으며 고향으로 옮겨지기도 한다. 때로는 제멋대로 수도원을 뛰쳐나가는 학생이 있는가 하면, 특별한 죄를 저질러 학교에서 쫓겨나는 학생도 있다. 매우 드물기는 하지만, 상급 학년 학생 중에는 곤경에 빠져 어찌할 바를 모르다가 권총으로 자살하거나 강물에 뛰어들어 청소년기의 고통으로부터 도망치는 이들도 있다.

한스 기벤라트의 학년에서도 여러 명의 동료가 사라졌다. 그들 모두가 헬라스 방 동료들이라 우연치고는 너무 기묘했다.

헬라스 방 학생들 중 힌딩거라는 이름을 가진 작고 겸손한 금발 소년이 있었다. '힌두'라는 별명으로 불린 그 아이는, 알고이의 이산離散 유대인 거주 지역에서 온 재단사의 아들이었다. 그는 워낙 조용해서, 사라지고 나서야 비로소 동료들의 화제에 올랐지만 그런 관심도 그리 오래가지는 않았다. 그는 '실내악의 대가'인 검소한 루치우스와 책상을 나란히 썼다. 그는 다른 동료들과는 달리 루치우스를 친절하고 겸손하게 대했지만, 그렇다고 그와 진짜 친구는 아니었다. 헬라스 방 학생들은 힌딩거가 없어진 뒤에야 비로소 그가 좋은 친구였음을 깨달았다. 소박하고 선량한 성품의 그는 간혹 흥분되기 쉬운 공동생활에서 쉼터와 같은 역할을 했었다.

1월 어느 날이었다. 힌딩거는 스케이트를 타러 가는 친구들과 어울려 연못으로 갔다. 그는 스케이트가 없었기에 그냥 구경만 할 생각이었다. 하지만 이내 추위를 느꼈다. 그래서 몸을 따뜻하게 하려고 발을 동동 구르며 연못 주위를 돌아다니다가 급기야 달리기 시작했다. 그러다가 길을 잃어버렸고, 들판 너머에 있는 조그만 호수에 이르렀다. 그 호수로는 따뜻한 샘물이 흘러들고 있었다. 그래서 호수 표면만 살짝 얼어 있었다. 그는 몸집이 작고 가벼웠음에도 불구하고, 갈대를 헤치고 그곳에 들어갔다가 얼음이 깨지는 바람에 물속에 빠지고 말았다. 그는 호수 가장자리에서 발버둥 치며 살려 달라고 비명을 질렀지만, 그만 차갑고 어두운 물속으로 가라앉고 말았다.

2시에 오후 첫 수업이 시작되었을 때야 비로소 사람들은 그가 없다는 사실을 알아챘다.

"힌딩거는 어디 갔지?" 복습 담당 교사가 물었다.

아무도 대답하지 못했다.

"헬라스 방에 가서 찾아보도록 해라!"

하지만 거기에도 그의 흔적은 없었다.

"아마 늦을 모양이구나. 자, 그럼 우리끼리 먼저 시작하도록 하자. 74쪽 7행을 배울 차례지. 아무튼 다시는 이런 일이 없기를 간곡히 부탁한다. 시간을 엄수하도록 해라!"

3시를 알리는 종소리가 울려도 여전히 힌딩거는 나타나지 않았다. 그러자 불안해진 선생님은 교장 선생님에게 그 사실을 알렸다. 교장 선생님은 즉시 교실로 와서 위엄 있게 몇 가지 질문을 던지고는, 선임 조교와 복습 담당 교사에게 열 명의 학생을 인솔해 실종자 수색에 나서라고 했다. 교실에 남은 학생들은 교장 선생님의 지도하에 받아쓰기 연습을 했다.

4시에 복습 담당 교사가 노크도 없이 교실로 들어와 교장 선생님에게 귓속말로 보고를 했다.

"조용!" 교장 선생님이 외치자, 학생들은 꼼짝도 않고 교장 선생님의 다음 말만 기다렸다.

그는 좀 나지막한 목소리로 말을 이었다. "여러분의 동료 힌딩거는 연못에 빠져 익사한 것 같다. 여러분이 함께 그를 찾는 일을 도와야 한다. 마이어 선생님께서 여러분을 인솔할 테니 선생님 말씀에 잘 따르도록 해라. 제멋대로 행동하지 말고!"

깜짝 놀란 학생들은 서로 귓속말을 주고받으며 선생님 뒤를 따라나섰다. 몇몇 마을 남자들이 밧줄과 가늘고 긴 판자, 막대기를 가지고 나와 학생들과 합류했다. 대단히 추운 날씨였다. 태양은 벌써 숲 가장자리까지 내려와 있었다.

마침내 뻣뻣하게 굳은 조그만 시신이 발견되었을 때, 사위는 이미 어두워져 있었다. 시신은 눈 덮인 갈대밭에서 들것에 실렸다. 학생들은 겁먹은 새처럼 불안한 마음으로 들것 주위로 몰려들어, 퍼렇고 뻣뻣한 손가락을 비비며 눈을 동그랗게 뜨고 시신을 바라봤다. 익사한 친구의 주검이 들것에 실려 가자, 학생들은 그 뒤를 따라 눈 덮인 들판을 말없이 걸어갔다. 그제야 비로소 망연자실해 있던 그들의 심장은 전율에 휩싸였다. 노루가 사냥꾼의 냄새를 맡듯, 그들은 죽음의 냄새를 맡은 것이었다.

슬픔에 잠겨 추위에 떠는 무리들 속에 있던 한스 기벤라트는, 한때 친구였던 하일너가 자기 옆에서 걷고 있음을 깨달았다. 두 소년 모두 울퉁불퉁한 곳에 걸려 넘어질 뻔한 순간, 서로가 지척에 있음을 알게 된 것이다. 죽음의 광경에 압도되어서인지, 한스는 모든 이기심이 허망하다고 생각하고 있었다. 그러다가 생각지도 않게 친구의 창백한 얼굴을 바로 가까이서 보게 되자, 뭐라 형언할 수 없는 극심한 고통이 느껴졌다. 그런 갑작스러운 흥분을 억누르지 못해 친구의 손을 잡았지만, 하일너는 감정이 상한 듯 한스의 손을 뿌리치고는 시선을 피했다. 그러더니 즉각 대열의 맨 뒤쪽으로 사라져 버렸다.

　모범생 한스의 가슴은 슬픔과 부끄러움으로 방망이질 쳤다. 계속 비트적거리며 얼어붙은 들판을 가로지르는 동안, 추위에 새파래진 뺨으로는 눈물이 하염없이 흘러내렸다. 그는 자신이 잊을 수도 없고 후회해도 만회할 수 없는 죄, 태만의 죄를 저질렀음을 깨달았다. 저 앞에서 들것에 실려 가는 시신이, 재단사의 아들이 아니라 하일너인 것만 같았다. 바로 그가 친구의 배신이 야기한 고통과 분노를 품고 저기 들것에 실려 머나먼 다른 세계로 건너가는 듯했다. 시험 성적, 학업 성과가 아니라 오로지 양심의 순결 여부가 평가의 기준이 되는 세계로.

　어느새 일행은 국도에 다다랐고, 신속히 수도원 안으로 들어갔다. 교장 선생님 이하 모든 선생님들이 죽어서 돌아온 힌딩거를 맞이했다. 그가 살아 있었다면 그런 대접은 없었을 것이다. 선생님들은 살아 있는 학생을 바라볼 때와는 전혀 다른 눈으로 죽은 학생을 바라봤다. 그러면서 잠시나마 각자의 인생과 청춘이, 돌이킬 수 없는 유일무일한 것임을 깨달았다. 평소에는 걸핏하면 아무렇지도 않게 각자의 인생과 청춘에 해를 가하던 사람들이.

　그날 저녁, 그리고 그다음 날에도 학교에는 하루 종일 소년의 시신이 마법 같은 영향을 끼쳤다. 학생들의 행동과 말은 마치 베일에 싸인 듯 한결 부드러워졌다. 그래서 짧은 기간이나마 말다툼이나 분노, 소동이나 웃음은 마치 수면 밑으로 가라앉은 물의 요정처럼 자취를 감추고 말았다. 물에 빠져 죽은 친구에 대해 말할 때면 힌두라는 별명은 쓰지 않았다. 망자를 별명으로 부르면 안 될 것 같아서였다. 생전에 힌두는 너무도 조용해서 무리 속에서 눈에 띄지 않았었다. 그러나 이제는 넓은 수도원 전체에서 그의 이름과 죽음이 거론되고 있었다.

이튿날 힌딩거의 아버지가 도착했다. 그는 아들이 누워 있는 조그만 방에 혼자 몇 시간 동안 있다가 교장 선생님으로부터 차를 대접받고는 '사슴' 여관에서 하룻밤을 묵었다.

장례식 날이 되었다. 관은 공동 침실에 안치되었고, 알고이에서 온 재단사는 관 옆에 서서 모든 과정을 지켜봤다. 끔찍하게 야윈 그는 영락없는 재단사 모습이었다. 초록빛이 감도는 검은 프록코트에 꼭 끼는 초라한 바지를 입고, 손에는 낡아 빠진 예식용 모자를 들고 있었다. 슬픔에 잠긴 그의 작고 마른 얼굴은 바람에 흔들리는 1크로이처짜리 조그만 촛불처럼 우울하고 쇠약해 보였다. 그는 교장 선생님과 선생님들에게 존경심을 보이면서도 내내 당혹감을 감추지 못했다.

마지막 순간, 그러니까 인부들이 관을 들어 올리기 직전에, 슬픔에 잠긴 그 작은 사내는 다시 한 번 쭈뼛거리며 앞으로 나와 당황스럽고도 애정 어린 몸짓으로 관 뚜껑을 어루만졌다. 그러고 나서 어찌할 바를 몰라 눈물을 삼키며 서 있었다. 정적이 감도는 그 큰 공간 안에서 그의 모습은 작고 앙상한 겨울나무처럼 보였다. 절망적인 표정으로 체념한 듯 서 있는 그 모습이 보는 이의 마음을 아프게 했다. 목사가 그의 손을 잡고 서 있었다. 재단사는 괴상하게 휘어진 실크해트를 쓰고 맨 앞에서 관을 따라갔다. 그는 계단을 내려와 수도원의 뜰과 오래된 문을 통과해, 눈 덮인 하얀 들판을 지나 교회 묘지의 낮은 담을 향해 걸어갔다. 잠시 후 학생들이 무덤가를 둘러싸고 함께 노래를 불렀다. 그들이 지휘하는 음악 선생의 손을 바라보지 않자, 음악 선생은 속으로 화가 났다. 학생들은 음악 선생이 아니라 재단사의 외롭고 초라한 모습을 쳐다봤다. 슬픔에 잠긴 재단사는 눈 속에서 잔뜩 얼어붙어 있었다. 그는 고개를 숙인 채 목사와 교장 선생님, 수석 학생의 조사에 귀를 기울였고, 노래 부르는 학생들에게 아무 생각 없이 고개를 끄덕이기도 했다. 이따금 윗옷 자락에 숨겨 놓은 손수건을 왼손으로 잡으려고 했지만 꺼내지는 않았다.

"그분 대신에 우리 아빠가 그 자리에 서 계셨더라면 어땠을까 하는 생각을 했었어." 장례식이 끝나고 오토 하르트너가 그렇게 말하자 모두들 동감을 표시했다. "그래, 나도 같은 생각을 했었어."

잠시 후 교장 선생님이 힌딩거의 아버지와 함께 헬라스 방으로 들어왔다. "자네들 중에 죽은 힌딩거와 특히 친했던 사람이 누구인가?" 교장은 방에 있는 학생들을 둘러보며 물었다. 처음에는 아무도 자기라고 나서지 않았다. 힌두의 아버지는 수척한 얼굴로 걱정스레 어린 학생들의 얼굴을 들여다보았다. 그때 루치우스가 앞으로 나섰다. 힌딩거의 아버지는 손을 내밀어 잠시 그의 손을 꼭 붙잡고 있었지만 무슨 말을 해야 할지는 몰랐다. 그래서 어색하게 고개를 끄덕이더니 이내 밖으로 나가 버렸다. 그러고 나서 그는 기차에 올라타 눈 덮인 겨울 들판을 하루 종일 지났다. 고향에 도착하면 부인에게 아들 카를 힌딩거가 어디에 묻혔는지를 말해 줄 것이다.

수도원을 뒤덮고 있던 죽음이 건 주문은 곧 풀려 버렸다. 선생님들은 다시 야단을 쳤고, 학생들은 다시 쾅 하고 문을 닫았다. 사라진 헬라스 방의 친구를 아직도 생각하는 아이들은 몇몇뿐이었다. 그들은 슬픔을 안겨 준 호숫가에 너무 오래 서 있다가 감기에 걸려 병실에 누워 있거나, 털 슬리퍼를 신고 목에 붕대를 감은 채 돌아다녔다. 한스 기벤라트는 건강은 상하지 않았다. 하지만 그 불행한 사건 이후로 더욱 진지하고 나이 들어 보였다. 내면에서 무슨 변화가 일어났는지, 그는 이제 소년에서 청년으로 변해 있었다. 그의 영혼은 흡사 다른 세계로 옮겨진 듯, 불안하게 이리저리 파닥거리며 편히 쉴 곳을 찾지 못했다. 죽음에 대한 공포나 선량한 힌두를 잃은 슬픔 때문이 아니었다. 오로지 갑작스럽게 되살아난 하일너에 대한 죄책감 때문이었다.

하일너는 다른 두 명의 학우와 함께 병실에 누워 뜨거운 차를 마셔야 했다. 그는 나중에 시로 쓰려고 힌딩거의 죽음에서 받은 인상을 정리하고 가다듬는 시간을 가졌다. 하지만 그 일을 그다지 중요하게 생각하지는 않는 것 같았다. 그저 슬픔과 고통에 잠겨 있는 듯했고, 병실에 있는 동료들과는 거의 한 마디도 나누지 않았다. 감금 처분을 받은 이래 그에게 강요된 고독은 늘 누군가에게 말하고 싶어 하던 그의 예민한 감성에 상처를 입히고 말았다. 선생님들은 하일너를 불만에 가득 찬 혁명적인 인물로 낙인찍고 엄중한 감시의 눈길을 보냈다. 학우들은 그를 피했고, 조교들의 친절에는 조롱이 담겨 있었다. 하일너의 정신적 친구인 셰익스피어와 실러, 레나우는 그를 에워싸고 있는, 그를 억압하고 업신여기는 세계와는 다른, 보다 강력하고 웅대한 세계를 그에게 보여 주었다. 처음에는 은둔자의 우울한 음조를 띠고 있던 하일너의 시 '어느 수도사의 노래'는 차츰 수도원과 교사들, 그리고 동료 학우들을 증오하는 처절한 시로 변해 버렸다. 고독한 삶은 견디기 힘들었지만 그래도 그는 그 속에서 순교자적 즐거움을 발견해 남에게 이해받지 못하는 자신의 현실에 만족해했다. 그는 자신을 젊은 유베날리스*라고 느끼며, 가혹할 만큼 불경한 수도사의 시를 썼다.

장례식 후로 일주일이 지났다. 두 명의 동료는 완쾌되어 나가고, 하일너 혼자 아직 병실에 누워 있었다. 이때 한스가 그를 찾아왔다. 한스는 멋쩍게 인사를 하고, 의자를 침대 가까이로 가져가서 앉은 다음 환자의 손을 잡으려 했다. 그러나 하일너가 언짢은 기색으로 벽 쪽으로 등을 돌려 그를 마주 볼 수가 없었다. 그

---

* Decimus Junius Juvenalis. 1세기경 로마의 풍자 시인으로, 『풍자 시집』에서 당시의 부패한 사회를 격렬하게 비난했다.

래도 한스는 물러서지 않았다. 그는 하일너의 손을 꼭 붙잡고, 어떻게든 그 예전 친구가 자기를 보게 만들려고 했다. 친구는 화를 내며 입술을 삐죽거렸다.

"대체 왜 이러는 거야?"

한스는 그의 손을 놓아주지 않았다.

"내 말 좀 들어 줘야겠어." 한스가 말했다. "그때 난 비겁했어. 곤경에 처한 널 내버려 뒀어. 하지만 내가 어떤 아이인지 넌 알고 있잖아. 나는 여기 신학교에서 높은 등수를 차지하려는, 가능하면 1등이 되려는 확고한 의지를 가졌었어. 넌 그걸 공붓벌레 짓거리라고 불렀지. 그래, 맞는 말이야. 하지만 그건 내 나름의 이상이었어. 그보다 더 나은 건 알지 못했으니까."

하일너는 두 눈을 꼭 감고 있었다. 한스는 아주 나지막한 소리로 말을 이었다. "날 좀 봐. 미안해. 네가 다시 내 친구가 되려 할지는 모르겠지만, 날 좀 용서해 줘."

하일너는 아무 말이 없었고, 여전히 눈을 뜨지 않았다. 속으로는 행복하고 기쁜 나머지 친구에게 미소 짓고 있었지만, 자신에게 익숙해진 무뚝뚝하고 고독한 가면을 그대로 쓰고 있었던 것이다.

한스는 물러서지 않았다.

"하일너! 이렇게 계속 네 주위만 맴돌 수밖에 없다면 차라리 꼴찌가 되겠어. 네가 원한다면 우린 다시 친구가 될 수 있어. 다른 아이들은 필요 없다는 걸 우리가 보여 주자고."

그제야 하일너는 자신의 손을 꼭 쥔 한스의 손에 응답하듯 눈을 떴다.

며칠 뒤 하일너도 병실에서 나왔다. 두 소년이 새로 우정을 맺게 되자 수도원에서는 적지 않은 소동이 벌어졌다. 그때부터 두 소년에게 기묘한 몇 주가 시작되었다. 딱히 이렇다 할 일은 없었지만, 그래도 서로에게서 무언의 은밀한 일치감과 동질성을 느끼며 야릇한 행복을 느낄 수 있었다. 둘 다 예전과는 사뭇 달라졌다. 몇 주 동안 다른 사람들과 떨어져 있는 사이, 두 소년은 변해 있었다. 한스는 좀 더 부드럽고 온화하며 몽상적으로 바뀌었고, 하일너는 좀 더 힘차고 남성다운 특성을 지니게 되었다. 그동안 서로를 무척 그리워했던 두 소년에게 이번의 재결합은, 하나의 커다란 체험이자 소중한 선물처럼 생각되었다.

조숙한 두 소년은 스스로도 모르는 사이, 자신들의 우정을 통해 첫사랑의 달콤한 비밀을 미리 맛보고 있었다. 또한 그들의 동맹은 성숙해 가는 남성성의 거친 매력과 다른 동료들에 대한 반항심도 지니고 있었다. 그 둘이 보기에는, 다른 동료들이 맺고 있는 우정은 순진한 소년들의 소꿉놀이에 지나지 않았다. 동료들은 점점 하일너를 싫어하게 되었고, 한스를 이해하지 못했다.

하일너와의 우정이 더 깊어지고 행복하게 느껴질수록, 한스는 학교가 점점 낯설어졌다. 그의 피와 생각 속으로 갓 담은 포도주처럼 퍼져 나가는 새로운 행복감에 비하면, 리비우스나 호메로스는 중요하지도 매력적이지도 않은 것 같았다. 선생님들은 지금까지 나무랄 데 없었던 모범생 기벤라트가 수상쩍은 하일너의 고약한 영향에 굴복하여 문제아로 변해 가는 것을 보자 경악을 금치 못했다. 선생님들이 가장 두려워하는 것은, 조숙한 소년이 위험한 청년기를 맞아 본질이 이상하게 변하는 현상이었다. 애당초 선생님들은 하일너에게서 엿보이는 남다른 천재성을 섬뜩하게 여겼었다. 예로부터 천재와 선생님들 사이에는 깊은 골이 패여 있었다. 그런 학생들에게서 나타나는 면모는 애초부터 교사들에게는 하나의 전율이다. 선생님들이 볼 때 천재들은 자신들에 존경심을 보이지 않는 나쁜 녀석들이다. 그런 녀석들은 열네 살에 담배를 피우기 시작하고, 열다섯 살에 사랑에 빠지고, 열여섯 살에는 술집에 드나든다. 그리고 금지된 책을 읽고, 불손한 글을 쓰며, 조롱의 눈길로 선생님들을 응시한다. 그래서 그들은 선생님들의 수첩에 선동가나 감금 처분 후보자로 기록되는 것이다. 선생님들은 자기가 맡은 반에 한 명의 천재보다는 차라리 몇 명의 바보가 있기를 바란다. 엄밀히 따져 보면 그게 맞는 생각인지도 모른다. 선생님의 임무는 상궤를 벗어난 극단적인 인물이 아닌, 라틴어나 수학을 잘하는 건실한 인간을 키워 내는 것이기 때문이다. 하지만 상대방 때문에 더 커다란 고통을 겪는 건 누구인가! 선생님인가 아니면 학생인가. 그리고 둘 중 누가 상대방을 더 강압적으로 대하고 괴롭히는가! 둘 중에 누가 상대방의 영혼과 인생을 망치고 손상시키는가! 그런 점을 곰곰 따져 보며 자신의 어린 시절을 생각해 보면, 누구나 분노와 수치심을 느낄 것이다. 하지만 그렇다고 그 점을 크게 문제 삼을 필요는 없다. 진정한 천재들은 학교에서 좋지 않은 일을 겪었어도, 거의 대부분 자신이 받은 상처에서 회복되어 훌륭한 작품을 만들어 내는 인물이 되고, 훗날 죽은 뒤에는 멀리서 비치는 은은한 후광에 둘러싸인다. 그리하여 선생님들은 다른 세대의 소년들에게 그들을 걸작을 남긴 인물로, 고귀한 인물로 소개한다. 어쨌거나 법칙과 정신의 싸움은 이 학교 저 학교에서 해마다 되풀이되는 현상이다. 학교 당국은 해마다 싹트는 심오하고 지적인 정신의 소유자들을 뿌리째 뽑아 버리려고 혈안이다. 선생님들에게 미움을 받은 학생들, 벌을 받은 학생들, 학교에서 도망치거나 쫓겨난 학생들, 바로 그들이 우리 민족의 정신적 재산을 풍요롭게 만드는 경우가 허다하다. 하지만 일부는 말없이 반항하다가 자신을 갉아먹는 바람에 파멸하기도 한다. 그런 이들의 숫자가 얼마나 되는지 누가 알겠는가?

학교의 오래된 원칙에 따라 한스와 하일너, 이 두 특이한 소년은 즉시 수상쩍은 인물로 찍혔고, 그러자 그들은 곱절로 엄격히 다스려졌다. 오직 교장 선생님만이 한스를 구원하기 위한 어설픈 시도를 했다. 히브리어를 가장 열심히 공부하는 한스를 자랑스럽게 여겼기 때문이었다. 그는 한스를 자신의 집무실로 불렀다. 옛날에 수도원장이 살았던 저택의 한쪽 구석에 있는, 그림처럼 아름다운 방이었다. 전설에 따르면 가까운 이웃 마을인 크니틀링겐 태생의 파우스트 박사가 이 방에서 엘핑거 와인*을 몇 잔 즐겼다고 한다. 교장 선생님은 그리 편파적인 사람은 아니었다. 식견이나 실무 능력도 부족하지 않았다. 심지어 학생들을 부를 때 성이 아니라 이름으로 부르며 나름의 호의를 표현하기도 했다. 그의 주된 결점은 허영심이 강하다는 것이었다. 그래서 강단에서 종종 지나치게 허풍을 떨기도 했고, 자신의 권한이나 권위가 조금이라도 의심받는 것을 결코 용납하지 않았다. 그는 다른 사람들의 이의를 참아 내지도, 자신의 잘못을 솔직히 시인하지도 않았다. 그래서 줏대가 없거나 부정직한 학생들은 교장과 매우 사이좋게 지낼 수 있었지만, 당차고 정직한 학생들은 수도원에서 생활하기가 어려웠다. 누군가가 이의를 제기하려는 낌새만 보여도 교장 선생님이 바로 흥분하기 때문이었다. 그래도 그는 격려의 눈빛과 감동적인 어조로 아버지 같은 친구의 역할을 탁월하게 해냈다. 그는 지금도 그런 역할을 하려고 했다.

"자리에 앉거라, 기벤라트." 그는 수줍은 듯 주춤거리며 들어서는 소년의 손을 힘껏 잡고 다정하게 말했다. "할 얘기가 좀 있는데, 내가 한스라고 불러도 될까?"

"그럼요, 교장 선생님."

"한스, 너도 느끼고 있겠지만 최근 들어 네 성적이 좀 떨어졌다. 적어도 히브리어에선 그래. 지금까진 네가 우리 학교에서 히브리어를 가장 잘하는 학생이었는데, 갑자기 성적이 뚝 떨어지니 안타깝구나. 혹시 히브리어에 흥미를 잃어버린 게냐?"

✦ 마울브론 수도원의 수도승들은 하루에 한 번 열 손가락을 와인에 담가서 빨아 먹을 수 있었다. 하루는 어느 수도승이 '열한 개의 손가락Elf Finger'이 있으면 좋겠다고 말한 데서, 엘핑거 와인의 이름이 유래되었다고 한다.

"아, 그렇지 않아요, 교장 선생님."

"잘 생각해 보려무나! 그럴지도 모르니까. 아니면 혹시 다른 과목에 집중하고 있는 게냐?"

"아니에요, 교장 선생님."

"정말 아니야? 그래, 그렇다면 다른 원인을 찾아야겠군. 그럼 단서를 찾게끔 날 도와줄 수 있겠니?"

"잘 모르겠어요…… 전 늘 숙제를 꼬박꼬박 했거든요……."

"물론이지, 물론 그랬겠지. 하지만 겉보기엔 같아도 달라진 게 있을 게다. 물론 숙제는 잘했겠지. 그건 너의 의무이기도 하니까. 하지만 전엔 성적이 더 좋았고, 아마 노력도 더 많이 했을 게다. 어쨌든 지금보다는 학업에 더 많은 관심을 가졌겠지. 어쩌다 갑자기 학구열이 식어 버렸는지 궁금해서 그런데, 혹시 어디 아픈 게 아니냐?"

"아니요."

"두통이 있는 건 아니냐? 그다지 생기 넘쳐 보이지는 않아서."

"네, 가끔 머리가 아프긴 해요."

"공부가 너무 벅찬 게냐?"

"아, 아니에요, 전혀 그렇지 않아요."

"그렇다면 개인적인 독서를 많이 하는 게냐? 솔직히 말해 봐라!"

"아니에요. 거의 아무것도 안 읽어요, 교장 선생님."

"그렇다면 전혀 짐작이 안 가는구나. 어딘가 분명 문제가 있을 텐데 말이야. 앞으로 착실히 노력하겠다고 약속해 주겠니?"

한스는 권력자가 내민 오른손에 자신의 손을 얹었다. 교장 선생님은 근엄하면서도 부드러운 눈길로 한스를 쳐다봤다.

"아무렴, 그래야지, 얘야. 아무튼 지쳐서 힘이 빠지지 않도록 해라. 그러다간 수레바퀴 밑에 깔릴지도 모르거든."

그는 한스와 악수를 했다. 한스는 안도의 한숨을 내쉬며 문 쪽으로 걸어갔다. 그때 교장 선생님이 한스를 다시 불러 세웠다.

"할 얘기가 하나 더 있다, 기벤라트. 요즘 하일너와 자주 만나지, 그렇지?"

"네, 그래요."

"다른 아이들보다 더 자주 만나는 것 같던데, 그렇지 않니?"

"네, 걔는 제 친구거든요."

"어쩌다가 그렇게 됐지? 너희들은 성격도 완전히 다르잖아."

"그건 잘 모르겠어요. 걔는 그냥 제 친구일 뿐이에요."

"너도 알다시피 난 그 아이를 그다지 좋아하지 않아. 걔는 불만이 많은 데다 정서도 불안정해. 재능은 있을지 모르지만 노력하는 자세를 보이지 않아서, 너에게 좋은 영향을 미치지 않을 것 같구나. 난 네가 그 친구를 좀 멀리했으면 하는데, 네 생각은 어떠니?"

"그럴 순 없어요, 교장 선생님."

"그럴 수 없다고? 아니, 왜 안 된다는 거지?"

"그는 제 친구이기 때문이죠. 친구를 버릴 수는 없어요."

"음, 다른 친구들과 좀 더 자주 어울리면 되지 않겠니? 너 혼자 유일하게 하일너의 나쁜 영향을 받고 있어서 하는 말이다. 그 결과가 벌써 눈에 보이는 듯하구나. 그 친구의 어떤 점에 그렇게 끌리는 거지?"

"저도 모르겠어요. 하지만 우린 서로를 좋아해요. 그 친구를 버리는 건 비겁한 일일지도 몰라요."

"그래그래. 뭐, 굳이 강요하진 않겠다. 하지만 그 친구의 손아귀에서 점차 벗어나는 게 좋겠다. 그랬으면 좋겠다. 그랬으면 더 바랄 나위 없이 좋겠다."

교장 선생님의 마지막 말은 더 이상 부드러운 어조가 아니었다. 한스는 그제야 교장 선생님의 방을 나설 수 있었다.

그때부터 한스는 다시 공부에 몰두하느라 진땀을 흘렸다. 물론 예전의 성적으로 쉽게 돌아갈 순 없었다. 너무 뒤처지지 않으려고 힘겹게 따라갈 뿐이었다. 한스도 자신의 성적이 떨어진 이유가 부분적으로는 우정 때문이라는 걸 알고 있었지만, 그렇다고 우정이 자신을 방해한다거나 자신에게 손실을 입히고 있다고 생각하지는 않았다. 오히려 우정이 자신의 빈 곳을 메워 주는 보물처럼 여겨졌다. 우정으로 인해 그는 예전의 무미건조하고 의무적인 삶과는 완전히 다른, 고귀하고 따뜻한 삶을 얻었다. 그는 마치 사랑에 빠진 사람처럼 자신이 위대한 영웅적 행위를 할 수 있다고 느꼈고, 반면 공부는 하루하루 지루하고 하찮게 느껴졌다. 그래서 그는 절망 섞인 한숨을 내쉬며 스스로에게 거듭 억지로 멍에를 씌울 수밖에 없었다. 자신에게는 하일너 같은 능력이, 건성으로 공부하면서도 필요한 부분을 재빨리, 맹렬하게 자신의 것으로 만들어 버리는 능력이 없기 때문이었다. 거의 매일 저녁 자신을 불러내는 친구 때문에, 한스는 아침에 한 시간 일찍 일어나 공부할 수밖에 없었다. 그는 마치 적과 싸우듯 특히 히브리어 문법과 씨름했다. 한스는 이제 호메로스와 역사 수업만 즐거웠다. 그는 어둠 속을 더듬는 기분으로 호메로스의 세계를 이해하기 위해 다가갔다. 역사 수업 시간에는, 영웅들이 더 이상 연도가 표시된 이름으로만 남기를 거부하는 듯했다. 즉 그들이 되살아나 이글거리를 눈빛으로 한스를 바라보는 듯했다. 그들은 제각기 붉은 입술과, 얼굴과, 손을 가지고 있었다. 어떤 이는 붉고 두툼한 거친 손을, 또 어떤 이는 조용하고 차가운 돌처럼 딱딱한 손을, 다른 이는 섬세한 핏줄이 드러난 가늘고 뜨거운 손을 지니고 있었다.

그리스어로 쓰인 복음서를 읽을 때에도 이따금 인물들의 모습이 너무도 분명하고 생생하게 떠올라 압도되는 느낌이었다. 특히 예수가 제자들과 함께 배에서 내리는 장면을 묘사한, 마가복음 6장의 다음과 같은 구절을 읽을 때 그런 느낌을 받았다. '사람들은 곧 예수님을 알아보고 그에게 뛰어왔다.' 마치 자신이 인간의 아들 예수가 배에서 내리는 것을 직접 보는 듯했다. 몸의 형태나 얼굴이 아니라 대단히 깊고 그윽한 사랑의 눈을 통해, 자기 쪽으로 오라며 반갑게 환영하는 가늘고 아름다운 갈색 손을 통해, 그가 예수임을 즉시 알아보았다. 그 손은 섬세하면서도 강력한 영혼에 의해 만들어진 듯, 그 안에 영혼이 깃들어 있는 것 같았다. 출렁이는 호수의 가장자리와 무거운 배의 뱃머리가 잠시 한스의 눈앞에 떠올랐다. 그러고는 그 모든 광경은 겨울의 입김처럼 홀연히 사라져 버렸다.

책 속에서 어떤 저명인사나 역사적 사건이 불쑥 튀어나오는 일이 일정한 간격으로 반복되었다. 그들은 다시 살아나기를 갈망하는 것 같았다. 그럴 때면 한스는 두렵기도 하고 놀랍기도 했다. 그런 일시적인 환각 현상을 겪으면, 자신이 망원경을 통해 시커먼 대지를 꿰뚫어 보는 듯한 느낌이 들기도 했고, 신이 자신을 들여다보고 있다는 느낌이 들기도 했다. 그런 소중한 순간들은 불청객처럼 그를 찾아왔다가, 아쉬워할 새도 없이 순례자처럼 사라져 버렸다. 그들에게는 무언가 낯설면서도 거룩한 분위기가 감돌았기에, 감히 뭐라고 말을 걸거나 머물러 달라고 간청할 수도 없었다.

한스는 그런 체험들을 혼자 속으로 간직했다. 하일너에게도 말하지 않았다. 하일너의 우울은 불안하고 날카로운 정신으로 변화해 있었다. 그는 신학교의 선생님과 동료들을, 날씨를, 인생을, 신의 존재를 날카롭게 비판했다. 이따금씩 싸움질도 벌였고, 느닷없이 어리석은 짓을 저지르기도 했다. 동료들로부터 고립되어 있던 그는 섣부른 자부심을 내세워 그들과 완전히 적대적인 관계가 되려고 반항했다. 기벤라트는 하일너의 그런 행동을 막으려

하지 않았을 뿐 아니라 동참하기까지 했다. 그리하여 두 사람은 학우들로부터 따가운 눈총을 받는 고립된 섬이 되어 갔다. 한스는 처음엔 그런 상태가 불편했지만 점차 의식하지 않게 되었다. 단지 교장 선생님이 막연히 두려울 뿐이었다. 한때 자신을 총애하던 교장 선생님은 이제 자신을 고의적으로 냉대하고 무시하고 있었다. 그러자 히브리어에 대한 열정마저 사라져 버렸다. 히브리어는 교장 선생님의 전문 분야이기 때문이었다.

40명에 달하는 신학교 신입생들의 몸과 마음이 몇 달 만에 달라지는 과정은 즐거운 구경거리였다. 발육이 더딘 몇몇을 제외하곤 대부분이 몸집은 물론 키도 부쩍 자랐다. 희망에 찬 듯한 그들의 팔다리는 함께 자라지 못한 옷 밖으로 쭉 뻗어 나와 있었다. 얼굴에서도 점차 아이다운 모습이 사라지면서 남성다운 모습이 드러났다. 발육기의 그들은 아직까지 각진 형태는 보이지 않았지만, 모세오경을 공부하면서 얻은 의젓한 남성다움이 일시적이나마 매끈한 이마에 나타나기도 했다. 이제는 볼이 포동포동한 소년은 좀처럼 찾아보기 어려웠다. 한스 역시 변했다. 한스와 하일너 둘 다 마르고 키가 훌쩍 커졌지만, 한스가 하일너보다 더 나이 들어 보였다. 전에는 둥글었던 이마의 가장자리가 지금은 윤곽이 뚜렷해졌다. 눈은 더욱 움푹 들어갔고, 얼굴에는 병색이 완연했으며, 손발과 어깨는 뼈만 앙상했다.

한스는 성적이 떨어질수록, 하일너의 영향을 더 많이 받을수록, 동료들로부터 더욱 멀어져 갔다. 이제 그는 모범생도 아니고 수석을 할 가능성도 없어져서, 다른 동료들을 오만하게 내려다볼 처지가 아니었다. 하지만 자신의 그런 처지를 일깨우며 자극하는 동료들은 결코 용서하지 않았다. 특히 매사에 각듯한 하르트너와 주제넘은 오토 뱅거와는 여러 번 다투었다. 하루는 뱅거가 또다시 자기를 비웃으며 약을 올리자 한스는 그만 자제력을 잃고 주먹으로 응수해 서로 치고받는 격투가 벌어졌다. 뱅거는 겁쟁이였지만 나약한 상대 하나쯤은 손쉽게 해치울 수 있었다. 그래서 그는 한스에게 마구 덤벼들었다. 하일너는 그 자리에 없었다. 다른 동료들은 한가하게 싸움을 지켜보며, 한스가 응징당하는 것을 고소하게 여겼다. 한스는 흠씬 두들겨 맞았다. 코에서는 피가 흘렀고, 갈빗대가 온통 아팠다. 그는 밤새도록 수치와 고통, 분노에 떨며 거의 잠을 이루지 못했다. 그러나 하일너에게는 그 일을 털어놓지 않았다. 그저 혼자 마음을 단단히 먹고 그때부터 방 동료들과의 관계를 모두 끊어 버렸다. 하르트너와 뱅거는 물론, 어느 누구와도 거의 한마디도 나누지 않았다.

봄이 가까이 다가오자 일요일에도 오후에도 자주 비가 내렸다. 그런 어두운 날씨가 계속되자 수도원 안에 새로운 행사와 움직임이 일어나기 시작했다. 피아노를 잘 치는 학생 한 명과 플루트를 잘 부는 학생 둘이 있는 아크로폴리스 방에서는, 한 주에 두 번씩 밤에 음악회가 열렸다. 게르마니아 방에서는 희곡 독서회가 열렸다. 그리고 젊은 경건주의자 몇 명은 성경 연구회를 조직해 주석이 달린 칼프*의 성경을 매일 저녁마다 한 장씩 읽어 나갔다.

하일너는 게르마니아 방의 독서회에 가입하려고 신청을 했지만 받아 주지 않았다. 그는 분노로 부글부글 끓어올랐다. 그는 그에 대한 일종의 복수로 성경 연구회에 들어가려고 했다. 거기서도 그를 반기지 않았지만 하일너는 끈질기게 달라붙었다. 그러고는 겸손한 기독교 학우들로 이루어진 그 소모임의 경건한 대화에 끼어들어, 신을 부인하는 듯한 대담한 발언을 해서 언쟁과 불화를 일으켰다. 얼마 안 가 그는 그런 장난을 치는 것이 지겨워져 그만두고 말았지만, 성경을 빗대어 반어적으로 말하는 말버릇은 여전했다. 하지만 동료들은 그의 그런 태도에 그다지 신경 쓰지 않았다. 모두가 무슨 일을 벌일 생각에, 모험을 할 생각에 빠져 있었기 때문이었다.

스파르타 방에 사는 어느 재기 넘치는 학생이 가장 큰 일을 벌였다. 그는 명성을 얻는 것도 좋아했고, 평범하고 판에 박힌 단조로운 학교생활을 깨뜨리기도 좋아했다. '둔스탄'이라는 별명으로 불린 그는, 자신의 명성을 떨칠 기발한 방법을 고안해 냈다.

어느 날 아침 공동 침실에서 나온 학생들은 세면장 문에 종이 한 장이 붙어 있는 것을 발견했다. 그 종이에는 '스파르타 방에서 보낸 여섯 개의 경구'라는 제목하에 2행시가 쓰여 있었다. 특이한 동료들 몇 명을 골라 그들의 기벽, 무모한 행위, 우정을 재치 있게 조롱하는 시였다. 기벤라트와 하일너도 짝으로 묶어 놀리고

✦ 헤세가 태어난 곳으로, 뷔르템베르크 주에 있는 도시이다.

있었다. 그 조그만 공동체는 엄청난 흥분의 소용돌이에 빠졌다. 몰려든 학생들로 인해 세면장 문 앞이 마치 극장 입구처럼 보였다. 서로를 밀치기도 하면서 웅성거리고 있는 그들은, 막 날아오르려는 여왕벌 주변에 모여든 벌 떼처럼 보였다.

다음 날 아침 방문마다 경구와 2행의 풍자시들이 나붙었다. 어제의 글에 반박하거나 찬성하는 것도 있었고, 새로운 공격을 가하는 것들도 있었다. 그렇지만 이 소동을 일으킨 장본인은 다시 여기에 가담할 만큼 어리석지 않았다. 곡물 창고에 부싯깃을 던져 넣는 자신의 목적이 달성되자 두 손을 비비며 고소하게 바라볼 뿐이었다. 거의 모든 학생들이 며칠 동안 풍자시 싸움에 가담했다. 모두들 2행시를 만들려고 생각에 잠긴 채 이리저리 돌아다녔다. 그런 소동에 아랑곳하지 않고 평소처럼 공부에만 전념한 학생은 루치우스가 거의 유일했다. 마침내 어느 선생님이 알아채고, 그 선동적인 유희를 금지시켜 버렸다.

교활한 둔스탄은 그 일로 명성을 얻은 후에도 장난을 멈추지 않았다. 결정적인 타격을 준비한 것이다. 그는 몇 주 동안 자료를 모아, 젤라틴판으로 찍어 낸 아주 작은 판형의 신문 창간호를 발행했다. '호저豪豬'라는 제목의 그 신문은 주로 우스갯거리를 다루는 풍자 신문이었다. 여호수아서의 저자와 마울브론 신학생이 나누는 우스꽝스러운 대화는 창간호의 걸작이었다. 그 신문은 대단한 성공을 거두었다. 둔스탄은 무척 바쁜 편집인이자 발행인의 분위기를 풍기며, 위대하고도 불명예스러운 명성을 누렸다. 마치 베네치아 공화국의 아레티노*처럼.

헤르만 하일너가 그 신문 편집에 열정적으로 참여해 둔스탄과 함께 날카롭고 신랄한 검열관 역할을 수행하자, 다들 놀라움을 금치 못했다. 하일너는 그런 역할을 맡을 재기와 지력이 충분했다. 대략 4주 동안 그 작은 신문은 수도원 전체를 긴장시키며 들썩이게 했다.

한스는 그런 친구를 내버려 두었다. 자신은 그 일에 가담하고 싶은 마음도 그럴 재능도 없었다. 처음에는 하일너가 저녁마다 스파르타 방에서 보낸다는 사실조차 알아채지 못했다. 다른 데 정신이 팔려 있었기 때문이었다. 한스는 온종일 굼뜬 동작으로 넋을 놓고 이리저리 헤매고 다녔고, 공부에 흥미를 잃은 듯 나태한 태도를 보였다. 한번은 리비우스 시간에 이상한 행동을 하기도 했다. 선생님이 번역을 해보라고 한스를 호명했는데도, 자리에 그대로 앉아 있었던 것이다.

"뭐야? 왜 일어나지 않는 거야?" 선생님은 화가 나서 소리쳤다.

한스는 꼼짝도 하지 않았다. 고개를 약간 숙인 채 눈을 반쯤 감고 반듯한 자세로 앉아 있었다. 설핏 몽상에서 깨긴 했지만, 선생님의 호명 소리는 아주 멀리서 들려오는 것만 같았다. 옆자리에 앉은 학생이 옆구리를 쿡쿡 찌르기도 했지만, 그는 신경 쓰지

---

* Pietro Aretino(1492-1556). 이탈리아의 시인이며 극작가이자 풍자문학가. 베네치아에 정주하면서 당시의 권세가를 풍자하는 작품을 발표했다. 대표작으로 『서간집』, 『오라치오』 등이 있다.

않았다. 다른 세계의 사람들에 의해 둘러싸여 있었기 때문이었다. 그들은 그를 만지기도 하고 그에게 말을 걸기도 했다. 나지막한 저음의 목소리였다. 그것은 진짜 말소리가 아니라 깊은 샘물에서 흘러나오는 부드러운 물소리 같았다. 그 밖에도 많은 시선들이 그를 지켜보고 있었다. 그들의 낯설고 커다란 눈은 예감에 차서 빛나고 있었다. 아마도 한스가 지금 막 읽은 리비우스의 글에 등장한 로마 군중의 눈이리라. 아니면 그가 꿈에서 보았거나 언젠가 그림에서 보았던 사람들의 눈이리라.

"기벤라트!" 선생님이 고함을 질렀다. "자고 있는 거야?"

학생은 천천히 눈을 뜨고는 어리둥절한 눈으로 선생님을 응시하며 고개를 가로저었다.

"자고 있었군! 아니라면 지금 우리가 어딜 배우고 있는지 말해봐."

한스는 손가락으로 책의 한 부분을 가리켰다. 그는 어디를 배우고 있는지 잘 알고 있었다.

"이제라도 일어나지." 비웃는 듯한 선생님의 말에 한스는 자리에서 일어섰다.

"대체 뭘 하고 있는 거야? 날 쳐다봐!"

한스는 선생님을 쳐다봤다. 선생님이 놀란 눈으로 머리를 설레설레 젓는 것으로 보아, 한스의 시선이 마음에 들지 않는 모양이었다.

"어디 몸이 안 좋아, 기벤라트?"

"아니에요, 선생님."

"다시 앉아라. 수업이 끝나면 내 방으로 오도록 해."

한스는 자리에 앉아 몸을 숙여 리비우스의 글을 쳐다봤다. 그러면서 이제는 몽상에서 완전히 깨어났으니 모든 상황을 제대로 파악할 수 있을 거라고 생각했다. 하지만 동시에 마음의 눈은 또 낯선 인물들의 발자취를 쫓고 있었다. 그들은 아득히 먼 미지의 세계로 완전히 가라앉을 때까지, 번득이는 눈으로 한스를 바라봤다. 그들이 사라져 가자 선생님의 목소리, 번역하는 학생의 목소리, 잡담 소리도 서서히 또렷해졌다. 드디어 그 목소리들이 평소처럼 생생해졌다. 의자와 강단, 칠판도 또렷하게 눈에 들어왔다. 벽에는 커다란 나무 컴퍼스와 직각자가 걸려 있었고, 주위에는 학우들이 앉아 있었다. 그들은 호기심 어린 눈초리로 한스를 흘끔거렸다. 그제야 한스는 화들짝 놀라며 정신을 차렸다.

'수업이 끝나면 내 방으로 오도록 해.' 선생님이 아까 그렇게 말씀하셨지. 맙소사, 대체 무슨 일이 벌어진 걸까?

수업이 끝나자 선생님은 자기를 따라오라고 한스에게 눈짓을 보냈다. 한스는 놀란 눈으로 쳐다보는 동료들을 지나서 선생님을 따라갔다.

"자, 말해 보렴. 대체 어찌 된 일이야? 정말 자고 있지 않았단 말이야?"

"네."

"그럼 네 이름을 불렀을 때 왜 일어나지 않았어?"

"저도 모르겠어요."

"혹시 내 말을 듣지 못한 게 아니냐? 귀가 잘 안 들리느냐고."

"아니에요. 선생님 말소리를 들었어요."

"그런데도 일어나지 않았다고? 나중에는 눈빛도 이상해지더군. 대체 무슨 생각을 하고 있었어?"

"아무 생각도 하지 않았어요. 곧 일어나려고 했어요."

"그런데 왜 일어나지 않았어? 몸이 안 좋아?"

"그렇진 않아요. 왜 그랬는지 저도 잘 모르겠어요."

"머리가 아픈 건 아니야?"

"아니에요."

"알았다. 이제 그만 가봐라."

저녁 식사 시간 전, 한스는 공동 침실로 불려 갔다. 교장 선생님이 마을 의사와 함께 기다리고 있었다. 의사는 한스를 진찰하고 나서 이것저것 꼬치꼬치 캐물었지만, 확실한 이유를 밝혀내지는 못했다. 의사는 온화하게 웃으며, 심각한 증상은 아니라고 말했다.

"가벼운 신경증입니다, 교장 선생님." 의사는 반농담조로 말했다. "일시적인 쇠약 증세지요. 가벼운 현기증의 일종입니다. 이 젊은이는 매일 바깥 공기를 쐬어야 합니다. 두통에는 물약을 조금 처방하겠습니다."

이때부터 한스는 식사를 마친 뒤 매일 한 시간씩 의무적으로 야외로 나가야 했다. 그는 그런 의무에 반대할 의사가 없었다. 다만 끔찍한 것은, 교장 선생님이 한스의 산책길에 하일너의 동행을 단호히 금지시킨 것이었다. 하일너는 화가 나서 욕을 해댔지만 순순히 따를 수밖에 없었다. 그래서 한스는 언제나 혼자 밖으로 나섰고, 그 산책에서 나름의 즐거움을 발견했다. 봄이 시작되고 있었다. 아치형으로 아름답게 굽은 언덕 위로, 움트기 시작한 초목들이 물결처럼 일렁이고 있었다. 나무들은 갈색의 그물 같은 겨울의 형상을 벗어던지고 어린 잎사귀들과 어우러졌다. 생기 넘치는 녹색의 파도가 끝없이 펼쳐져 있는 시골 풍경이었다.

라틴어 학교에 다니던 시절에는, 한스는 지금과는 다른 눈으로 봄을 바라봤다. 그땐 보다 생기발랄한 호기심으로 봄의 세계를 하나하나 들여다봤다. 돌아오는 철새들을 종류별로 하나씩 관찰했고, 나무들이 꽃을 피우는 순서를 관찰했다. 그러다가 5월이 오면 낚시를 시작했다. 하지만 이제는 새들의 종류를 구별하거나 관목의 종류를 꽃봉오리로 식별하려고 하지 않았다. 단지 자연의 전반적인 생태와 사방에서 움트는 색깔을 지켜볼 뿐이었다. 한스는 어린 나뭇잎의 내음을 맡았고, 땅속에서 끓어오르는 한결 부드러운 기운을 느꼈으며, 경탄에 가득 찬 눈으로 들판을 거닐었다. 하지만 곧 피곤해져 바닥에 드러누워 잠들고만 싶었다. 산책 내내 자신을 둘러싸고 있는 실재 세계의 사물들과는 다른, 온갖 종류의 사물들을 보았기 때문이었다. 그것이 어떤 종류의 사물인지는 알 수 없었고, 알려고 하지도 않았다. 그것은 밝고 깨지기 쉬운, 색다른 꿈이었다. 그 꿈의 풍경이 마치 그림처럼, 또는 이국적인 가로수처럼 그를 에워싸고 있었다. 그렇지만 그 꿈과 그의 삶은 아무 상관이 없었다. 꿈은 단지 보이기만 하는 순수한 영상일 뿐이었다. 하지만 그 영상을 바라보는 것은 분명 한스에게는 하나의 체험이었다. 다른 지역으로 옮겨 가는 듯한, 다른 사람들한테 끌려가는 듯한 느낌이었다. 낯설고 걷기 편한 부드러운 땅 위를 걷는 느낌이었다. 가벼움으로 가득 찬 그 낯선 공기 속에서는, 톡 쏘는 듯한 냄새가 났다. 때때로 영상 대신 비밀스럽고, 따뜻하고, 흥분되는 촉감이 느껴지기도 했다. 마치 부드러운 손길이 그의 몸을 어루만지는 것처럼.

한스는 공부에 집중하려고 무던히도 애를 썼다. 하지만 더 이상 공부에 흥미를 느끼지 못했기에, 집중력은 그림자처럼 그의 손에서 슬며시 빠져나가 버렸다. 히브리어 단어를 잊어버리지 않으려면, 히브리어 수업 30분 전에 미리 공부를 해야 했다. 하지만 히브리어 책을 읽을 때도 그 안에 묘사된 인물이나 사건들이 갑자기 눈앞에 되살아나 움직이는 듯했다. 바로 옆에 있는 사물들보다 훨씬 생동감 있고 현실적으로 느껴졌다. 한스는 자신의 머리가 더 이상 아무것도 받아들이려 하지 않음을, 날마다 더욱 무기력해지며 흐릿해지고 있음을 알아채고는 절망에 빠졌다. 하지만 이따금 오래된 일들이 섬뜩하리만치 또렷하게 기억나기도 했다.

수업 시간이나 책을 읽는 중에도 가끔 아버지나 안나 할머니, 또는 예전의 선생님이나 동급생 중 누군가가 불쑥 떠올랐다. 그들이 눈앞에 생생하게 나타나면 잠시 동안 그들에게 주의력을 빼앗기고 말았다. 슈투트가르트에 머무를 때의 장면이나 주 시험을 치를 때의 장면, 그리고 방학 때의 장면들도 자꾸만 눈앞에 되살아났다. 낚싯대를 드리우고 강가에 앉아 있던 장면이 보였고, 햇빛에 반짝이던 강물의 내음도 맡을 수 있었다. 그러면서도 한편으로는 그 그리운 시절이 아득한 옛일처럼 생각되기도 했다.

후덥지근하고 을씨년스러운 어느 날 저녁, 한스는 하일너와 함께 공동 침실에서 이리저리 어슬렁거리고 있었다. 그는 하일너에게 고향과 아버지, 낚시와 학교 이야기를 해주었다. 친구는 눈에 띄게 조용했다. 그는 한스의 말을 그냥 듣고만 있었고, 이따금 고개만 끄덕였다. 가끔 생각에 잠긴 채 조그만 자를 허공에 휘두를 뿐이었다. 점차 한스도 말문이 막히게 되었다. 어느새 밤이 되었다. 두 소년은 어느 창문턱으로 가서 걸터앉았다.

"야, 한스!" 마침내 하일너가 입을 열었다. 그의 목소리는 불안정하고 흥분되어 있었다.

"응?"

"아, 아무것도 아니야."

"뭔데? 말해 봐!"

"그냥 뭔가가 생각나서. 네가 온갖 이야기를 해주니까."

"대체 무슨 얘긴데?"

"그럼 말할게, 한스. 넌 한 번도 여자 꽁무니를 쫓아다닌 적이 없지?"

잠시 침묵이 흘렀다. 두 소년은 여태껏 그런 이야기는 해본 적이 없었다. 한스는 앞으로 듣게 될 이야기가 두렵게 느껴졌지만, 한편으론 그 수수께끼 같은 세계가 동화 속의 정원처럼 그의 마음을 끌어당겼다. 얼굴이 붉어지는 게 느껴졌고, 손가락은 떨리고 있었다.

"딱 한 번 있었어." 한스는 속삭이듯 말했다. "아무것도 모르던 어린애 시절에."

다시 침묵이 흘렀다.

"하일너, 넌?"

하일너는 한숨을 내쉬었다.

"에이, 그만두자! 이런 이야기는 꺼내지 말았어야 했어. 쓸데없는 짓이야."

"아니, 그렇지 않아."

"…… 난 애인이 있어."

"네가? 진짜야?"

"고향에 있어. 이웃에 살아. 올겨울에 그녀에게 키스를 했어."

"키스를 했다고?"

"응. 어두운 저녁에 스케이트를 타다가. 그녀가 스케이트 벗는 걸 도와주다가."

"그녀는 아무 말도 안 했어?"

"아무 말도 없었어. 그냥 달아나 버리더군."

"그다음엔?"

"그다음이라니! 그게 전부야."

하일너는 다시 한숨을 쉬었다. 한스는 마치 금단의 정원에서 온 영웅처럼 보이는 친구를 쳐다봤다.

그때 종소리가 울렸다. 잠자리에 들 시간이었다. 등불이 꺼지고, 주위는 정적에 잠겼다. 하지만 한스는 침대에 누워 한 시간 넘게 잠을 이루지 못하며 하일너가 애인에게 키스하는 장면을 상상하고 있었다.

한스는 다음 날 또 물어보고 싶었지만, 창피하다는 생각이 들어 그만두었다. 하일너 역시 그 얘기는 꺼내지 않았다.

한스의 학업 태도는 점점 더 나빠졌다. 선생님들은 언짢은 듯 얼굴을 찡그리며 그를 이상한 눈초리로 쳐다봤다. 교장 선생님은 화가 난 얼굴이었다. 상위권에 있던 한스가 성적이 떨어질 때부터 동급생들은 그가 수석의 목표를 단념했음을 알아채고 있었다. 하일너만 아무것도 눈치채지 못했다. 하일너에게는 학교가 그다지 중요하지 않았기 때문이었다. 한스 자신도 그런 상황 변화에 별로 신경 쓰지 않았다.

이제 하일너는 신문 편집과 교정 일에도 싫증이 났는지, 다시 완전히 친구에게만 집중했다. 교장의 금지령을 어기고 한스의 산책에도 여러 차례 따라갔다. 그는 한스와 함께 양지바른 곳에 드러누워 몽상에 젖기도 하고, 시를 낭송하기도 하고, 교장 선생님에 관한 농담을 하기도 했다. 한스는 속으로 하일너가 연애 이야기를 더 해주기를 바랐지만, 시간이 흐를수록 자기가 먼저 그 이야기를 꺼내기가 더 어려워졌다. 동료들은 여전히 두 소년을 따돌렸다. 특히나 하일너가 호저 신문에서 동료들에게 심술궂은 농담을 퍼붓는 바람에, 어느 누구도 그를 신뢰하지 않았다.

때마침 그 신문이 폐간됐다. 제법 오래 버틴 셈이었다. 애당초 그 신문은 겨울과 봄 사이의 지루한 몇 주일을 위한 것이었다. 이제 아름다운 계절이 시작되었으니, 학생들은 식물 채집이나 산책, 아니면 다른 야외 놀이를 하며 얼마든지 즐거운 시간을 보낼 수 있었다. 점심시간이면 수도원 안뜰은 고함을 지르며 체조나 레슬링이나 달리기나 공놀이를 하는 활기찬 아이들로 가득했다.

그 무렵 커다란 사건이 벌어졌다. 그 사건의 주인공은 모두에게 불쾌감을 일으키는 헤르만 하일너였다.

교장 선생님은 자기가 내린 금지령을 비웃기라도 하듯, 하일너가 거의 매일 기벤라트와 함께 산책하고 있다는 사실을 알게 되었다. 그는 한스는 내버려 두고, 주범이자 자신의 오랜 적인 하일너만 집무실로 불러들였다. 교장 선생님이 하일너를 이름으로 부르자, 하일너는 그러지 말라고 강력히 요구했다. 또한 교장 선생님이 그의 항명을 엄하게 꾸짖자, 하일너는 한스는 자신의 친구이며 어느 누구도 자신들의 교제를 금지할 권리는 없다고 대들었다. 심한 말다툼이 벌어졌고, 그 결과 하일너는 몇 시간 동안 감금되었다. 그와 더불어 다음부터는 기벤라트와의 외출은 절대 안 된다는 엄중한 금지령이 내려졌다.

그래서 다음 날 한스는 혼자 산책길에 나서야 했다. 그는 2시

정각에 학교로 돌아와 다른 학우들과 함께 교실에 들어갔다. 그런데 수업이 시작될 즈음, 하일너가 없다는 사실이 밝혀졌다. 전에 한두가 없어졌을 때와 모든 게 똑같았다. 이번에는 지각이라고 생각하는 사람이 아무도 없다는 점만 다를 뿐이었다. 3시 정각에 학생 일동은 세 명의 선생님과 함께 실종된 학우를 찾아나섰다. 여러 조로 나뉘어 숲 속을 뛰어다니며 하일너의 이름을 목청껏 불렀다. 몇몇 학생들과 선생님 두 분은 하일너가 자살했을 수도 있다고 생각했다.

정각 5시에는 이 지역의 모든 파출소에 전보가 들어갔다. 저녁에는 하일너의 아버지에게 빠른우편이 발송되었다. 밤늦게까지 아무런 단서도 발견되지 않았다. 밤이 이슥하도록 모든 침실에서 속삭이고 소곤거리는 소리가 들렸다. 어떤 학생들은 하일너가 물에 뛰어들었을 거라고 추측했다. 또 다른 학생들은 하일너가 집으로 돌아갔을 거라고 말했다. 그러나 잠시 후 학생들은 실종자의 수중에 돈이 한 푼도 없을 것임을 깨달았다.

모두들 한스가 이 일에 대해 잘 알고 있으리라 여겼다. 하지만 그렇지 않았다. 오히려 이 일로 인해 가장 크게 놀라고 걱정에 잠긴 사람은 바로 한스였다. 한스는 다른 동료들이 서로 묻고, 추측하고, 허튼소리를 늘어놓고, 빈정거리는 소리를 들으며 이불을 푹 뒤집어썼다. 괴롭고 걱정스러웠다. 그의 불안한 가슴은 다시는 하일너가 돌아오지 않을지도 모른다는 불길한 예감에 사로잡혔다. 한스는 두려움과 슬픔에 빠져 있다가 결국 기진맥진해서 잠이 들었다.

그 시각 하일너는 수도원에서 몇 마일 떨어진 수풀 속에 누워 있었다. 너무 추워 잠을 이룰 수는 없었지만, 자유를 흠뻑 느끼며 차가운 공기를 들이마셨다. 그러고는 좁은 우리에서 빠져나온 짐승처럼 팔다리를 쭉 뻗어 보았다. 하일너는 점심시간 이후부터 계속 달렸다. 그리고 이제 크니틀링겐에서 얻은 빵을 이따금 한 입씩 베어 물며, 봄날의 환히 빛나는 나뭇가지들 사이로 보이는 어두운 밤과 별들, 빠르게 흐르는 구름들을 쳐다봤다. 지긋지긋한 수도원에서 벗어날 수만 있다면 그는 어디로 가든 상관없고, 결국 자신의 의지가 그 어떤 명령이나 금지령보다 강하다는 사실을 이런 식으로 교장에게 증명한 셈이었다.

다음 날도 사람들은 하루 종일 그를 찾아다녔지만 허사였다. 하일너는 두 번째 밤을, 마을에서 가까운 들녘에 쌓여 있는 짚단 속에서 보냈다. 아침에는 다시 숲 속으로 들어갔다. 저녁 무렵이 되어 다시 마을을 찾으려다가 한 경찰관의 손에 붙잡히고 말았다. 경찰은 다정한 농담을 해가며 그를 읍사무소로 데려갔다. 거기서 하일너는 익살과 알랑거리는 말로 읍장의 환심을 샀다. 읍장은 하일너를 자기 집에 데려갔고, 잠자리에 들기 전 그에게 햄과 달걀을 푸짐하게 차려 주었다. 이튿날, 그사이 수도원에 와 있던 아버지가 그를 데리러 왔다.

탈주자 하일너가 붙잡혀 왔을 때 수도원은 흥분의 도가니에 빠졌다. 그는 고개를 꼿꼿이 쳐들고 있었고, 조금도 뉘우치지 않는 기색이었다. 그는 용서를 빌라는 요구를 거절했다. 교원 회의의 비밀 재판에 나가서도 전혀 기죽지 않고 매우 불손하게 행동했다. 선생님들은 하일너를 지켜 주려고 했지만 그는 도를 넘어 버렸다. 그는 퇴학이라는 치욕을 당했고, 저녁에 아버지와 함께 다시 돌아오지 않을 여행을 떠났다. 친구 기벤라트와는 악수로만 작별의 아픔을 나눴다.

항거와 타락으로 물든 이 이례적인 사건에 대한 교장 선생님의 연설은 멋지고도 열정적이었다. 하지만 슈투트가르트의 상급 관청으로 보낸 그의 보고서는 훨씬 온건하고 객관적이며 부드러운 문체로 쓰여 있었다. 학교에서 쫓겨난 난폭한 괴물 하일너와의 편지 왕래는 금지되었다. 이에 대해 한스는 그저 미소만 지어 보였다. 학생들은 몇 주 동안 하일너와 그의 도주에 관한 이야기를 나누었고, 시간이 흐름에 따라 학생들의 판단은 달라지기 시작했다. 전에는 두려움과 기피의 대상이던 도망자 하일너를, 이제는 자유를 찾아 날아간 독수리처럼 여기는 학생들도 더러 있었다.

헬라스 방에는 이제 빈 책상이 두 개나 있었다. 나중에 사라진 학생은 먼저 사라진 학생처럼 빨리 잊히지는 않았다. 교장 선생님만 두 번째 사건도 잘 처리되어 조용해지기를 바랐으리라. 하일너는 수도원의 평화를 깨뜨릴 만한 어떤 짓도 하지 않았다. 그의 친구 한스는 기다리고 또 기다렸지만, 하일너에게선 편지 한 통 오지 않았다. 하일너는 떠나갔고 사라져 버렸다. 그 후로 하일너라는 인물과 그의 탈주 사건은 차츰 과거 이야기가 되어 갔고, 급기야는 전설로 남게 되었다. 그 열정적인 소년은 여러 가지 기행과 탈선을 계속한 뒤 훗날 삶의 고뇌를 통해 엄격한 규율을 몸에 익혔으리라. 그리하여 그는 비록 영웅은 아닐지라도 의젓한 사내대장부가 되었으리라.

뒤에 남은 한스에게는 하일너의 도주 계획을 알고 있었을 거라는 의혹의 눈초리가 따라다녔고, 그로 인해 한스에 대한 선생님들의 호의는 완전히 사라져 버렸다. 심지어 어떤 선생님은 한스가 수업 시간에 몇 가지 질문에 제대로 대답하지 못하자, 이렇게 말했다. "자네는 왜 그 잘난 하일너와 함께 가지 않았지?"

교장 선생님은 한스를 그냥 내버려 두었지만, 바리새인이 세리稅吏를 볼 때처럼 경멸과 동정의 눈길을 보냈다. 기벤라트는 더 이상 학생들의 머릿수에 포함되지 않는, 나병 환자와 같은 존재가 되어 버렸다.

제5장

햄스터가 이전에 비축해 둔 먹이로 살아가듯 한스도 얼마간
은 예전에 습득한 지식으로 근근이 버텨 나갔다. 하지만 곧 밑천
이 떨어져 곤혹스러운 상태가 시작되었다. 짧은 도움닫기로 잠시
그런 상태에서 벗어나기도 했지만, 결국은 상황이 절망적이라는
사실을 깨닫고 한스는 쓴웃음을 지었다. 이제 그는 쓸데없는 수
고를 그만두었다. 모세오경에 이어 호메로스를, 크세노폰에 이어
대수를 포기해 버렸다. 자신에 대한 선생님들의 평판이 한 단계
씩 떨어져 가도, 흥분하지 않고 담담하게 지켜봤다. 그의 성적은
수에서 우로, 우에서 미로, 급기야는 가로 떨어지고 말았다. 이제
는 시도 때도 없이 머리가 아팠다. 두통이 없을 때면 헤르만 하
일너를 생각했고, 눈을 뜨고 가벼운 백일몽을 꾸기도 했으며, 몇

시간 동안이나 멍하니 생각에 잠겨 있기도 했다. 한스는 모든 선생님들로부터 점점 더 질책을 받았고, 그에 대해 선량하고 비굴한 미소로 대응했다. 복습 담당 교사인 젊고 다정한 비드리히 선생님만, 궤도에서 이탈한 소년 한스의 어찌할 줄 모르는 미소에 마음 아파하며 그를 관대하게 대했다. 다른 선생님들은 모두 한스에게 단단히 화가 나 있었고, 방과 후 교실에 남으라는 모멸스러운 벌을 주기도 했다. 이따금은 빈정거리는 투로 이렇게 말하며, 그의 잠들어 버린 포부를 깨우려고도 했다.

"당장 자야 하는 게 아니라면 이 문장을 좀 읽어 보는 게 어때?"

교장 선생님은 점잖게 분개했다. 허영심 강한 그는 자신의 시선이 큰 힘을 발휘한다고 착각했기에, 한스를 향해 위엄 있게 눈을 부릅뜨기도 했다. 하지만 그때마다 한스는 번번이 미소로만 대응했고, 그럴수록 교장의 신경은 점차 날카로워졌다.

"그렇게 멍청하게 웃지만 말게. 대성통곡을 해도 시원찮을 판에."

한스는 아버지의 편지를 받고 더욱 가슴이 아려 왔다. 교장 선생님이 보낸 편지 때문에 아버지는 너무 놀라 아들에게 행실을 바로 하라고 애원했다. 아버지는 편지에서 온갖 상투어로 건실한 인간이 되라는 도덕적인 분노를 표출하고 있었는데, 그걸 읽으니 아들은 그 속에 숨은 눈물 어린 하소연을 짐작할 수 있어 마음이 아팠다.

교장 선생님, 아버지, 교사들, 복습 담당 교사들에 이르기까지, 청소년을 올바로 키워야 한다는 자신들의 의무에 충실한 이 모든 지도자들은 한스를 자신들의 소망을 가로막는 장애물로 보고는, 그를 억지로라도 올바른 길로 되돌려 놓으려 했다. 동정심 많은 복습 담당 교사를 제외하고는 어느 누구도 야윈 소년의 얼굴에 나타난 어찌할 줄 모르는 미소의 배후에, 불안과 절망에 빠져 허우적대며 살려 달라는 눈빛을 보내는 무너져 가는 한 영혼이 있음을 보지 못했다. 학교가 강조하는 덕목, 그리고 아버지와 선생님들의 야만적인 공명심이 이 연약한 아이를 이 지경으로 만들었다고는 아무도 생각하지 않았다. 왜 그는 가장 감수성이 예민하고 극히 위험한 소년 시절에 매일 밤늦게까지 공부를 해야 했단 말인가? 왜 그에게서 토끼를 빼앗아 버리고, 라틴어 학교의 동료들로부터 그를 일부러 멀어지게 만들었는가? 왜 낚시하러 가거나 어슬렁거리며 돌아다니는 것을 금지했는가? 왜 사람을 기진맥진하게 만드는 공명심이라는 천박한 이상을 그에게 심어 주었는가? 왜 시험이 끝난 뒤에도 응당 누려야 할 휴식을 허락하지 않았는가?

이제 너무 혹사당한 어린 망아지는 길가에 쓰러졌고, 더 이상 필요 없는 존재가 되고 말았다.

여름이 시작될 무렵 마을 의사는 다시 한 번 한스를 살펴보고는, 사춘기 때 흔히 나타나는 신경쇠약 증세라며 방학 때 몸을 잘 돌보고, 충분히 식사하고, 숲 속을 많이 뛰어다니면 좋아질 거라고 했다.

하지만 안타깝게도 그런 일은 일어나지 않았다. 방학이 시작되기 3주 전, 한스는 오후 수업 시간에 선생님으로부터 심한 야단을 맞았다. 선생님이 계속 욕설을 퍼부어 대는 동안 한스는 그만 의자에 털썩 주저앉아 버렸다. 그러고는 겁에 질려 경련이 일어난 듯 부들부들 떨더니 하염없이 눈물을 쏟기 시작했다. 그 바람에 수업이 중단되었다. 한스는 한나절 동안 침대에 누워 있었다.

그다음 날 수학 시간에 선생님은 칠판에 기하학 도형을 그리고는 한스에게 그것에 대한 증명을 해보라고 시켰다. 한스는 앞으로 걸어 나갔다. 하지만 칠판 앞에서 현기증이 일었다. 그는 분필과 자를 들고 아무 생각 없이 칠판에 글씨를 쓰고 선을 긋다가 그 두 가지를 떨어뜨리고 말았다. 그래서 그것들을 주우려고 바닥에 무릎을 꿇었다가, 다시 일어나지 못했다.

마을 의사는 한스에게 엄살을 부렸다며 화를 내고는, 즉시 요양 휴가를 떠나 신경 전문의에게 진단을 받으라고 했다. 그러고는 교장에게 귓속말로 속삭였다. "저 아이는 결국 무도병舞蹈病에 걸릴 겁니다." 교장은 그 말을 듣고 고개를 끄덕였다. 그러고는 가혹하리만치 화난 자신의 표정을 자상하고 동정 어린 아버지 같은 표정으로 바꾸었다. 그런 표정을 짓는 것은 그에게는 쉬운 일이었고, 잘 어울리기도 했다.

의사와 교장은 각자 한스의 아버지에게 편지를 써서 소년의 호주머니 속에 찔러 넣어 주고 그를 집으로 돌려보내기로 했다. 이제 교장의 분노는 심각한 근심으로 바뀐 상태였다. 얼마 전에 일어난 하일너 사건으로 안 그래도 신경이 곤두서 있을 교육청이 다시 터진 이 불행한 사건을 어떻게 생각할까 싶어서였다. 교장은 한스가 학교에서 보내는 마지막 시간 동안에는 설교도 늘어놓지 않고 그를 무척 상냥하게 대했다. 한스가 요양 휴가를 떠나면 다시는 돌아오지 못하리라는 것을, 혹시 완쾌되어 돌아온다 해도 안 그래도 한참 뒤처져 있는 한스가 몇 주 혹은 몇 달 동안 빼먹은 공부를 따라잡을 수 없으리란 것을 잘 알고 있었기 때문이었다. 그럼에도 불구하고 교장은 한스와 작별하면서 "다시 만나세"라고 다정한 격려의 말을 해주었다. 그 후 교장은 헬라스 방에 들어가 세 개의 텅 빈 책상을 바라볼 때마다 곤혹스러운 기분이 들었다. 그중 재능이 뛰어났던 두 학생이 사라지게 된 책임의 일부는 혹시 자신에게 있지 않을까 하는 생각이 들어서였다. 하지만 교장은 대담하고 꼿꼿한 인물이라서 자신에게 무익한 의구심을 마음으로부터 몰아낼 수 있었다.

작은 여행 가방을 들고 학교를 떠나는 신학교 학생의 등 뒤로 수도원의 교회가, 정문이, 박공지붕이, 탑들이 사라져 갔다. 숲과 언덕들도 모습을 감추었다. 기차를 타자 그의 눈앞엔 바덴의 경계 지역에 있는 과수원이 나타났고, 포르츠하임이 나타났고, 슈바르츠발트의 검푸른 가문비나무들이 자라는 산들이 시작되었다. 기차는 냇물이 흐르는 수많은 골짜기들을 통과했다. 여름의 태양 속에서 골짜기들은 평소보다 더 푸르고 시원해 보였으며,

한층 짙은 그림자를 드리우고 있었다. 소년은 점점 더 고향과 비슷해져 가는 풍경을 즐거운 마음으로 바라봤다. 하지만 이윽고 고향에 가까워지자 아버지를 만나야 한다는 두려움에 짧은 여행의 기쁨은 송두리째 달아나 버렸다. 슈투트가르트로 시험을 보러 갔던 일, 신학교 입학을 위해 마울브론으로 떠났던 일을 회상하자 그때 느꼈던 긴장이며 불안한 기쁨까지 모두 떠올랐다. 도대체 무엇 때문에 그 모든 일을 해야 했던가?

한스 역시 교장 선생님과 마찬가지로 자신이 다시는 수도원으로 돌아가지 못할 것임을, 이제 신학교니 학업이니 야심 찬 희망이니 하는 것들은 모두 끝나 버렸음을 잘 알고 있었다. 하지만 지금 슬픈 것은 그 때문이 아니었다. 아버지를 실망시켰다는 것, 그의 희망을 꺾어 버렸다는 것이 슬펐다. 한스는 이제 푹 쉬고, 푹 자고, 마음껏 울고, 환상에서 깨어나고 싶다는 욕구밖에 없었다. 모든 고통과 번민에서 벗어나 조용히 있고 싶은 마음뿐이었다. 하지만 아버지의 집에서는 그런 소망이 실현되지 않을 것 같았다. 기차 여행이 끝나 갈 무렵, 머리가 지끈지끈 아프기 시작했다. 어린 시절에 신나게 헤매고 다녔던 정든 언덕과 숲이 펼쳐지는 창밖도 내다보지 않았다. 그래서 하마터면 낯익은 고향의 기차역에서 내리지 못할 뻔했다.

아버지가 아들을 찬찬히 훑어보는 동안, 한스는 우산과 여행가방을 든 채 서 있었다. 아버지의 아들에 대한 실망과 분노는, 교장 선생님이 보낸 마지막 편지로 인해 한없는 걱정으로 바뀌어 있었다. 아버지는 뺨이 홀쭉해진 아들이 완전히 기력이 쇠했다고 생각했다가 아직은 두 다리로 걸을 수는 있음을 알고는 약간이나마 안심이 되었다. 하지만 교장 선생님과 의사가 편지에서 언급한 아들의 신경병에 대한 불안과 두려움이 아버지를 지배하고 있었다. 지금까지 그의 가족 중에 신경 질환으로 고생한 사람은 아무도 없었다. 그는 그런 환자를 이해하려 하지도 않았고, 내심 조롱하고 경멸하며 동정의 말을 하곤 했었다. 그런데 이제 자기 아들이 그런 질병에 걸려 집으로 돌아온 것이다.

집에 도착한 첫날, 한스는 아버지의 꾸지람을 듣지 않아 기뻤지만, 아버지가 자신을 어려워하며 불안한 마음으로 조심스레 대한다는 것을 알아차렸다. 아버지는 억지로 자신의 감정을 억누르는 듯 낮은 목소리로 말했고, 시험하는 듯한 이상한 눈빛으로 자신을 관찰하고 있었다. 그러면서도 자신의 속내는 보이지 않았고, 그럴수록 한스는 더욱 위축될 뿐이었다. 자신의 처지를 생각하자 막연한 불안감이 들어 고통스러워지기 시작했다.

한스는 날씨가 좋을 때는 밖으로 나가 몇 시간이고 숲 속에 누워 있었고, 그러면 때때로 행복했던 소년 시절이 떠올라 상처받은 영혼이 조금은 회복되는 듯했다. 그는 꽃이나 딱정벌레를 관찰했고, 새들의 지저귀는 소리에 귀 기울였고, 야생동물의 발자취를 쫓으며 즐거움을 얻기도 했다. 하지만 그러는 것은 잠시뿐이었다. 대부분은 이끼 위에 나른하게 누워 있었다. 늘 머리가 무거웠고, 무언가를 생각해 내려고 안간힘을 써보았지만 소용없었다. 결국은 꿈들이 다시 그를 머나먼 다른 공간으로 데려가 버렸다.

한번은 이런 꿈을 꾼 적도 있었다. 한스는 친구 헤르만 하일너가 죽어 들것에 누워 있는 모습을 보고 그에게 다가가려고 했다. 하지만 교장 선생님과 여러 선생님들이 그를 밀어냈다. 한스가 다시 그에게 다가가려 할 때마다 그들은 그를 주먹으로 때렸다. 거기엔 신학교 교사들뿐 아니라, 라틴어 학교 교장 선생님과 슈투트가르트의 시험관들도 와 있었고, 모두 단단히 화가 난 표정이었다. 그러다가 상황이 바뀌었다. 들것에는 물에 빠져 죽은 힌두가 누워 있었고, 우스꽝스럽게 보이는 그의 아버지는 높은 실크해트를 쓴 채 슬픔에 잠겨 구부러진 다리로 옆에 서 있었다.

또 다른 꿈도 꾸었다. 한스는 도망친 하일너를 찾아 숲 속을 달리고 있었다. 멀리 나무들 사이로 하일너가 걸어가는 모습이 보였다. 하지만 한스가 그를 부르려 할 때마다 그는 번번이 사라지고 말았다. 그러다가 마침내 하일너가 걸음을 멈추더니, 가까이 오라고 한 다음 이렇게 말했다. '내게는 애인이 있어.' 그러고 나서 껄껄 웃더니 덤불 속으로 사라져 버렸다.

한스는 잘생기고 깡마른 한 남자가 배에서 내리는 장면을 보기도 했다. 그는 성스러운 조용한 눈과 평화롭고 아름다운 손을 가지고 있었다. 한스는 그를 향해 달려갔지만, 그는 사라지고 말았다. 한스는 그 꿈이 대체 어디에서 연유한 것인지 곰곰이 생각해 보다가, 불현듯 성경의 한 구절이 떠올랐다. '사람들은 곧 예수님을 알아보고 그에게 달려왔다.' 한스는 'περιέδραμον(달려오다)'가 어떤 변화형인지, 그리고 이 동사의 현재형과 부정형과 완료형과 미래형, 또한 단수와 양수兩數, 복수에서의 변화형도 기억해 내려 했다. 하지만 기억이 잘 안 나자 불안해져 식은땀이 났다. 정신을 차려 보니 머릿속이 온통 상처투성이인 듯한 느낌이 들었다. 한스의 얼굴은 졸린 듯한 미소를 띠고 있었는데, 그 미소에는 자신도 모르는 사이에 체념과 죄의식이 깃들어 있었다. 바로 그때 교장 선생님의 목소리가 들려왔다. '왜 그렇게 멍청하게 웃고 있는 건가? 꼭 그렇게 웃어야만 하겠나!'

가끔은 상태가 약간 좋아지는 날도 있었지만, 한스의 상태는 호전될 기미가 없었고 오히려 악화되는 듯했다. 한스의 주치의는 실망한 표정을 지으며 진찰 소견을 차일피일 미루었다. 그는 예전에 한스의 어머니를 치료하고 그녀의 사망 진단을 내렸던 사람이며, 지금은 경미한 통풍에 시달리는 아버지를 돌봐 주고 있었다.

그러던 어느 날, 한스는 라틴어 학교에 다니던 2년 동안 제대로 된 우정을 맺지 못했음을 깨달았다. 당시의 친구들 중 일부는 이미 고향을 떠나 타지로 가버렸고, 일부는 견습공이 되어 고향에 남아 있었다. 한스는 다시 고향에 돌아왔으면서도, 여전히 견습공이 된 친구들과 친해지지 못했다. 그는 그들에게 아무것도 원하는 게 없었고, 그들 역시 한스에게 관심이 없었다. 늙은 교장 선생님이 다정한 말을 두어 번 건넸고 라틴어 선생님과 마을 목사도 거리에서 한스를 만나면 호의적인 눈빛으로 고개를 끄덕여 주었다. 하지만 엄밀히 말하면, 이제 한스는 그들의 관심 대상이 아니었다. 그는 더 이상 그들의 기대를 채워 줄 그릇이, 그들이 씨 앗을 뿌릴 수 있는 밭이 아니기 때문이었다.

마을 목사가 약간이나마 애정을 가지고 한스를 보살펴 주었 더라면 어땠을까. 하지만 그가 더 이상 한스에게 무슨 일을 해줄 수 있단 말인가? 그가 줄 수 있는 지식과 지식을 추구하는 자세 는 벌써 예전에 남김없이 그 소년에게 전수해 주었는데. 그 이상 은 줄 것이 없었다. 그는 고난에 처한 사람이 기꺼이 찾아갈 수 있는 목사는 아니었다. 온갖 고뇌를 덜어 줄 선량한 눈도 가지고 있지 않았고 다정한 말을 해주는 사람도 아니었다. 아버지 역시 한스에게 위로가 되어 주는 친구가 되진 못했다. 한스에 대한 실 망감과 분노를 감추려고 나름 무척 애를 쓰기는 했지만.

한스는 모두에게서 버림받았다는 심정을 안고 조그만 정원에 서 햇볕을 쬐며 앉아 있거나 숲 속에 누워 있었다. 그러면서 몽 상에 잠기거나 고통스러운 상념에 젖기도 했다. 책을 열면 바로 머리와 눈이 아파 오거나 신학교 시절의 불안감이 유령처럼 되 살아나서 독서를 위안으로 삼지도 못했다.

이처럼 고난과 고립무원의 상태에 있는 병든 소년 한스에게, 거짓 위로를 주는 유령이 다가왔다. 그 유령은 점차 소년과 친해 져 마침내 소년에게 필수 불가결한 존재가 되었다. 그것은 자살 욕구였다. 총으로 자살할 수도 있을 것 같았고, 숲 속 어딘가에서 밧줄로 올가미를 만들어 자살할 수도 있을 것 같았다. 산책을 갈 때마다 거의 매일 그런 생각에 시달렸다. 한스는 조용한 장소를 몇 군데 살펴보다가 마침내 편안하게 죽음을 맞이할 자리를 발견하고는 그곳을 죽을 장소로 정했다. 그는 몇 번이고 그 장소를 찾아가서, 머지않은 장래에 사람들이 그곳에서 자신의 시신을 발견하는 상상을 하며 야릇한 쾌감에 젖기도 했다.

밧줄을 매달 나뭇가지를 정하고 그 가지가 자신의 몸무게를 지탱할 수 있는지 시험도 해보았다. 이제 자신의 죽음을 막을 것은 아무것도 없었다. 그는 나중에 자신의 시신 옆에서 발견될 편지도 두 통 썼다. 한 통은 아버지에게 보내는 짧은 편지였고, 한 통은 헤르만 하일너에게 보내는 매우 긴 편지였다.

죽을 준비를 하면서 한스는 안정감을 되찾았다. 그 운명적인 나뭇가지 아래 앉아 있으면 그를 짓누르던 압박감은 어느새 사라지고 쾌감에 가까운 기분을 몇 시간이나 즐길 수 있었다.

왜 진작 나뭇가지에 목을 맬 생각을 하지 않았을까. 자살에의 결심은 점점 확고해져서 죽음은 이미 결정된 일처럼 여겨졌고, 그런 생각을 하면 잠시나마 기분이 좋아졌다. 먼 여행을 앞둔 사람처럼, 그는 마지막 날들의 아름다운 햇살과 고독한 몽상을 즐겼다. 당장이라도 여행길에 오를 수 있었지만, 여전히 이 친숙한 환경 속에서 그는 머무르고 있었다. 자신의 위험천만한 결심을 전혀 모르는 사람들의 얼굴을 바라보노라면 마음 아프기도 했고 묘한 환희가 느껴지기도 했다. 의사를 만날 때마다 한스는 이

렇게 생각했다. '두고 보라지, 깜짝 놀랄 일이 생길 테니까!'

운명의 여신도 한스가 자신의 음울한 계획을 즐기도록 내버려 두었다. 그가 날마다 죽음의 잔을 만지작거리며 몇 방울의 쾌락과 생명력을 즐기는 모습을 지켜봤다. 이미 훼손된 이 젊은 영혼은 그다지 중요하지 않았지만, 그래도 운명의 여신은 일단 그리려던 동그라미를 완성해야 했다. 그가 인생의 쓰디쓴 맛을 보기 전에는 무대에서 내려오게 해서는 안 되었다.

한스는 이제 고통스러운 상념에 시달리는 일이 점점 드물어졌다. 그 대신 될 대로 되라는 식의 체념과 나른함에 빠져들었다. 그런 기분으로 매시간, 하루하루를 아무 생각 없이 흘려보냈고, 태평스럽게 푸른 하늘을 쳐다봤다. 때로는 몽유병자나 어린애처럼 보이기도 했다. 어느 날 한스는 나태하고 몽롱한 기분으로 자신의 집 정원의 가문비나무 아래 앉아 있었다. 그때 라틴어 학교에서 배운 시구가 떠올랐다. 그는 제대로 이해하지도 못하는 그 옛 시구를 중얼거렸다.

"아, 나는 너무 피곤합니다.
아, 나는 너무 지쳤습니다.
지갑에도 주머니에도
돈은 한 푼도 없습니다."

그는 그 시구를 옛날 멜로디에 붙여, 마치 넋이 나간 듯 스무

번이나 읊조렸다. 마침 창가에 서 있던 아버지는 그 읊조림을 듣고는 충격을 받았다. 아들이 아무 생각 없이 즐겁게 무언가를 읊조리고 있는 모습은, 감정이 메마른 아버지에겐 전혀 이해가 되지 않았다. 아버지는 한숨만 내쉬며, 그런 아들의 모습을 치유할 수 없는 정신 쇠퇴의 징후라고 생각했다. 그때부터 아버지는 더욱 불안한 심정으로 아들을 관찰하기 시작했다. 한스는 그런 사실을 알아차리고는 괴로워했지만, 아직은 밧줄을 가지고 나가서 그 튼튼한 나뭇가지에 목을 매달 생각은 없었다.

그사이 뜨거운 계절이 왔다. 주 시험을 치르고 맞았던 여름방학으로부터 벌써 1년이 지난 것이었다. 한스는 이따금 지난날의 추억을 되새겨 보았다. 하지만 그의 감수성은 상당히 무뎌져 있었기에 별다른 감흥은 일어나지 않았다. 다시 낚시를 하고 싶었지만, 아버지에게 그런 말을 꺼낼 엄두가 나지 않았다. 그래서 아무의 눈에도 띄지 않는 강가에 한참을 머물면서, 소리 없이 헤엄치는 물고기들의 움직임을 뜨거운 시선으로 바라보기만 했다.

매일 저녁 무렵이면 그는 수영을 하려고 강 상류로 걸어갔다. 그때마다 매번 감독관 게슬러의 조그만 집을 지나가야 했는데, 그러다가 우연히 자신이 3년 전에 무척 좋아했던 에마 게슬러가 다시 집에 돌아와 있음을 알게 되었다. 그는 호기심 어린 눈길로 그녀를 몇 번 말없이 바라봤다. 하지만 그녀는 예전만큼 마음에 들지 않았다. 날씬하고 매우 아리따운 소녀였던 그녀는 지금은 다 큰 처녀가 되어 있었다. 동작도 우아하지 않았고, 유행을 따른 머리 스타일은 흉하게만 보였다. 기다란 옷도 그녀에게 어울리지 않았다. 숙녀답게 보이려고 애쓰는 모습 역시 무척 어색했다. 한스에게는 그녀의 그런 모습들이 우스꽝스럽게만 보였다. 하지만 동시에 감미롭고 따스했던 옛 시절이 떠올라 애틋해지기도 했다. 당시만 해도 모든 것이 사뭇 달랐다. 세상 모든 것이 훨씬 아름답고, 훨씬 명랑했으며, 훨씬 활기에 넘쳤다! 그 후로 한참 동안 한스는 라틴어, 역사, 그리스어, 시험, 그리고 신학교와 두통밖에 모르는 삶을 살아왔다. 하지만 어린 시절엔 경찰과 강도가 나오는 책을 읽었고, 정원에서 직접 만든 물레방아를 돌리기도 했으며, 저녁이면 나슐트 집 현관 앞에 모여 리제의 모험담을 듣기도 했다. 가리발디라고 불리던 이웃집 할아버지 그로스요한을 살인범이라 생각하며 그에 관한 꿈을 꾸기도 했다. 그리고 매달 즐거운 일들이 기다리고 있었다. 건초 만들기, 풀베기, 첫 낚시, 가재 잡기, 보리 추수, 자두 따기, 감자 굽기, 타작 등등. 일요일과 명절도 즐거웠다. 그 시절에는 그를 끌어당기는 신비스러운 것들도 많았다. 집, 골목, 계단, 곡물 창고의 바닥, 우물, 울타리, 그리고 사랑스럽고 친숙한 사람들과 동물들도 수수께끼로 가득 찬 것만 같았다. 보리 추수를 거들면서 처녀들이 부르는 노래의 가사를 외우기도 했었다. 대부분의 가사들은 웃음이 나올 정도로 우스꽝스러웠지만, 어떤 가사는 몹시도 애절해서 듣고 있노라면 목이 메기도 했었다.

그 모든 일들이 미처 깨닫지 못하는 사이 하나둘 사라져 버렸다. 처음에는 리제의 모험담을 듣지 않게 되었고, 다음에는 일요일 오전의 금붕어 낚시를 중단했으며, 그다음에는 동화책도 읽지 않게 되었다. 그렇게 하나둘 그 즐거운 일들을 그만두었고 마침내는 보리 추수도, 정원의 물레방아를 돌리는 일도 하지 않게 되었다. 아, 그 모든 일들은 다 어디로 사라졌을까?

조숙한 소년 한스는 이제 병에 걸려 비현실적인 제2의 유년기를 체험하게 되었다. 어린 시절을 도둑맞은 그는 갑자기 그리움에 복받쳐 꿈결처럼 느껴지는 그 아름다운 시절로 달아났다. 마치 마법에 걸린 듯 그 추억의 숲을 헤매고 돌아다녔다. 추억은 병적이다 싶을 정도로 강렬하고 선명하게 떠올랐다. 한스는 예전 못지않은 열정으로 그 모든 것들을 다시 체험했다. 기만과 억압에 의해 가로막혔던 한스의 소년 시절이, 마치 오랫동안 막혀 있던 샘물처럼 그의 마음속에서 콸콸 터져 나왔다.

나무의 가지를 잘라 내면 뿌리 근처에서 다시 새로운 싹이 움튼다. 한창 때에 병들어 망가져 버린 영혼도 때론 다시 싹을 틔우는 나무처럼, 꿈으로 가득했던 봄날 같은 어린 시절로 되돌아간다. 마치 유년 시절에서 새로운 희망을 찾아내 끊어진 생명줄을 새로 연결하겠다는 듯. 뿌리에서 움튼 새싹은 다시 힘차게 무럭무럭 자라나는 것 같지만, 겉보기에만 그럴 뿐 예전처럼 온전한 나무가 되지는 않는다.

한스 기벤라트도 마찬가지였다. 그러니 어린이 나라에서 그가 꿈꾸어 온 발자취를 한번 더듬어 볼 필요가 있겠다.

기벤라트의 집은 오래된 돌다리 근처, 서로 판이한 두 거리 사이의 귀퉁이에 있었다. 한쪽 거리는 마을에서 가장 길고 넓으며 멋지게 뻗어 있었다. 그 거리는 게르버 거리라고 불렸다. 다른 한쪽 거리는 가파르게 산 쪽으로 나 있었다. 짧고 좁을 뿐 아니라 볼품없는 그 거리는 '매의 거리'라고 불렸다. 이미 오래전 문을 닫은 어떤 음식점의 간판에 매가 그려져 있어서 그런 이름이 붙은 것이었다.

게르버 거리에는 집집마다 선량하고 건실한 토박이 주민들이 살고 있었다. 그들은 자신의 집과 교회 묘지, 그리고 자신의 정원을 가지고 있었다. 정원은 집 뒤로 가파른 경사를 이룬 계단 모양이었다. 정원의 울타리는 노란 금작화로 뒤덮인, 1870년에 만들어진 철길 둑과 맞닿아 있었다. 그 마을에서 게르버 거리만큼 우아한 곳은 마을 광장밖에 없었다. 말쑥하고 품위 있는 교회, 지방 관청, 법원, 시청, 그리고 교구청이 들어서 있는 광장은 완전히 도회지처럼 보였다. 게르버 거리에는 관공서는 없었지만, 으리으리한 현관문이 달린 오래되거나 새로운 주택, 아담하고 고풍스러운 목골 가옥, 밝은 빛깔의 산뜻한 박공지붕들이 있었다. 친근하고 아늑하며 환한 느낌을 주는 그 집들은 거리의 한쪽 편에만 늘어서 있었다. 맞은편에는 난간이 달린 담벼락 아래로 강물이 흐르고 있었다.

게르버 거리가 밝고 널찍하며 고상한 분위기를 풍기고 있었다면 '매의 거리'는 그 반대였다. 그곳에는 비스듬하고 어두컴컴한 가옥들이 들어서 있었다. 그 가옥들의 회벽은 군데군데 떨어지고 얼룩져 있었다. 박공지붕은 삐죽 튀어나와 있었고, 금이 간 현관문과 창문은 임시로 때워져 있었다. 또한 연통은 구부러져 있고, 처마의 물받이 홈통은 파손되어 있었다. 그 거리의 집들은 서로 공간과 햇빛을 더 많이 차지하려는 듯 삐뚤빼뚤하게 늘어서 있었다. 좁은 골목은 이상한 각도로 굽어져 있어 하루 종일 어두컴컴했고, 비오는 날이나 해진 뒤에는 축축한 암흑천지로 변했다. 그 거리의 모든 집 창문 앞에는 늘 빨래가 잔뜩 널려 있었다. 세 들어 사는 사람이나 하룻밤 묵고 가는 사람을 제외하더라도, 한 집에 사는 가족 수가 너무 많았기 때문이었다. 사람들이 빼곡히 들어차 있는 낡고 기울어진 그 집들마다 가난과 악덕, 질병이 만연해 있었다. 티푸스가 발발하는 곳도, 살인 사건이 벌어지는 곳도 언제나 그 거리에 있는 집들이었다. 마을에 도난 사건이 생기면 맨 먼저 '매의 거리'를 수색했다. 떠돌이 행상인들에게 그곳은 하룻밤 묵을 수 있는 임시 숙소였다. 그들 중엔 연마분硏磨粉 장수 호테호테와 칼이나 가위를 가는 아담 히텔도 있었다. 마을 사람들은 아담 히텔이 온갖 범죄와 악덕을 저지른다고 뒤에서 수군거렸다.

학교에 들어가고 처음 한두 해 동안 한스는 '매의 거리'에 자주 놀러 가곤 했다. 한스는 남루한 옷을 걸친 연한 금발의 악동들 사이에 끼어, 악명 높은 로테 프로뮐러가 들려주는 살인 이야기에 귀를 기울였다. 한때 작은 여관 주인의 아내였던 그녀는 5년간 감옥 생활을 하고 나온 전과자였다. 젊은 시절 미모가 뛰어나 많은 공장 노동자들이 그녀를 둘러싸고 칼부림을 벌였다고 했다. 당시 혼자 외롭게 살고 있던 그녀는, 공장이 문을 닫은 저녁나절이면 사람들을 집으로 들여 커피를 끓이며 이야기를 들려주었다. 이웃에 사는 아낙네들과 젊은 노동자들은 물론, 아이들까지 늘 그녀의 문지방에 둘러앉아 감격하고 전율하며 그녀의 이야기에 귀를 기울였다. 검게 그을린 돌화로 위엔 물 주전자가 끓고 있었다. 그 옆에 놓인 촛불과 푸른 석탄불이 사람들로 가득 찬 침침한 방을 비추고 있었다. 촛불이 일렁이면 벽과 천장에 드리워진 사람들의 커다란 그림자도 일렁여, 마치 방 안에 유령들이 가득 찬 것 같았다.

여덟 살 한스는 그곳에서 핑켄바인 형제와 알게 되어 아버지의 반대에도 불구하고 1년가량 그들과 친구로 지냈다. 그들 형제의 이름은 돌프와 에밀이었다. 그들은 마을에서 가장 닳아빠진 불량소년들이었다. 과일을 훔치거나 작은 산짐승을 밀렵하는 것으로 악명이 높았다. 나쁜 짓을 하는 숙련된 재주로는 그 형제를 따를 자가 없었다. 그들은 틈틈이 새알이나 납 탄환, 어린 까마귀 새끼, 찌르레기, 토끼들을 내다 팔기도 했다. 또한 금지된 밤낚시를 하기도 했고, 마을에 있는 모든 집의 정원을 제집처럼 들락거리기도 했다. 울타리가 아무리 뾰족해도, 담장에 유리 조각이 아무리 촘촘히 박혀 있어도 그들은 손쉽게 뛰어넘을 수 있었다.

하지만 한스가 가장 친하게 어울린 친구는 '매의 거리'에 사는 헤르만 레히텐하일이었다. 그는 고아였고, 병약하나 조숙하고 남다른 데가 있는 아이였다. 그는 한쪽 다리가 짧아 목발을 짚고 다녀야 했기에, 골목길에서 노는 아이들과는 어울릴 수가 없었다. 갸름하고 창백한 얼굴에는 고통스러운 표정이 담겨 있었고, 나이에 걸맞지 않게 입이 퉁명스러워 보였으며, 턱은 너무 뾰족했다. 헤르만은 온갖 방면에서 손재주가 대단히 뛰어났다. 그리고 낚시에 대한 열정이 대단했는데, 바로 그 열정이 한스에게 전해졌다.

당시 레히텐하일은 아직 낚시 허가증이 없었다. 그럼에도 두 소년은 남의 눈에 잘 띄지 않는 곳에서 몰래 낚시를 하곤 했다. 낚시가 즐겁다면 몰래 하는 낚시는 더욱 즐거웠다. 절름발이 레히텐하일은 한스에게 낚싯대를 알맞은 크기로 자르는 법, 말총을 꼬는 법, 낚싯줄을 길들이는 법, 실을 올가미처럼 매는 법, 낚싯바늘을 뾰족하게 가는 법을 가르쳐 주었다. 또한 날씨를 살피는 법, 강물을 지켜보는 법, 쌀겨를 풀어 물을 흐리게 하는 법, 알맞은 미끼를 고르는 법, 미끼를 바늘에 올바로 다는 법, 물고기 종류를 구별하는 법, 물고기들이 낚싯대로 달려드는 소리를 알아듣는 법, 낚싯줄을 적정한 깊이로 드리우는 법도 알려 주었다. 그는 아무 말 없이 그저 시범을 통해 낚싯줄을 당기거나 늦추는 손동작과 그때의 느낌을 섬세하게 전달해 주었다. 또한 낚시 가게에서 살 수 있는 멋진 낚싯대나 코르크, 유리 줄 같은 인공적인 낚시

도구들을 비웃으며, 손수 만들고 조립한 도구로만 물고기를 제대로 낚을 수 있음을 알려 줬다.

핑켄바인 형제는 한스와 심하게 다투는 바람에 그를 떠났지만, 다리를 저는 조용한 레히텐하일은 그와 다투지 않았는데도 그의 곁을 떠나 버렸다. 2월 어느 날 그는 의자 위에 옷과 목발을 올려놓고는 작고 초라한 침대에 드러누웠다. 그는 고열에 시달리다가 바로 숨을 거두어 먼 나라로 떠나 버렸다. '매의 거리'에 사는 사람들은 즉시 레히텐하일을 잊어버렸지만, 한스는 그를 오랫동안 기억했다.

'매의 거리'에는 레히텐하일 말고도 유별난 사람들이 적지 않았다. 음주벽 때문에 해고당한 우편집배원 뢰털러를 모르는 사람이 누가 있겠는가? 그는 2주에 한 번꼴로 만취해 길거리에 쓰러져 있거나 한밤중에 소동을 일으켰다. 하지만 술에 취하지 않았을 때는 어린아이처럼 착하고 다정한 얼굴에 미소를 가득 담고 있었다. 그는 한스에게 타원형 담배통에서 나는 냄새를 맡아 보라고 했고, 때로는 한스가 잡아 온 물고기를 달라고 해서 버터를 발라 구워 먹기도 했다. 또한 한스를 점심 식사에 초대하기도 했다. 그는 유리 눈알이 박힌 말똥가리 박제와, 가냘프고 고운 음색으로 낡은 춤곡을 연주하는 오래된 오르골 시계를 가지고 있었다.

아주 늙은 기계공 포르슈도 있었다. 그는 맨발로 걸어 다니면서도 소맷부리 장식은 꼭 달고 다녔다. 그의 아버지는 엄격한 초등학교 교사였다. 그래서인지 포르슈는 성경의 절반을 암기할 수 있었고, 격언이나 도덕적인 금언도 잔뜩 외우고 다녔다. 하지만 머리가 하얗게 센 나이에도 아무 여자나 쫓아다니며 치근댔고, 걸핏하면 술을 퍼마셨다. 술이 조금 오른다 싶으면, 기벤라트의 집 모퉁이에 있는 연석에 걸터앉아 지나가는 사람들의 이름을 불러 대며 격언을 잔뜩 늘어놓았다.

"한스 기벤라트 2세, 내 사랑하는 아들아, 내 말 좀 듣거라! 시라흐[+]가 뭐라고 말하더냐? 남에게 그릇된 충고를 하지 않아 양심의 가책을 받지 않는 사람은 복이 있나니! 그는 마치 아름다운 나무에 달린 푸르른 나뭇잎과 같으니라. 어떤 잎은 떨어지고, 어떤 잎은 다시 자라난다. 사람들의 인생도 이와 마찬가지다. 어떤 자는 죽고, 어떤 자는 태어난다. 자, 이젠 집에 가도 좋다, 이 바다표범 같은 녀석아."

이 포르슈 노인은 경건한 뜻이 담긴 격언 말고도 유령이나 그와 비슷한 것에 대한 신비롭고 전설 같은 이야기도 많이 알았다. 그는 유령이 돌아다니는 장소들도 알고 있었지만, 자신이 들려주는 이야기에 대한 신뢰와 불신 사이에서 언제나 동요했다. 대체로 그는 자신이 하는 이야기나 그것을 듣는 사람들을 비웃기라도 하듯, 회의적이고 깔보는 말투로 이야기를 시작했다. 하지만

[+] Jesus ben Sirach. 기원전 2세기경 예루살렘에서 살았던 사람으로 구약성경의 외경을 쓴 지혜문학가로 알려져 있다.

이야기를 하는 동안 차츰 겁에 질려 몸을 움츠리며 점점 목소리를 낮추었다. 끝에 가서는 나지막이 속삭이는 어조로 말해, 이야기가 더욱 섬뜩하게 들렸다.

그 초라하고 좁은 골목에 무시무시하고 내막을 알기 어려운 매력적인 것들이 얼마나 많았던가! 철물공 브렌들레도 그곳에 살고 있었다. 그의 작업장은 아무렇게나 방치된 채 황폐해져 있었고, 그는 반나절 동안 그 작업장의 조그만 창가에 앉아 활기찬 골목을 침울하게 바라보곤 했다. 그러다가 누더기 옷에 세수도 하지 않은 동네 아이 한 명을 잡아, 고소한 표정으로 귀와 머리카락을 잡아당기기도 했고 온몸에 시퍼렇게 멍이 들 정도로 꼬집어 대기도 했다. 어느 날 그는 철사로 목을 맨 채 층계에 매달려 있었다. 그 모습이 너무 끔찍해 아무도 감히 다가가지 못했다. 마침내 늙은 기계공 포르슈가 뒤로 다가가 함석 자르는 가위로 그의 목이 매달려 있는 철사를 잘랐다. 그러자 혀를 쑥 내민 시체가 덜커덩덜커덩 소리를 내며 계단을 굴러 내려와 구경꾼들을 소스라치게 놀라게 했다.

한스는 밝고 넓은 게르버 거리를 벗어나 음침하고 축축한 '매의 거리'에 발을 들여놓을 때마다 숨 막히는 긴장감과 함께 묘한 기분을 느꼈었다. 호기심과 두려움, 양심의 가책과 모험에 대한 기대감이 뒤섞인 기분을. '매의 거리'는 동화나 기적, 전대미문의 끔찍한 일이 일어날 수 있는 유일한 곳이기 때문이었다. 또한 마법이나 유령이 있을 법한 장소이기도 했다. 그곳에 있으면 영웅 전설이나 로이트링거의 추잡한 통속 소설을 읽을 때 느껴지는, 고통스러우리만치 달콤한 전율을 느낄 수 있었다. 선생님들에게 압수당하기 마련인 그 소설들에는 존넨비르틀레, 쉰더하네스, 메서카를레, 포스트미헬, 또는 그들과 비슷한 암흑가의 영웅이나 중범죄자, 떠돌이꾼들의 파렴치한 행각과 그들을 처벌한 내용이 담겨 있었다.

'매의 거리' 말고도 색다른 곳이 한 군데 더 있었다. 근처에 있는 커다랗고 낡은 제혁 공장 건물이었다. 그곳의 어두침침한 다락방에는 커다란 가죽들이 걸려 있었고, 지하실에는 뚜껑이 덮인 통과 금지된 통로들이 있었다. 리제가 저녁에 아이들을 모아 놓고 자신의 놀라운 이야기를 들려준 곳도 바로 그 건물이었다. 그곳은 건너편에 있는 '매의 거리'보다는 정감 있고 고요하게 보였다. 하지만, '매의 거리' 못지않게 수수께끼 같은 곳이었다. 지하실은 물론 뜰이나 다락방에서 일하는 제혁 직공들의 모습도 이상하고 독특해 보였다. 입을 쩍 벌리고 있는 커다랗고 조용한 방들은 무시무시하고도 매력적이었다. 무뚝뚝해 보이는 거구의 그 건물 주인은 마치 식인종처럼 두려움과 기피의 대상이었다. 리제는 그 기묘한 건물에서 요정처럼 이리저리 돌아다녔다. 매우 친절한 그녀는 모든 아이들과 새들과 고양이들과 강아지들의 보호자이자 어머니였고, 동화나 노래 가사를 많이 알고 있었다.

벌써 오래전에 낯설어져 버린 그 세계 속에서 소년 한스의 생각과 꿈이 움직이고 있었다. 심한 환멸과 절망으로부터 도망쳐 좋았던 지난 시절로 되돌아간 것이다. 그때는 아직 희망에 차 있었고, 자기 앞에 놓인 세계가 거대한 마법의 숲처럼 보였었다. 그때 그는 그 숲 속에 끔찍한 위험과 마법에 걸린 보물, 그리고 에메랄드 성들이 숨겨져 있다고 생각했었다. 한스는 그 울창한 숲 속에 발을 들여놓기는 했지만, 기적이 일어나기 전에 그만 지쳐 버렸다. 이제 다시 그 비밀에 싸인 어스름한 입구에 서 있긴 했지만, 그저 미지근한 호기심을 지닌 국외자일 뿐이었다.

한스는 '매의 거리'를 몇 번 다시 찾아갔다. 어스름한 분위기, 메스꺼운 냄새, 햇빛이 들지 않는 계단은 옛날과 다름 없었다. 여전히 늙은 남자와 여자들이 문 앞에 앉아 있었고, 씻지 않은 연한 금발의 아이들이 고함을 질러 대며 뛰놀고 있었다. 기계공 포르슈는 너무 늙어서 한스를 알아보지도 못했다. 한스가 수줍은 듯 인사를 했지만 그는 그저 비웃으며 불평을 늘어놓을 뿐이었다. 가리발디라고 불리던 그로스요한은 이미 세상을 떠나고 없었고, 로테 프로밀러도 마찬가지였다. 우편집배원 뢰털러는 아직도 그곳에 살고 있었다. 그는 악동들이 자신의 오르골 시계를 망가뜨려 버렸다면서, 한스에게 코담배를 맡게 한 다음 구걸을 했다. 그러고는 핑켄바인 형제 이야기를 들려주었다. 한 녀석은 지금 담배 공장에 다니는데 이미 어른처럼 술을 퍼마신다고 했다. 다른 녀석은 교회 헌당식에서 칼부림을 벌이고 도망을 친 뒤로 벌써 1년 넘게 소식이 없다고 했다. 한스는 이곳의 모든 것이 애처로워 보였다.

어느 날 저녁 한스는 제혁 공장 안으로 들어가 보았다. 오래된 그 커다란 건물 속에 사라져 버린 어린 시절의 온갖 즐거운 추억들이 숨겨져 있는 것 같아서였다.

고르지 못한 발걸음으로 포석이 깔린 현관을 지나 어두컴컴한 계단을 올라갔다. 그리고 쫙 펴진 가죽이 걸려 있던 다락방 쪽으로 더듬더듬 나아갔다. 다락방에 도착하자 코를 찌르는 가죽 냄새와 함께 추억의 뭉게구름이 휘몰아쳤다. 그는 다시 계단을 내려가 뒤뜰로 향했다. 예전에 그곳에는 가죽을 담가 두는 통과 가죽에서 나오는 진득진득한 찌꺼기를 말리는 높다란 건조대가 있었다. 아니나 다를까, 뒤뜰 담장 옆에 놓인 의자에 리제가 앉아 있었다. 그녀 앞에는 감자를 담은 바구니가 놓여 있었고, 그녀 주위에는 여러 명의 아이들이 그녀의 말에 귀를 기울이며 둘러앉아 있었다.

한스는 어두컴컴한 문턱에 서서 그쪽으로 귀를 기울였다. 어둑어둑해지는 제혁 공장의 뜰은 커다란 평화로 충만했다. 뜰 담장 뒤편으로는 강물이 흘러가고 있었다. 강물이 약하게 쏴쏴 흘러가는 소리 말고는 그녀가 칼로 감자 껍질을 벗기는 사각사각하는 소리와, 그녀가 아이들에게 들려주는 이야기 소리만 들릴 뿐이었다. 아이들은 조용히 꼼짝도 않고 웅크리고 있었다. 그녀는 한밤중에 강 건너편에서 자기를 부르는 한 어린아이의 목소리를 들은 성 크리스토퍼*의 이야기를 들려주고 있었다.

한스는 잠시 귀를 기울였다. 그런 다음 어두컴컴한 현관을 조용히 빠져나와 집으로 돌아갔다. 그는 다시는 어린아이가 될 수 없음을, 다시는 저녁에 리제 곁에 앉아 그녀의 이야기를 들을 수 없음을 깨달았다. 그리고 다시는 '매의 거리'에도, 제혁 공장에도 가지 않기로 마음먹었다.

✦ 소아시아에서 순교한 순교자로 여행자의 수호신이다. 그는 사람들을 어깨에 메고 강을 건너다 주는 일로 생계를 꾸리는 이교도의 거인이었는데, 후에 기독교로 개종했다. 어느 날 그는 조그만 어린아이를 손님으로 받아 강을 건넜는데, 물속으로 깊이 들어갈수록 아이가 점점 무거워져서 강을 건너기가 힘들었다. 그가 이상한 일이라며 중얼거리자, 어린아이는 "너는 지금 전 세계를 옮기고 있는 것이다. 나는 네가 찾던 왕, 예수 그리스도다"라고 말했다고 한다.

제6장

어느덧 가을이 깊어 가고 있었다. 컴컴한 숲 가운데 서 있는 활엽수들이 횃불처럼 노랗고 붉게 타오르고 있었다. 골짜기에는 벌써 짙은 안개가 끼었고, 아침에는 서늘한 강물에서 연무가 피어올랐다.

예전에 신학교 학생이었던 한스는 이제 날이면 날마다 창백한 얼굴로 밖을 쏘다녔다. 사람들과 어울릴 수도 있었지만, 내키지도 않았고 몸도 피곤했기에 일부러 교제를 피했다. 의사는 그에게 물약과 간유, 달걀과 냉수욕을 처방했다.

하지만 그 어떤 것도 한스에게 도움이 되지 않았다. 당연했다. 건강을 되찾으려면 삶의 목적이 있어야 하는데, 젊은 기벤라트에 게는 그런 것이 사라져 버렸기 때문이었다. 아버지는 한스를 서

기나 수공업자로 만들려고 마음먹었다. 하지만 아직도 한스는 쇠약해서 몸을 회복할 시간이 필요했다.

처음에 느꼈던 혼란스러운 상념들이 차분히 가라앉으면서 한스는 더 이상 자살도 생각하지 않게 되었다. 즉 한스는 흥분되고 변덕스러운 불안 상태에서 벗어나 멜랑콜리의 상태로 넘어가 버렸다. 마치 물렁물렁한 진흙 속에 빠진 듯 그는 아무 저항 없이 그런 상태에 빠져 있었다.

그는 가을 들판을 돌아다니며 계절의 영향에 굴복했다. 저물어 가는 가을, 조용히 떨어지는 낙엽, 갈색으로 물들어 가는 풀밭, 새벽녘의 짙은 안개, 너무 자라서 말라 죽어 가는 식물, 그런 것들로 인해 무겁고 절망적인 기분과 슬픈 생각에 빠졌다. 한스 같은 신경증 환자라면 누구라도 그러했으리라. 그는 사라져 잠들 듯 죽고 싶었지만, 그의 청춘은 조용하지만 끈질기게 삶에 집착하고 있었다.

한스는 노란 잎새가 갈색으로 변했다가 마침내 앙상하게 시들고 마는 과정을 지켜봤다. 또한 숲 속에서 모락모락 피어오르는 우윳빛 안개와 과일 수확이 끝난 뒤에 생명이 꺼져 버린 정원을 지켜봤다. 이제 시들어 가는 정원의 꽃에 눈길을 보내는 사람은 없었다. 또한 한스는 더 이상 수영이나 낚시하는 사람이 없는 강물을 지켜봤다. 강물은 메마른 나뭇잎으로 뒤덮여 있었다. 쌀쌀한 강가를 아직도 지키고 있는 사람은 제혁 공장의 강인한 직공들밖에 없었다. 며칠 전부터 강물에는 사과즙 찌꺼기들이 둥둥 떠내려가고 있었다. 압착장이나 방앗간들에서 열심히 사과즙을 짜고 있었기 때문이었다. 골목마다 발효하기 시작한 사과즙 냄새가 은은하게 풍겼다.

구두장이 플라이크도 조그만 압착기를 빌렸다. 그러고는 아랫마을 방앗간에서 같이 사과즙을 짜자고 한스를 초대했다.

방앗간의 앞뜰에는 크고 작은 압착기, 달구지, 사과가 가득 담긴 바구니와 자루, 손잡이가 두 개 달린 큰 통, 등에 짊어지는 통, 대야, 나무로 만든 통, 산더미처럼 쌓인 갈색 사과즙 찌꺼기, 나무로 만든 지렛대, 손수레, 짐칸이 빈 운반용 차량 등이 잔뜩 널려 있었다. 압착기가 삐걱대고 돌아가며 사과즙을 찍찍 짜는 소리가 들렸다. 거기 있는 대부분의 물건들은 녹색으로 칠해져 있었다. 그 녹색은 황갈색의 사과즙 찌꺼기, 사과 바구니, 담녹색의 강물, 맨발의 아이들, 그리고 맑은 가을 햇살과 어우러져 모든 이들에게 기쁨과 삶의 의욕을 불러일으켰다.

사과들이 으스러지는 소리는 귀에 거슬렸지만 군침을 돋우기도 했다. 그 소리를 들으면 얼른 사과 하나를 들고 베어 물지 않을 수 없었다. 압착기의 관을 통해서 갓 짜낸 달콤한 사과즙이 햇빛을 받아 밝은 적황색을 띠며 흘러나왔다. 그것을 본 사람은, 그 사과즙을 한 잔 달라고 청해 재빨리 맛을 보지 않을 수 없었다. 그러고는 그 자리에 멈춰 서서 두 눈이 촉촉해지며 몸속에 퍼져 나가는 달콤함과 행복감을 느꼈다. 그 감미로운 사과즙은 널리 퍼져 나가 주변의 공기를 즐겁고 맛 좋은 향내로 가득 채웠다.

그 사과 향내야말로 한 해의 성숙과 수확을 의미하는 정수였다. 겨울이 되기 전에 그 향내를 맡을 수 있다는 건 축복이었다. 그 향내를 맡으며 사람들은 감사의 마음으로 즐겁고 놀라웠던 수많은 일들을 떠올렸다. 소리 없이 내리던 5월의 비, 주룩주룩 쏟아지던 여름비, 서늘한 가을의 아침 이슬, 봄날의 부드러운 햇살, 따갑게 내리쬐던 여름의 뙤약볕, 하얗고 빨갛게 빛나던 꽃봉오리, 수확 전의 사과들이 보여 주던 적갈색의 광택, 그렇게 철마다 찾아온 온갖 아름답고 즐거운 일들을 떠올렸다.

누구에게나 찬란한 계절이었다. 부유하고 거만한 사람들도 밖으로 나와 손수 탐스러운 사과를 따서 무게를 가늠해 보기도 하고, 열두 개나 그보다 더 많은 사과 포대 숫자를 세어 보기도 하고, 휴대용 은잔으로 사과즙을 맛보기도 했다. 그리고 자기네 사과즙에는 물을 한 방울도 넣지 않았다며 크게 외치기도 했다. 가난한 사람들은 한 포대 정도의 사과만 수확할 수 있었다. 그들은 유리잔이나 질그릇으로 사과즙을 맛보고는 거기 물을 탔지만, 그렇다고 그들의 자부심이나 행복이 덜해지진 않았다. 사과즙을 짤 수 없는 사람들은 친지나 이웃들의 집을 돌아다니며 한 잔씩 얻어 마셨고, 사과를 주머니에 받아 넣기도 했다. 그러면서 사과에 대한 전문가다운 식견을 늘어놓기도 했다.

가난한 집 아이나 부잣집 아이나 모두 한 손에는 사과즙이 든 조그만 잔을, 다른 손에는 빵을 들고 돌아다녔다. 갓 짠 사과즙과 함께 빵을 먹으면 복통을 앓지 않는다는 근거 없는 전설 때문이었다.

시끄럽게 떠들어 대는 아이들 소리는 물론 어른들의 고함 소리도 들려왔다. 분주한 그 모든 목소리들은 흥분과 기쁨에 들떠 있었다.

"이리 와라, 한스, 나한테로 와! 한 잔 마셔 보렴!"

"감사합니다, 감사합니다. 하지만 벌써 배가 불러서요."

"50킬로그램당 얼마나 주었나?"

"4마르크야. 하지만 품질이 아주 좋아. 맛 좀 보게나."

이따금 사과를 담은 자루가 풀어져 사과들이 땅바닥에 떼굴떼굴 나뒹구는 일이 벌어지기도 했다.

"이런, 제기랄. 내 사과! 날 좀 도와주시오, 여러분!"

그러면 모든 사람들이 나서서 사과를 주워 담았다. 몇몇 개구쟁이 녀석들은 그 틈에 사과를 슬쩍하려고 하기도 했다.

"야, 이 녀석들아, 집어 가진 마라! 먹고 싶은 만큼 실컷 먹어도 되지만, 주머니에 집어넣진 말라고. 잠깐, 이 녀석, 가만 놔두지 못하겠니!"

"어이, 여보시오! 그렇게 빼기지만 말고, 내 것도 맛 좀 보시오!"

"꿀맛이구만! 정말 꿀맛이야. 대체 얼마나 만들었소?"

"두 통밖에 안 만들었지만, 톡톡히 재미를 보았소."

"한여름에 짜지 않은 게 천만다행이야. 그랬더라면 아마 다 마셔 버렸을 거야."

올해에도 까다로운 늙은이들 몇 명이 어김없이 그곳에 나타났다. 자신들이 직접 과일즙을 짰던 것은 벌써 오래전이었지만, 그들은 뭐든 모르는 게 없는 사람들이었다. 그들은 과일을 거저 얻는 거나 마찬가지였던 옛 시절의 이야기를 들려주었다. 그때는 모든 과일들이 지금보다 훨씬 값도 쌌고 질도 좋았으며, 과일즙에 설탕을 탄다는 건 생각조차 못했으며, 나무에 열린 과일의 질이 지금과는 완전히 달랐다는 등의 이야기를 늘어놓았다.

"그때는 수확이 제대로였지. 내 사과나무 하나에서만 250킬로그램의 사과를 수확했으니까."

그 까다로운 늙은이들은 시절이 나빠졌다고 하면서도 여기저기 돌아다니며 올해의 사과즙을 충분히 맛보았다. 아직 치아가 있는 늙은이들은 사과를 베어 먹으려 애쓰기도 했다. 한 늙은이는 커다란 배를 몇 개나 먹었다가 배탈이 나서 불평을 늘어놓았다. "왕년에는 이런 거 열 개쯤 먹어도 끄떡없었는데." 그는 그 시절을 생각하며 한숨을 푹 내쉬었다.

플라이크 씨는 북적거리는 사람들 한가운데에 압착기를 세워놓고, 나이가 좀 들어 보이는 구두장이 견습공의 도움을 받아 사과즙을 짜고 있었다. 그는 바텐에서 정기적으로 사과를 가져오기 때문에, 그의 사과즙은 언제나 최상품이었다. 그는 기분이 좋아 보였고, 맛을 보려는 사람들도 물리치지 않았다. 사람들 틈에 끼어 떠밀리기도 하는 그의 자식들도 신이 나 보였다. 하지만 가장 기분이 좋아 보이는 사람은 플라이크의 견습공이었다. 그는 밖으로 나와 즐길 수 있다는 것이, 사과즙을 마음껏 맛볼 수 있다는 것이 마냥 행복하기만 했다. 두메산골에서 태어난 가난한 농부의 자식인 그는, 사과즙이 너무도 달콤해 더욱 신이 났다. 농촌 총각다운 그의 건강한 얼굴은 사티로스*의 가면처럼 히죽히죽 웃고 있었다. 구두장이의 두 손은 오늘따라 여느 일요일보다 더 깨끗해 보였다.

한스 기벤라트는 처음 여기 왔을 땐 불안한 듯 아무 말이 없었다. 흔쾌한 마음으로 온 것이 아니기 때문이었다. 하지만 압착기에서 짠 최초의 사과즙을, 그것도 나슐트 집안의 리제가 건네주자, 달콤하고 강렬한 사과즙의 맛과 함께 예전의 가을 추억들이 하나둘 되살아났다. 동시에 그때처럼 다시 한 번 사람들과 어울리고 싶은 욕망도 슬그머니 일어났다. 얼굴을 아는 사람들이 그에게 말을 걸며 사과즙이 담긴 잔을 건넸다. 플라이크의 압착기가 있는 곳에 왔을 때, 그는 흥겨운 분위기와 사과즙에 취해 기분이 완전히 달라져 있었다. 그는 매우 쾌활한 기분으로 구두장이 아저씨에게 인사를 건넸고, 사과즙에 관한 농담을 몇 마디 늘어놓기도 했다. 구두장이 플라이크는 놀라움을 감추며 그를 반갑게 맞이해 주었다.

30분쯤 후, 파란색 스커트를 입은 아가씨가 다가와서 플라이크와 그의 견습공에게 미소를 지으며 인사를 하고는 사과즙 짜

---

* 그리스 신화에서 반인반수의 숲의 신.

는 일을 거들기 시작했다.

"아, 참!" 구두장이 아저씨가 말했다. "여긴 하일브론에서 온 내 조카딸이란다. 이 아이의 고향에서는 포도가 많이 나지."

그녀는 열여덟이나 열아홉쯤 되어 보였다. 저지대 출신이 보통 그렇듯 활달하고 명랑해 보였다. 키는 크지 않았지만, 균형 잡히고 풍만한 몸매였다. 동그란 얼굴에 따뜻한 시선의 검은 눈, 입 맞추고 싶은 귀여운 입을 가진 그녀는 명랑하고 총명해 보였다. 그야말로 건강하고 쾌활한 하일브론 아가씨처럼 보였지만, 어느 면으로 봐도 경건한 구두장이의 친척처럼 보이지는 않았다. 그녀는 철저하게 속세의 인물로 보였다. 밤에 성경이나 고스너의 『작은 보물 상자』를 읽을 것 같지는 않았다.

한스는 갑자기 근심스러운 표정이 되어 에마가 어서 가주기를 진심으로 바랐다. 하지만 그녀는 자리를 뜰 생각은 전혀 없는 듯 깔깔대고 재잘거렸으며, 어떤 농담도 민첩하게 받아넘겼다. 한스는 부끄러운 나머지 입을 꼭 다물고 말았다. '당신'이라는 호칭을 써야 하는 젊은 아가씨와 같이 있는 것 자체가 끔찍했는데, 이 아가씨는 더구나 활달한 수다쟁이였다. 그녀는 옆에 있는 한스가 수줍어해도 전혀 개의치 않았다. 한스는 약간 모욕을 당한 듯 어색한 표정을 지으며 수레바퀴에 살짝 치인 민달팽이처럼 촉수를 움츠리고 껍질 속으로 들어가 버렸다. 그는 아무 말도 하지 않고 지루해하는 사람처럼 보이려고 애썼지만, 뜻대로 되지 않았다. 아는 사람이 방금 죽기라도 한 듯한 표정만 지을 뿐이었다.

하지만 아무도 그런 한스에게 신경 쓰고 어쩌고 할 시간이 없었다. 에마는 두말할 나위도 없었다. 듣자 하니 그녀가 플라이크 아저씨 집에 놀러 온 지는 2주 전이었는데, 벌써 이 동네 사람들을 다 알고 있었다. 그녀는 신분이 높고 낮음을 가리지 않고 누구에게나 쪼르르 달려가 새로 짠 사과즙을 맛보기도 하고, 익살을 떨며 깔깔 웃기도 했다. 그러다가 다시 돌아와 열심히 일을 거드는 척했고, 아이들을 팔에 안고 사과를 주기도 했다. 그녀는 주위에 온통 웃음과 흥겨운 분위기를 퍼뜨리고 다녔다. 개구쟁이 아이들이 지나가면 매번 불러 세워 이렇게 말했다. "사과 먹을래?" 그러고는 탐스런 빨간 사과를 등 뒤에 감춘 뒤 이렇게 말했다. "오른손에 있게, 왼손에 있게?" 사과가 아이들이 가리킨 손에 들려 있는 적은 한 번도 없었다. 아이들이 욕을 하면 그제야 비로소 사과를 내주었다. 비교적 작고 덜 익은 풋사과를.

그녀는 이미 한스에 대해서도 들어서 알고 있는 모양이었다. 한스에게 언제나 두통을 앓는다는 게 정말인지 물어보았다. 그러고는 한스가 미처 대답하기도 전에 옆에 있는 사람들과 이야기를 주고받았다.

한스가 살그머니 도망쳐 집으로 가야겠다고 생각했을 때, 플라이크 아저씨가 그의 손에 압착기 지렛대를 쥐여 주며 말했다.

"조금만 더 도와줘. 에마도 도와줄 거야. 난 작업장에 가봐야 해서."

그러고는 구두장이는 가버렸다. 구두장이 부인은 견습공과 함께 사과즙 나르는 일을 맡았고, 한스는 에마와 단둘이 압착기 옆에 서 있게 됐다. 그는 이를 악물고 열심히 일하기 시작했다. 어느 순간 지렛대가 너무 무겁게 느껴져 고개를 들자, 에마가 크게 웃음을 터뜨렸다. 그녀가 장난 삼아 지렛대를 가로막고 있었던 것이다. 한스가 화를 내며 다시 지렛대를 잡아당겼지만, 그녀는 또다시 지렛대를 가로막았다.

한스는 아무 말도 하지 않았지만, 소녀가 몸으로 가로막고 있는 지렛대를 돌리는 동안 갑자기 창피하고 가슴이 답답해졌다. 그래서 지렛대 돌리기를 서서히 멈추었다. 그는 불안하기도 했고 달콤한 기분이 들기도 했다. 젊은 아가씨가 자신의 얼굴을 당돌하게 빤히 쳐다보며 깔깔대자, 그녀가 친근하게 느껴지면서도 한편으론 더욱 낯설게도 느껴졌다. 한스도 어색하지만 다정한 미소를 지어 보였다.

그러다가 지렛대가 완전히 멈추었다.

에마가 말했다. "우리 너무 악착같이 일하지 말아요." 그러고는 자신이 방금 마신 잔을 한스에게 건네주었다.

그 사과즙 한 모금이 그에게는 아까 마셨던 것보다 더 강렬하고 달콤하게 느껴졌다. 한스는 그걸 다 마시고 나서 더 마시고 싶은 듯 빈 잔을 들여다보았다. 자신의 심장이 격렬하게 고동치고 호흡도 가빠지는 것이 이상했다.

두 사람은 다시 일을 시작했다. 한스는 어떻게든 그녀의 스커트가 자신의 몸을 스치게 하고, 그녀의 손이 자신의 손에 닿도록 하면서도, 자신이 무슨 일을 하고 있는지 알지 못했다. 하지만 그런 일이 일어날 때마다 그의 심장은 불안에 찬 희열로 멎어 버릴 것만 같았다. 기분 좋은 달콤한 행복감으로 인해 온몸에 힘이 빠져 무릎이 후들거렸고, 머릿속에서는 뭔가가 어지럽게 윙윙거렸다.

한스는 무슨 말을 하는지도 모르면서 그녀와 이야기를 주고받았고, 그녀가 웃으면 따라 웃고 그녀가 어리석은 짓을 하면 손가락으로 지적하기도 했다. 그녀가 건네준 잔을 두 번이나 다 마셔 버리기도 했다. 그와 동시에 수많은 기억의 편린들이 그를 스치며 지나갔다. 저녁 무렵 사내들과 함께 대문 앞에 서 있던 하녀들, 이야기책에 나왔던 몇 개의 문장들, 신학교에 다니던 시절 헤르만 하일너가 자기에게 했던 입맞춤, 그리고 친구들끼리 '애인이 생기면 어떨까' 하며 나눴던 수많은 이야기들이. 한스는 노새가 산을 오를 때처럼 가쁘게 숨을 몰아쉬었다.

모든 것이 다르게 보였다. 주위에서 분주히 일하고 떠드는 사람들은 다채로운 색으로 빛나는 구름처럼 보였고, 그들의 말소리, 욕하는 소리, 웃음소리는 흐릿한 웅성거림으로만 들렸다. 강물과 낡은 다리는 한 폭의 그림처럼 아련하게만 보였다.

에마도 다르게 보였다. 그녀의 얼굴은 더 이상 한눈에 들어오지 않았고 다만 쾌활해 보이는 까만 눈, 불그스레한 입술, 입속의 뾰족한 하얀 이가 따로따로 보일 뿐이었다. 그녀의 형체는 녹아 희미해져 보이는 것이라곤 하나하나의 부분밖에 없었다. 때로는 검은 양말과 단화만 보였고, 때로는 목덜미에 내려와 있는 흐트러진 곱슬머리만, 때로는 푸른 목도리 밖으로 설핏 드러난 햇볕에 그을린 둥근 목만, 때로는 팽팽하게 긴장한 어깨와 그 아래로 숨 쉴 때마다 일렁거리는 가슴만, 때로는 투명하고도 불그스름한 귀만 보였다.

잠시 뒤 에마는 두 개의 손잡이가 달린 큰 통 속에 그만 잔을 떨어뜨리고 말았다. 그녀가 잔을 건지려고 몸을 기울이자 그녀의 무릎이 한스의 손목에 닿았다. 한스도 천천히 몸을 굽히다가 얼굴이 그녀의 머리카락에 닿을 뻔했다. 그녀의 머리카락에선 은은한 향내가 났다. 흐트러져 내린 곱슬머리에 그늘져 있는 따스하고 고운 그녀의 갈색 목덜미는 단단하게 채워진 푸른 코르셋 속으로 사라져 버렸다.

에마가 다시 몸을 일으키자 그녀의 무릎이 한스의 팔에 닿았고, 그녀의 머리카락이 그의 뺨을 스쳤다. 허리를 굽히고 있다가 일어나서인지 그녀의 얼굴은 빨갛게 달아올라 있었다. 한스의 온몸은 전율했다. 얼굴은 창백해졌고, 일순 피로감이 몰려와 압착기의 나사를 꽉 붙잡아야 했다. 그의 심장은 경련하듯 마구 뛰었고, 팔에서는 힘이 빠져나갔고, 어깨가 아파 왔다.

그때부터 한스는 거의 한마디도 하지 않고 소녀의 눈길을 피해 버렸다. 그녀도 그에게서 시선을 돌리자, 그는 정체 모를 쾌감과 고통을 동시에 느끼며 그녀를 빤히 쳐다봤다. 그 순간 그의 내면에서 무언가가 끊어져 버렸다. 그리고 저 멀리로 푸른 해안

이, 자신을 유혹하는 낯설고 새로운 세계가 그의 영혼 앞에 펼쳐
졌다. 그는 지금 느껴지는 고통과 쾌감 중 무엇이 더 큰지 알지
못했다. 그의 쾌감은 왕성한 사랑과 엄청난 생명력에 대한 최초
의 예감을 의미했다. 그의 고통은 아침의 평화가 깨어졌다는 것,
자신의 영혼이 어린 시절의 세계를 영원히 떠나 버렸다는 것을
의미했다. 인생 최초의 난파를 간신히 모면했던 한스의 가벼운
조각배는 이제 엄청난 위력을 지닌 새로운 폭풍 속으로, 위험한
암초 근처에서 아가리를 벌리고 있는 심연 속으로 빠져들고 있었
다. 지금까지 그가 최상의 인도를 받았던 젊은이라 해도, 이제부
터는 안내자의 도움 없이 자신의 힘으로 심연과 암초를 벗어날
방법을 찾아야 했다.

마침 구두장이의 견습공이 다시 돌아와 한스의 일을 교대해
주었다. 그럼에도 한스는 잠시 더 압착기 옆에 머물러 있었다. 에
마와 한 번 더 몸이 닿기를, 그녀가 한 번 더 다정한 말을 건네주
기를 바랐던 것이다. 그녀는 다른 압착기 주변을 돌아다니며 재
잘거리고 있었다. 한스는 자신의 모습이 견습공 앞에서 계면쩍게
여겨져 작별 인사도 하지 않고 슬그머니 집으로 돌아와 버렸다.

그때부터 모든 것이 다르게 변해 버렸다. 모든 것이 아름다워
보였다. 사과즙 찌꺼기를 먹어 살이 통통하게 오른 참새들이 요
란한 소리를 내며 쏜살같이 하늘을 날았다. 여태껏 하늘이 이처
럼 높고 아름다워 보였던 적은, 그리움으로 푸르게 물들어 보였

던 적은 없었다. 강물이 이처럼 맑은 청록색 거울 같았던 적은 없었다. 방죽이 이처럼 눈부시게 하얀 거품을 내뿜은 적도 없었다. 모든 풍경들이 유리창 뒤에서 새로 멋지게 그려진 듯했다. 또한 모든 것들이 커다란 축제의 시작을 기다리고 있는 것 같기도 했다.

한스는 이상하리만치 굳건한 감정과 처음 느껴 보는 눈부신 희망의 물결을 느꼈다. 그 물결은 세차고 달콤했다. 하지만 그 물결은 결코 실현되지 않을 꿈에 지나지 않은 것 같아 위축되고 불안하기도 했다. 이런 분열된 느낌이 한스의 마음속에서 샘물처럼 솟구쳤다. 그 강력한 감정은 흐느낌이기도 했고 노래이기도 했고 울부짖음이기도 했고 커다란 웃음이기도 했다. 그런 흥분된 감정은 집에 돌아와서야 약간 가라앉았다. 집은 물론 여느 때와 다름없었다.

"어디 갔다 오는 거니?" 기벤라트 씨가 물었다.

"플라이크 아저씨가 사과즙을 짜는 곳에 갔다 왔어요."

"몇 통이나 나왔냐?"

"두 통은 나온 거 같아요."

한스는 우리 집에서 사과즙을 짤 때는 플라이크 아저씨의 아이들을 부르자고 아버지에게 부탁했다.

"물론이지." 아버지는 중얼거리듯 말했다. "다음 주에 짤 테니, 그 아이들을 모두 불러오너라!"

저녁 식사를 하려면 아직 한 시간이나 남아 있었다. 한스는 정원으로 나갔다. 정원에는 가문비나무 두 그루 말고는 푸른 식물은 거의 없었다. 한스는 마른 개암나무 가지를 하나 꺾어 휘둘러 댔다. 시든 나뭇잎이 이리저리 흩날렸다. 해는 벌써 산 너머로 지고 있었다. 머리카락처럼 가는 가문비나무의 우듬지 사이로 축축하고 맑은 청록색 저녁 하늘이 보였다. 노란색과 갈색으로 길게 뻗은 구름은, 마치 고향으로 돌아가는 배처럼 느릿느릿 기분 좋게 엷은 금빛 공기를 가르며 골짜기 위쪽으로 떠가고 있었다.

다채로운 짙은 색으로 무르익는 석양에 취한 한스는 어슬렁거리며 정원을 거닐었다. 이따금 멈춰 서서 두 눈을 감고 에마의 모습을 떠올리기도 했다. 압착기 옆 자신의 맞은편에 서 있던 그녀의 모습, 자기 잔에 든 사과즙을 마시라고 하던 모습, 큰 통 위로 허리를 굽혔다가 다시 일어설 때 얼굴이 빨개지던 모습, 머리카락, 달라붙는 푸른 옷에 드러난 몸매, 머리카락과 솜털에 의해 갈색으로 그늘진 목덜미, 그 모든 것이 그의 마음을 쾌감과 전율로 가득 채웠다. 하지만 그녀의 얼굴만은 아무리 애써도 떠올릴 수 없었다.

이미 해가 저물었는데도 한스는 냉기를 감지하지 못했고, 짙은 석양은 비밀로 가득 찬 베일처럼 보였다. 한스는 자신이 하일브론에서 온 소녀에게 반했다는 것은 알고 있었다. 하지만 그런 남성적인 혈기에 익숙지 못해 과민하고 지친 상태였다.

저녁 식사 자리에서 한스는 너무도 익숙한 환경 속에서 자신만 다르게 변한 모습으로 앉아 있는 것이 너무도 신기했다. 아버지와 늙은 하녀, 식탁과 주방 기구 등 방에 있는 모든 것들이 갑자기 낡아 보였다. 마치 긴 여행에서 막 돌아온 사람처럼, 그 모든 것들이 낯설고도 사랑스럽게 보였다. 자살을 부추기는 나뭇가지에 추파를 던질 때만 해도, 한스는 세상에 작별을 고하는 자의 입장에서 애처로운 우월감을 느끼며 사람들과 사물들을 바라봤었다. 그런데 이젠 다시 원래의 상태로 되돌아와 있었다. 잃었던 현실을 되찾고는 놀라움에 미소 짓고 있었다.

한스가 식사를 끝내고 일어서려고 하자, 아버지가 예의 무뚝뚝한 어투로 말을 꺼냈다. "한스야, 너 기계공이 되고 싶니, 아니면 서기가 되고 싶니?"

"왜 그러세요?" 한스는 깜짝 놀라 되물었다.

"다음 주부터 기계공 슐러 씨 작업장에서 기술을 배울 수도 있고, 아니면 그다음 주부터 시청에 가서 수습 서기로 일할 수도 있다. 일단 잘 생각해 보고, 내일 다시 이야기해 보자꾸나."

한스는 자리에서 일어나 밖으로 나갔다. 그는 아버지의 갑작스러운 제안에 혼란스럽고 당혹스러웠다. 이미 몇 달 전부터 그에게는 낯선 것이 되어 버린 활동적이고 생기 있는 일상적인 삶이, 뜻하지 않게 그 앞에 다시 모습을 드러낸 것이다. 그 삶이라는 얼굴은 무언가를 약속하기도 했고 무언가를 요구하기도 했다. 한스는 기계공이 되고 싶은 생각도, 서기가 되고 싶은 생각도 없었다. 또한 전부터 힘든 육체노동을 약간 두려워했었다. 그때 불현듯 기계공이 된 친구 아우구스트가 생각났고, 그에게 물어보면 되겠다 싶었다.

그 문제를 곰곰이 생각할수록 한스의 머릿속은 더 흐릿하고 희미해졌다. 또한 그 문제가 아주 급하거나 중요하게 생각되지도 않았다. 그는 다른 일에 몰두하고 있었기 때문이다. 한스는 불안한 심정으로 현관 복도를 이리저리 걸었다. 그러다가 갑자기 모자를 집어 들고 집을 나와 천천히 골목으로 나갔다. 오늘 중으로 한 번 더 에마를 보아야겠다는 생각이 들었던 것이다.

이미 날은 저물어 있었다. 가까운 주점에선 고함 소리와 목쉰 노랫소리가 들려왔다. 몇몇 창문에는 이미 불빛이 보였고 여기저기서 불이 하나씩 켜지며 어두운 밤하늘에 붉은빛을 던졌다. 젊은 아가씨들이 서로 팔짱을 끼고 큰 소리로 웃고 떠들며 즐겁게 골목길을 내려가고 있었다. 일렁이는 불빛에 흔들리는 그들의 모습은, 하나둘 잠들어 가는 골목길을 젊음과 기쁨의 따뜻한 물결로 채우고 있었다. 한스는 오랫동안 그들의 뒷모습을 바라봤다. 가슴이 콩닥콩닥 뛰었다. 커튼이 드리워진 창문으로 누군가가 바이올린을 켜는 소리가 들려왔다. 우물가에선 한 여인이 상추를 씻고 있었다. 다리 위에서는 두 쌍의 남녀가 산책을 하고 있었다. 한 사내는 여자 친구의 손을 느슨하게 잡고 이리저리 팔을 흔들며 시가를 피웠다. 다른 쌍은 서로에게 바짝 달라붙어 느릿느릿 걸었는데, 남자는 여자의 허리를 감싸고 있었고 여자는 어깨와 머리를 남자의 가슴에 폭 파묻고 있었다. 지금까지 한스는 그런 광경을 수백 번이나 보아 왔지만 주의를 기울이진 않았었다. 하지만 이제 그런 행동 속에 담긴 은밀한 의미가, 그 희미하지만 달콤한 도발이 눈에 들어왔다. 한스는 계속 그들을 지켜보았고, 상상의 나래를 펴서 그들의 행동을 이해하기 시작했다. 그의 존재는 뿌리까지 전율하며 흔들렸고, 커다란 비밀에 가까이 다가서고 있음을 느꼈다. 그 비밀의 맛이 달콤한지 끔찍한지는 알 수 없었지만, 어쨌거나 자신의 몸은 그 맛을 음미하고 있었다.

한스는 플라이크 아저씨의 작은 집 앞에 멈추어 섰지만, 안으로 들어갈 용기를 내지 못했다. 들어가서 무엇을 하고 무슨 말을 한단 말인가! 열한 살, 열두 살 시절이 떠올랐다. 그때 그는 종종 이곳에 놀러 왔었고, 그때마다 플라이크 아저씨는 성경 이야기를 들려주었다. 한스가 호기심에 차서 지옥이나 악마, 성령에 대한 질문을 마구 쏟아 내도 아저씨는 의연히 참아 주었다. 그런 추억을 떠올리니 한스는 마음이 편치 않았고, 심지어 양심의 가책도 느껴졌다. 그는 자신이 지금 무엇을 하려고 하는지, 대체 원하는 것이 무엇인지 알 수 없었다. 하지만 무언가 비밀스럽고 금지된 세계 앞에 서 있다는 느낌이 들었다. 어두컴컴한 문 앞에 우두커니 서 있으니, 자신이 구두장이를 모욕하고 있는 것 같았다. 아저씨가 지금 문 앞에 서 있는 자신을 보고 밖으로 나온다면, 야단치기보다는 실컷 비웃을 것만 같았다. 그게 가장 두려웠다.

한스는 살그머니 집 뒤로 돌아갔다. 그곳에서는 정원의 울타리 너머로 환히 불이 밝혀진 거실 안을 들여다볼 수 있었다. 구두장이의 모습은 보이지 않았다. 그의 부인은 바느질이나 뜨개질을 하는 것 같았다. 큰아들은 아직 자지 않고 책상에 앉아 글을 읽고 있었다. 에마는 집 안을 이리저리 돌아다니고 있었다. 분주하게 청소를 하는 모양인지, 보였다가 사라졌다가 했다. 주위는 매우 고요했다. 그래서 아주 먼 골목길에서 나는 발자국 소리와 정원 저편에서 흐르는 잔잔한 강물 소리까지 또렷이 들렸다. 날은 더욱 어두워졌고, 밤공기도 훨씬 서늘해졌다.

거실 창문 옆에는 불이 켜 있지 않은 조그만 현관 창문이 있었다. 한참 후에 그 조그만 창문으로 희미한 형체가 나타나더니 창밖으로 상반신을 내밀고 어둠 속을 바라봤다. 한스는 그 형체가 에마라는 것을 알아차렸다. 불안한 기대감에 심장이 멈출 것만 같았다. 그녀는 창가에 서서 한스가 있는 쪽을 한참이나 조용히 지켜봤다. 그렇지만 그녀가 자기를 보았는지, 알아차렸는지는 알 수 없었다. 그저 기대감과 불안감에 싸여 꼼짝도 하지 않고 그녀 쪽을 멍하니 쳐다봤다.

잠시 후 그 희미한 형체가 창가에서 사라졌다. 그러고는 정원으로 난 작은 문이 열리는 소리가 들렸다. 에마가 집 밖으로 나온 것이다. 한스는 너무 놀란 나머지 도망칠까 생각도 했지만, 우유부단하게 그냥 울타리에 기대서 있었다. 그러고는 소녀가 어두운 정원을 가로질러 자기에게 천천히 다가오는 것을 보았다. 그녀가 한 걸음씩 발을 내디딜 때마다 도망치고 싶은 생각이 간절했지만, 보다 강한 어떤 힘이 그를 달아나지 못하게 붙잡았다.

이제 에마는 바로 눈앞에 서 있었다. 그에게서 채 반 걸음도 떨어져 있지 않았다. 단지 낮은 울타리만 둘 사이를 가로막고 있을 뿐이었다. 그녀는 이상하다는 듯 한스를 주의 깊게 살펴봤다. 두 사람 모두 한참 동안이나 아무 말도 하지 않았다. 이윽고 그녀가 나지막이 물었다.

"너 무슨 일이니?"

"아무 일도 아니야." 그가 말했다.

그녀가 한스를 '너'라고 불렀을 때, 그는 그녀의 손길이 자신의 피부를 쓰다듬는 느낌을 받았다.

에마는 울타리 너머로 한스에게 손을 내밀었다. 그는 수줍어 하면서도 부드럽게 그녀의 손을 잡고는 약간 힘을 주었다. 그녀가 손을 빼려 하지 않는 것을 알아차리고 그는 용기를 내어 따스한 소녀의 손을 부드럽고 조심스럽게 쓰다듬었다. 그래도 그녀가 순순히 내버려 두자 그는 그녀의 손을 자신의 볼에 갖다 대었다. 가슴을 파고드는 쾌감, 이상야릇한 온기, 행복한 피로의 물결이 그의 온몸에 밀려들었다. 그를 둘러싼 공기는 미지근한 듯하기도 하고 무덥고 눅눅한 것 같기도 했다. 그의 눈엔 더 이상 골목길 도 정원도 보이지 않았다. 다만 눈앞의 밝은 얼굴과 헝클어진 검은 머리카락만 보일 뿐이었다.

그녀의 나지막한 목소리는 아주 먼 밤하늘에서 울려오는 것만 같았다.

"키스해 주겠니?"

그녀의 밝은 얼굴이 좀 더 가까이 다가왔다. 울타리를 이룬 가늘고 긴 판자들이 몸의 무게로 약간 휘어졌다. 은은한 향내를 풍기는 그녀의 흐트러진 머리카락이 한스의 이마를 스쳤다. 하얗고 넓은 눈꺼풀과 까만 속눈썹으로 가려진 꼭 감은 그녀의 두 눈이 바로 한스의 눈앞에 다가와 있었다. 수줍은 듯 내민 한스의 입술이 소녀의 입술에 닿자 그의 온몸에 전율이 일었다. 그는 부르르 떨며 주춤 뒤로 물러섰다. 하지만 그녀는 한스의 머리를 두 손으로 꽉 움켜쥐고, 자신의 얼굴을 그의 얼굴에 들이밀며 그의 입술을 놓아주지 않았다. 한스는 그녀의 입술이 활활 불타오르는 것을 느꼈다. 그녀는 한스의 생명을 다 마셔 버리려는 듯, 자신의 입술로 한스의 입술을 세게 누르며 탐욕스럽게 마구 빨아 댔다. 한스는 온몸의 힘이 쑥 빠져나가는 듯했다. 낯선 입술이 자신의 입술에서 채 떨어지기도 전에, 전율에 떨던 쾌감은 극도의 피곤과 고통으로 바뀌었다. 에마가 그를 놓아주었을 때 한스는 경련하는 사람처럼 비트적거리며 손가락으로 울타리를 꽉 붙잡았다.

"내일 밤에 다시 와!" 에마가 말했다. 그러고는 집 안으로 급히 들어가 버렸다. 그녀가 들어간 지 채 5분도 되지 않았지만, 한스에게는 오랜 시간이 흐른 것 같았다. 그는 멍하니 그녀가 사라진 쪽을 바라보며 계속 울타리를 붙잡고 있었다. 너무 피곤해서 한 발짝도 옮기지 못할 것 같았다. 마치 꿈속인 것만 같았고, 머릿속에서는 피가 쿵쾅거렸으며 심장은 빠르게 고동쳐서 숨이 가빴다.

그때 안에서 방문이 열렸고, 구두장이가 방으로 들어오는 모습이 보였다. 아마 작업장에 있다가 온 모양이었다. 사람들에게 들킬까 봐 한스는 그곳에서 도망쳐 버렸다. 술에 취한 사람처럼 그는 몸을 제대로 가누지 못하며 느릿느릿 걸어갔다. 한 발짝 내디딜 때마다 푹 쓰러질 것만 같았다. 어두운 거리, 나른한 박공지붕, 흐릿한 붉은 창들이, 마치 색 바랜 무대 배경처럼 그의 곁을 스쳤다. 다리와 강물, 농가와 정원도 지나갔다. 게르버 거리의 분수에서는 물줄기가 시끄럽게 떨어지고 있었다. 한스는 꿈에 사로잡혀 대문을 열고 칠흑처럼 어두운 복도를 지나 계단을 올라갔다. 그러고는 문을 지나 또 다른 문을 열었다 닫고는 어떤 책상에 걸터앉았다. 그는 비교적 오랜 시간이 지난 뒤에야 자신이 집에 돌아와서 자기 방에 앉아 있다는 사실을 깨달았다. 다시 한참이 흐른 뒤에야 옷을 벗어야겠다고 생각했다. 한스는 멍한 상태로 옷을 벗고는 다시 창가에 계속 앉아 있었다. 그러다가 가을밤의 차가운 공기에 부르르 몸을 떨고는 이불 속으로 들어갔다.

한스는 금방 잠들 수 있으리라 생각했다. 하지만 자리에 누운 뒤 몸이 약간 따뜻해지자 다시 심장이 고동치기 시작하더니 불규칙하게 피가 마구 끓어올랐다. 눈을 감으니 소녀의 입술이 아직 자신의 입술에 달라붙어 있는 듯했다. 그녀가 자신의 영혼을 빨아내고, 그 속에 고통스러운 열기를 채워 넣고 있는 듯했다.

한스는 밤늦게야 잠이 들었다. 그는 누군가에게 쫓기듯 꿈에서 꿈으로 달아났다. 겁이 날 정도로 캄캄한 암흑 속에서 조심스레 손으로 주위를 더듬으니 에마의 팔이 잡혔다. 그녀는 그를 껴안았다. 두 사람은 따스하고 깊은 물속으로 천천히 가라앉았다. 그때 갑자기 구두장이 아저씨가 나타나더니 왜 요즘에는 자기를 찾아오지 않느냐고 했다. 한스는 그만 웃음을 터뜨리고 말았다. 그렇게 묻는 사람이 플라이크 아저씨에서 마울브론 신학교의 예배실 창가에서 익살을 부리던 헤르만 하일너로 변해 있었기 때문이었다. 이제 한스는 압착기 옆에 서 있었다. 에마가 지렛대를 움직이지 못하게 가로막고 있는데도, 온 힘을 다해 지렛대를 돌리려고 애썼다. 그녀는 한스의 몸 위로 허리를 굽혀 그의 입술을 찾았다. 주위는 조용하고 칠흑같이 캄캄했다. 그는 다시 따스하고 시커먼 심연 속으로 가라앉기 시작했다. 머리가 어지러워 죽을 지경이었다. 그와 동시에 교장 선생님의 연설이 들려왔는데, 한스의 문제가 주제인지는 알 수 없었다.

한스는 해가 중천에 떴을 때야 일어났다. 맑고 화창한 날씨였다. 그는 오랫동안 이리저리 정원을 거닐며 완전히 잠에서 깨려고 애썼다. 하지만 나른하고 몽롱한 상태에서 쉽게 벗어날 수가 없었다. 정원에는 아직 8월인 줄 아는 듯 보라색 과꽃이 햇빛을 받아 빛나고 있었다. 따스하고 포근한 햇살이 시들어 버린 가지들과 앙상한 덩굴 주위를 부드럽게 비췄다. 하지만 한스는 햇살을 그저 바라만 볼 뿐 그 온기를 느끼지는 못했다. 모든 것이 자신과는 아무런 상관이 없는 것 같았다.

그는 갑자기 강렬한 추억에 사로잡혔다. 여기 이 정원에서 토끼를 키우고 물레방아를 돌렸던, 3년 전 9월의 어느 날이 떠올랐던 것이다. 세당 축제*가 벌어지기 하루 전날이었다. 아우구스트가 담쟁이덩굴을 가지고 한스한테 왔다. 그들은 반짝반짝 윤이 나게 깃대를 닦고는 황금빛 깃대 꼭대기에 담쟁이덩굴을 달아맸다. 그러고는 내일에 대해 이야기하며 내일이 오기를 손꼽아 기다렸다. 그것 외에는 아무 일도 하지 않았고, 또 아무 일도 일어나지 않았다. 하지만 두 소년 모두 축제에 대한 기대와 기쁨에 매우 들떠 있었다. 깃대는 햇빛을 받아 반짝였고, 안나 할머니는 자두 케이크를 구웠다. 밤이 되면 높다란 바위 위에서 세당의 불이 점화될 것이었다.

한스는 왜 하필이면 오늘 그날 일이 떠올랐는지, 왜 그 추억이 이처럼 아름답고 강렬하게 다가왔는지, 왜 그 추억이 자신을 이다지도 비참하고 슬프게 만드는지 알 수가 없었다. 그는 자신의 어린 시절이 자신에게 작별을 고하기 위해, 행복의 고통을 남기기 위해, 추억의 옷을 입고 자기 앞에 나타났음을 깨닫지 못했다. 머릿속이 온통 어젯밤 에마와의 일로만 가득 차 있는 이때, 행복했던 어린 시절을 떠올리는 건 적절치 않다는 것만 감지할 수 있었다. 황금빛 깃대의 꼭대기가 반짝이던 모습, 친구 아우구스트의 웃음소리, 갓 구운 케이크 냄새가 떠올랐다. 그 모두가 너무나도 즐겁고 행복한 기억이었지만, 이젠 너무 오래전 일이라 낯설게

---

* 1870년 보불전쟁 당시 독일군이 프랑스군과 싸워 나폴레옹 3세를 체포한 기념일을 말한다.

느껴지기도 했다. 한스는 커다란 가문비나무의 거친 줄기에 기대어 절망적인 심정으로 흐느껴 울기 시작했다. 그 눈물이 잠시나마 위안과 안도감을 안겨 주었다.

점심 무렵 한스는 지금은 일급 견습공이 된 아우구스트에게 달려갔다. 그 친구는 상당히 살이 찌고 키도 커져 있었다. 한스는 그에게 아버지가 한 제안에 대해 물어봤다.

"그건 만만치 않은 일이야." 그는 세상 물정에 밝은 사람처럼 말했다. "만만치가 않다고. 특히 넌 약골이잖아. 첫 1년은 지겹도록 쇠를 벼리는 망치질만 해. 망치는 수프용 숟가락처럼 가볍지 않아. 그리고 쇠를 여기저기로 날라야 하고, 저녁엔 청소도 해야 해. 줄질하는 것도 힘들어. 게다가 솜씨가 좋아지기 전에는, 잘 안 드는 낡은 줄만 줘. 원숭이 엉덩이처럼 매끌매끌한 줄을."

한스는 금방 기가 죽었다.

"그래, 그럼 안 하는 게 좋겠다는 뜻이야?" 그는 겁먹은 듯 물었다.

"아니, 그런 뜻으로 한 말은 아니야! 지레 겁먹지 마! 난 우리 일터가 무도장과는 다르다는 걸 말했을 뿐이야. 하지만 그것 말고는 좋아. 기계공은 멋진 직업이야. 그리고 머리도 좋아야 해. 그렇지 않으면 그냥 대장장이에 머물 수도 있어. 이걸 좀 봐!"

아우구스트는 반짝반짝 빛나는 강철로 정교하게 만든 조그만 기계 부품 몇 개를 한스에게 보여 주었다.

"이건 반 밀리미터도 어긋나선 안 돼. 모든 게 손으로 만든 거야. 나사까지도 말이야. 조심해야 한다는 뜻이지! 이걸 좀 더 매끄럽게 갈아서 단단하게 벼리면 되는 거야."

"그래, 정말 멋지구나. 다만 내가 알고 싶은 건……"

아우구스트는 웃음을 터뜨렸다.

"겁나니? 그래, 견습공 시절은 정말 괴로워. 어쩔 도리가 없어. 하지만 내가 옆에 있을 테니 걱정하지 마. 널 도와줄게. 다음 주 금요일에 네가 일을 시작할 수 있다면, 일요일에 파티에 와. 내가 마침 다음 주 토요일에 2년의 견습공 생활을 마치고 처음으로 주급을 받게 돼. 그래서 일요일에 파티를 열 계획이야. 맥주도 있고 케이크도 있고 사람들도 다 올 거야. 너도 거기 오면, 우리 일이 어떻게 돌아가는지 들을 수 있을 거야. 꼭 와! 게다가 예전에 우린 친구였잖아."

식사를 하면서 한스는 아버지에게 기계공이 될 생각이 있다고 말했다. 그리고 일주일 뒤에 시작해도 좋은지 물어보았다.

"그래, 좋다." 아버지가 말했다. 그는 오후에 한스를 데리고 슐러의 작업장으로 가서 견습 신청을 했다.

하지만 땅거미가 지기 시작하자, 다시 한스는 그 일은 거의 잊어버리고 말았다. 오늘 밤에 에마가 자기를 기다릴 거라는 생각만 날 뿐이었다. 벌써부터 숨이 턱 막혔다. 때로는 시간이 너무 길게 느껴지기도 했고, 때로는 너무 짧게 느껴지기도 했다. 강여울로 배를 모는 뱃사공처럼 한스는 에마와의 만남을 향해 치달았다. 저녁 식사를 할 마음도 없었다. 그는 우유 한 잔만 마시고 부리나케 밖으로 나갔다.

모든 것이 어제와 다름없었다. 나른하고 어두운 골목길, 불 꺼진 창문, 희미한 가로등 불빛, 천천히 거니는 연인들.

구두장이 아저씨의 정원 울타리에 다다르자 한스는 커다란 불안에 사로잡혔다. 무슨 소리가 나기만 하면 화들짝 놀라곤 했다. 어둠 속에 서서 주위를 엿보는 자신의 모습이 영락없이 도둑 같다는 생각이 들었다. 채 1분도 기다리지 않았는데 에마가 한스 앞에 모습을 드러냈다. 그녀는 두 손으로 한스의 머리카락을 쓰다듬고는 정원 문을 열어 주었다. 한스는 조심스럽게 안으로 들어갔다. 그녀는 조용히 덤불로 뒤덮인 길을 지나 뒷문을 통과해 어두컴컴한 현관으로 한스를 데리고 갔다.

그들은 지하실로 내려가는 계단 맨 위쪽에 나란히 앉았다. 캄캄한 어둠 속이라 한참 지나서야 서로의 얼굴을 알아볼 수 있었다. 소녀는 기분이 좋아 속삭이는 소리로 쉬지 않고 재잘거렸다. 그녀는 전에 키스를 해본 경험도 있었고 사랑에 대해 어느 정도 알고 있었다. 그런 그녀에게, 이 수줍고 다정한 소년은 안성맞춤이었다. 그녀는 한스의 얼굴을 두 손으로 감싸고 이마와 눈, 볼에 입을 맞추었다. 그런 다음 자신의 입술을 한스의 입술에 갖다 대었다. 그녀가 빨아들이듯 오랫동안 키스를 하자, 한스는 현기증을 느끼며 맥없이 축 늘어져 그녀에게 기댔다. 그녀는 나지막하게 웃으며 한스의 귀를 잡아당겼다.

그녀는 끊임없이 재잘거렸다. 한스는 귀를 기울였지만 무슨 말인지는 알 수 없었다. 그녀는 한스의 팔과 머리카락, 목과 두 손을 쓰다듬고는 자신의 뺨을 그의 뺨에, 자신의 머리를 그의 어깨에 기댔다. 그는 아무 말도 하지 않고, 그녀가 하는 대로 가만히 내버려 두었다. 달콤한 전율과 행복한 불안에 휩싸인 그는 열병을 앓는 환자처럼 이따금 짧고도 약하게 몸을 떨기도 했다.

"뭐 이런 애인이 다 있어!" 그녀는 웃으며 말했다. "너무 용기가 없구나."

그녀는 그의 손을 잡고는 자신의 목덜미와 머리카락을 쓰다듬게 했다. 그리고 그의 손을 자신의 가슴에 대고는 살짝 내리눌렀다. 그는 부드러운 물체가 달콤하면서도 낯설게 물결치는 것을 느꼈다. 두 눈을 꼭 감고 끝없는 심연으로 빠져드는 기분이었다.

"안 돼! 이제 그만해!" 그녀가 그에게 다시 키스하려고 하자, 한스는 뿌리치며 말했다. 그녀는 소리 내어 웃었다.

그녀는 그를 자기 옆으로 바짝 끌어당겨서는 그의 옆구리를 자신의 옆구리에 밀착시키고 팔로 그를 휘감았다. 그녀의 몸이 닿자 그는 완전히 정신을 잃어버려 더 이상 아무 말도 할 수 없었다.

"날 좋아하는 거니?" 그녀가 물었다.

그는 그렇다고 말하려고 했지만, 그저 고개만 끄덕일 수 있었다. 한참 동안이나 계속 고개를 끄덕였다.

그녀는 다시 한 번 그의 손을 잡고는 장난치듯 자신의 코르셋 밑으로 그의 손을 밀어 넣었다. 낯선 생명의 맥박과 호흡을 아주 가까이서 뜨겁게 느끼니, 한스의 심장 고동이 멎는 것만 같았다. 숨을 쉬기가 너무 힘들어 죽을 것만 같았다.

한스는 손을 도로 빼내며 신음하듯 말했다. "이젠 집에 가봐야 해."

한스는 일어서려고 하다가 비틀거려 하마터면 지하실 계단으로 굴러떨어질 뻔했다.

"왜 그러니?" 에마가 놀라서 물었다.

"모르겠어. 너무 피곤해."

한스는 그녀가 정원 울타리까지 자기를 부축하며 꼭 껴안는 것도 느끼지 못했다. 그녀의 작별 인사도, 자기 뒤에서 문이 닫히는 소리도 듣지 못했다. 그는 골목길을 지나 집으로 돌아가고 있었지만 어떻게 가고 있는지 알지 못했다. 커다란 폭풍우에 휩쓸려 가는 것 같기도 했고, 마구 요동치는 거센 물결에 실려 가는 것 같기도 했다.

희미하게 반짝이는 집들 위로 산등성이와 가문비나무의 우듬지가, 밤의 어둠이, 고요하고 큰 별들이 보였다. 바람이 부는 게 느껴졌고, 강물이 다리 기둥에 부딪히며 흘러가는 소리가 들렸다. 다시 정원과 희미한 집들과 밤의 어둠과 가로등과 수면에 비친 별들이 보였다.

다리 위에서 한스는 그만 주저앉고 말았다. 너무 피곤해서 더 이상 집으로 발걸음을 옮길 수가 없었다. 그는 난간에 걸터앉아 강물이 다리 기둥에 부딪히며 흘러가는 소리, 방죽에서 거품을 내며 흘러내리는 물소리, 물레방아 도는 소리에 귀를 기울였다. 그의 두 손은 차가웠다. 가슴과 목구멍에서는 막혀 있던 피가 갑자기 돌기 시작했다. 순간 눈앞이 캄캄해졌다. 피가 다시 심장으로 마구 밀려들자 어지러워졌다.

한스는 집으로 돌아와 자기 방으로 들어갔고 자리에 눕는 즉시 잠이 들었다. 꿈속에서 그는 엄청나게 넓은 공간을 넘나들며 심연에서 심연으로 빠져들었다. 자정 무렵 그는 괴롭고 기진맥진한 상태로 잠에서 깨어났다. 그러고는 아침이 될 때까지 비몽사몽 상태로 누워 있었다. 그는 목마른 그리움에 가득 차 있었고, 억누를 수 없는 힘에 의해 이리저리 내던져졌다. 이른 새벽이 되자 그는 말할 수 없는 고통과 압박감에 하염없이 눈물을 흘렸고, 그러고 나서 눈물에 흠뻑 젖은 베개를 베고 또다시 잠이 들었다.

제7장

기벤라트 씨는 압착기 옆에서 품위 있지만 떠들썩하게 일했다. 한스도 함께 일을 거들었다. 구두장이 아저씨의 자식들 가운데 두 아이가 초대에 응하여 사과를 나르며 바쁘게 일했다. 그들은 조그만 시음용 잔과 함께 엄청나게 큰 흑빵을 손에 들고 다녔다. 하지만 에마는 함께 오지 않았다.

아버지가 큰 통을 들고 반 시간이나 자리를 비우자 비로소 한스는 용기를 내어 그녀에 대해 물었다.

"에마는 대체 어디에 갔어? 그녀도 오고 싶다고 했잖아?"

아이들은 입안에 먹을 것을 잔뜩 넣고 있어서 한참이 지나서야 말을 할 수가 있었다.

"누나는 가버렸어." 아이들은 이렇게 말하며 고개를 끄덕였다.

"가버렸다고? 어디로?"

"고향으로 떠났어."

"아주 떠나 버린 거니? 기차를 타고?"

아이들은 열심히 고개를 끄덕였다.

"대체 언제?"

"오늘 아침에."

아이들은 다시 사과를 달라고 손을 내밀었다. 한스는 압착기 옆에서 지렛대를 돌리며 사과즙 통을 멍하니 들여다보았다. 이제야 무슨 일이 일어났는지 서서히 이해되기 시작했다.

아버지가 돌아오자 그들은 다시 웃으면서 일을 시작했다. 그리고 저녁이 되자 아이들은 고맙다는 인사를 하고 다들 집으로 가 버렸다.

한스는 저녁 식사를 한 후 자기 방에 혼자 앉아 있었다. 10시가 되고 11시가 되어도 그는 램프에 불을 켜지 않았다. 그러다가 깊은 잠에 빠져서 오랫동안 잠을 잤다.

평소보다 늦게 잠에서 깨어났을 때, 그는 무슨 사고가 났다는, 무언가를 잃어버렸다는 막연한 느낌만 들 뿐이었다. 그러다가 불현듯 에마 생각이 떠올랐다. 그녀는 떠난다는 말도 없이, 작별 인사도 없이 떠나 버렸다. 어젯밤 그들이 함께 있었을 때, 그녀는 분명 이미 떠날 생각을 하고 있었을 것이다. 그는 그녀의 웃음과 입맞춤, 그녀의 침착한 태도를 떠올려 보았다. 그녀는 결코 한스를 진지하게 여기지 않았던 것이다.

상실감을 넘은 고통과 분노, 채워지지 않은 격앙된 열정이 합쳐져 그는 고뇌에 찬 혼란에 빠졌다. 그래서 집에서 정원으로, 정원에서 거리로, 거리에서 숲으로, 그리고 다시 숲에서 집으로 헤매고 다녔다.

이런 방식으로, 어쩌면 너무 일찍, 한스는 사랑의 비밀을 알아버렸다. 그 비밀에 달콤한 맛은 거의 없었다. 쓰디쓸 뿐이었다. 그는 무익한 탄식, 그리운 추억, 절망적인 생각으로 가득한 나날을 보냈다. 밤에는 심장이 너무 빠르게 뛰고 가슴이 답답해서 잠을 잘 이루지 못하거나 끔찍한 꿈만 꾸었다. 꿈속에서는 마구 끓어오른 피가 무섭고 섬뜩한 괴물이 되기도 하고, 목을 휘감아 죽이는 팔이 되기도 하고, 눈이 이글거리는 상상 속의 짐승이 되기도 했다. 또한 현기증이 날 정도로 깊은 심연이 되기도 하고, 불타오르는 거대한 눈이 되기도 했다. 잠에서 깨어나면 홀로 차가운 가을밤의 고독에 사로잡혀 있는 자신을 발견했다. 그는 에마에 대한 그리움으로 인해 신음하며 눈물로 뒤범벅이 된 베개에 얼굴을 파묻었다.

한스의 기계공 견습 기간이 시작될 금요일이 다가왔다. 아버지는 한스에게 푸른 리넨 작업복과 푸른 모직 모자를 사 주었다. 그 작업복을 입고 모자를 써보니, 자신의 모습이 꽤나 우스꽝스럽게 보였다. 그렇게 입고서 학교나 교장 선생님의 사택, 수학 선생님의 집, 플라이크 아저씨의 작업장, 목사관 옆을 지나면 참담한 기분이 들 것 같았다. 작은 기쁨들을 그토록 희생해 가며 쏟았던 노력이, 그 많던 자부심과 공명심이, 희망에 넘치던 꿈들이, 이제는 다 헛된 일이 되고 말았다. 그 모든 것이 다른 동료들보다 뒤늦게 모든 사람들의 조롱을 받으며 하찮은 견습공이 되어 작업장에 들어가기 위해서였단 말인가!

하일너는 이에 대해 뭐라고 말할까?

얼마의 시간이 흐르자, 마침내 한스는 푸른 작업복을 자기 것으로 받아들였다. 그 옷을 처음으로 입고 나갈 금요일이 조금 기대되기까지 했다. 적어도, 다시 새로운 무언가를 체험하게는 되겠지!

하지만 그런 희망적인 생각은 먹구름 속의 섬광처럼 곧 사라져 버렸다. 떠나 버린 소녀가 다시 생각나자 그녀와 함께했던 날들의 흥분도 되살아났다. 그의 피는 더욱 시끄럽게 흐르며 그의 깨어난 갈망을 부채질했다. 시간은 고통스러울 정도로 느릿느릿 흘러갔다.

부드러운 햇살로 가득한 그해 가을은 여느 해보다 더욱 아름다웠다. 이른 아침은 은빛으로 빛났고, 정오는 다채로운 색으로 빛났으며, 저녁 하늘은 맑았다. 멀리 보이는 산들은 우단처럼 부드러운 짙은 푸른색을 띠었다. 밤나무들은 황금빛으로 반짝였고, 담장과 울타리 위에는 보라색 야생 포도나무 잎새가 드리워져 있었다.

한스는 안절부절못하면서 자기 자신으로부터 도망치려고 했다. 하루 종일 마을과 들판을 이리저리 돌아다녔고, 이루지 못한 사랑의 괴로움을 들킬까 봐 사람들을 피했다. 하지만 저녁에는 거리로 나가 하녀들을 쳐다보기도 하고, 죄책감을 느끼며 몰래 연인들의 뒤를 밟기도 했다. 인생의 마법이, 그가 추구했던 모든 것들이 에마와 함께 손에 닿을 듯한 거리에 있는 듯 보였지만, 그녀는 물론 그것들도 손에 잡히지 않았다. 만일 다시 한 번 그녀를 만난다면 그때는 수줍어하지 않고 그녀의 비밀을 찢어 버리고, 마법에 걸린 사랑의 정원으로 밀고 들어가리라. 하지만 지금 눈앞에 있는 정원의 문은 닫혀 있을 뿐이었다. 그의 상상은 후텁지근하고 위험한 밀림 속에 갇혀 그 안에서 낙담한 채 스스로를 괴롭히기만 할 뿐, 그 제한된 마법의 영역 바깥에 투명하고 상냥한 세계가 존재하고 있음을 알려고 하지 않았다.

두려워하던 금요일이 마침내 찾아오자, 한스는 오히려 기뻤다. 그는 아침 일찍 일어나 푸른 작업복을 입고 모자를 쓴 후, 약간 쭈뼛거리며 게르버 거리를 내려가 슐러의 작업장으로 발걸음을 옮겼다. 한스를 아는 몇몇 사람들은 호기심 어린 눈으로 그를 쳐다봤고, 심지어 이렇게 묻는 사람도 있었다. "어찌 된 일이야? 네가 철물공이 된 거니?"

작업장은 벌써 분주하게 돌아가고 있었다. 주인은 마침 쇠를 벼리는 중이었다. 그가 빨갛게 달궈진 쇳조각을 모루 위에 올려놓자, 한 숙련공이 묵직한 망치로 그것을 두드리기 시작했다. 주인은 형태를 잡으려고 보다 정교하게 망치질을 했다. 그는 집게를 능숙하게 다루었고, 쇠망치로 박자에 맞춰 모루를 치기도 했다.

그 소리는 활짝 열린 문을 통해 아침의 거리로 밝고도 경쾌하게 울려 퍼졌다.

기름과 줄밥으로 더러워진 기다란 작업대에는 조금 나이가 들어 보이는 숙련공이 서 있었고, 그 옆에 아우구스트의 모습도 보였다. 그들은 각자 자신의 바이스 옆에서 일에 몰두하고 있었다. 천장에서는 선반과 숫돌, 풀무와 천공기를 움직이는 수력 엔진의 가죽 벨트가 윙윙 소리를 내며 빠르게 돌아가고 있었다.

아우구스트는 작업장에 들어선 친구에게 고개를 끄덕이고는, 주인이 짬이 날 때까지 문가에서 기다리라는 눈짓을 보냈다.

풀무와 선반, 윙윙 돌아가는 벨트와 중립에 놓인 선반 기어를 겁먹은 눈으로 쳐다보고 있을 때, 마침내 주인이 일을 마치고 한스 쪽으로 와서 쇠를 달구느라 따뜻해진 크고 딱딱한 손을 내밀었다. "저곳에 모자를 걸어 둬라." 주인이 이렇게 말하며 벽의 비어 있는 못을 가리켰다. "자, 이리 와라. 여기가 네 자리고, 이건 네 바이스다." 그는 한스를 맨 뒤에 있는 바이스로 데리고 가서 바이스를 어떻게 다루는지, 작업 도구와 작업대는 어떻게 정돈하는지를 가르쳐 주었다.

"네가 힘이 세지 않다는 건 네 아버님에게 들어 벌써 안다. 보기에도 그렇게 생겼구나. 그러니 힘이 좀 더 세질 때까지 당분간 망치질은 시키지 않겠다."

주인은 작업대 밑에 손을 집어넣더니 주철로 만든 톱니바퀴를 끄집어냈다.

"자, 이 일을 시작하는 게 좋겠다. 막 주조한 것이라 톱니바퀴가 아직 매끈하지 않단다. 여기저기 조금 들쭉날쭉한 곳이 있는데, 그 부분을 문질러 없애야 해. 그러지 않으면 나중에 정교한 기계 부품이 망가지고 말거든."

주인은 톱니바퀴를 바이스에 끼우고, 낡은 줄을 집어 들고는 어떻게 하는지 시범을 보여 주었다.

"자, 이젠 네가 계속해 보아라. 하지만 다른 줄을 써서는 안 돼! 점심때까지 할 일거리로는 충분할 거야. 일이 끝나면 나한테 보여 주렴. 내가 시키는 일만 해야지 다른 것에 신경 쓰면 안 된다. 견습공에게 자신의 생각은 필요 없다."

한스는 줄질을 시작했다.

"잠깐!" 주인이 소리를 질렀다. "그렇게 하는 게 아니야. 왼손은 이렇게 줄 위에 올려놓는 거야. 너 혹시 왼손잡이니?"

"아니요."

"그럼 됐다. 이젠 잘될 거야."

주인은 문에서 가장 가까운 자신의 바이스로 돌아갔고, 한스는 그의 솜씨를 지켜봤다.

처음에 몇 번 문질러 보고 한스는 톱니바퀴가 너무 수월하게 벗겨져서 의아했다. 하지만 주철의 맨 바깥 부분만 쉽게 벗겨질 뿐, 그 안은 단단하다는 사실을 깨달았다. 한스는 정신을 가다듬고 열심히 일을 계속했다. 소년 시절 놀이 삼아 공작품을 만들었던 것 말고는, 자신의 두 손으로 무언가 볼 만하고 쓸모 있는 물건을 만드는 기쁨은 한 번도 맛본 적이 없었다.

"좀 더 천천히 해라!" 주인이 한스를 향해 소리쳤다. "줄질을 할 땐 박자를 맞춰 해야 한다. 하나, 둘, 하나, 둘. 그리고 그 위를 잘 눌러 줘야 한다. 안 그러면 줄을 못 쓰게 되거든."

한스는 가장 나이가 많아 보이는 숙련공이 선반에서 작업하는 모습을 곁눈질했다. 그 숙련공은 강철 굴대를 원반에 끼우고 가죽 벨트를 걸었다. 굴대는 불꽃을 튀기며 빠른 속도로 윙윙 돌아갔다. 숙련공은 때때로 모발처럼 가늘고 번쩍거리는 쇠 부스러기를 굴대에서 털어 냈다.

작업 도구며 쇳조각, 강철과 놋쇠, 반쯤 하다 만 일거리, 번쩍이는 작은 바퀴, 끌과 천공기, 회전 공구, 온갖 형태의 송곳 등이 사방에 흩어져 있었다. 풀무 옆에는 망치와 코킹 망치, 모루 덮개, 집게와 납땜인두가 걸려 있었다. 줄과 절삭 공구는 벽을 따라 줄지어 걸려 있었다. 벽에 붙어 있는 선반 위에는 기름걸레와 조그만 빗자루, 사포 줄, 쇠톱 등이 놓여 있었다. 그리고 기름통과 산酸이 든 병, 못 상자와 나사 상자도 여기저기 널려 있었다. 회전식 숫돌도 사람들에 의해 계속 사용되고 있었다.

벌써 자신의 두 손이 완전히 까매진 것을 보자, 한스는 만족스러웠다. 하지만 자신의 새 작업복은 덕지덕지 기운 다른 동료들의 시꺼먼 작업복에 비하면 아직 우스꽝스러울 정도로 새파랗게 보였다. 한스는 자기 옷도 금방 낡기를 바랐다.

아침 시간이 지나면서 손님들이 찾아와 작업장은 활기를 띠기 시작했다. 이웃에 있는 편물 공장 직공들이 조그만 기계 부품을 매끄럽게 갈아 달라거나 수리를 해달라고 찾아왔다. 어느 농부는 자신이 맡긴 세탁물 주름을 펴는 압착 롤러가 다 수리되었는지 물어보더니, 아직 수리가 끝나지 않았다고 하자 마구 욕을 퍼부었다. 얼마 후엔 고상해 보이는 공장 주인이 찾아와, 옆방에서 주인과 협상을 했다.

그사이 사람들은 일을 계속했고, 바퀴와 벨트도 부드럽고 반반하게 돌아갔다. 한스는 생전 처음으로 일하면서 부르는 노동가를 듣게 되었고 그 뜻도 이해할 수 있었다. 신참인 한스는, 그 노래에 매혹되고 도취되었다. 마치 하찮은 자신의 존재와 인생이, 그 위대한 리듬의 일부가 된 듯한 기분이었다.

9시가 되자 15분간의 휴식이 주어졌다. 모두들 빵 한 조각과 사과즙 한 잔을 받아 들었다. 그제야 아우구스트는 새로 온 견습공 한스에게 인사를 건넸다. 그는 한스에게 격려의 말을 한 후, 다가오는 일요일에 처음 받은 주급으로 동료들과 신나게 놀 거라고 떠들어 댔다.

한스는 자신이 줄로 갈고 있는 것이 어디에 쓰이는 바퀴인지 물어보았다. 아우구스트는 그것이 탑시계에 들어갈 톱니바퀴라고 알려 주었다. 그러면서 그것의 작동 원리도 알려 주려고 했지만, 그때 수석 숙련공이 다시 줄질을 시작했다. 그러자 모두들 재빨리 제자리로 돌아갔다.

10시와 11시 사이에 한스는 피곤해지기 시작했다. 무릎과 오른

팔이 약간 아파 왔다. 무게중심을 다른 쪽 다리로 옮기고 팔다리를 뻗어 보기도 했지만 그다지 도움이 되지 않았다. 그래서 잠시 줄을 내려놓고 바이스에 몸을 기댔다. 그렇게 휴식을 취하며 머리 위로 윙윙 돌아가는 벨트 소리를 듣고 있으니 귀가 약간 먹먹해졌다. 1분가량 그렇게 두 눈을 지그시 감고 있었더니 주인이 바로 한스 뒤로 다가와 물었다.

"아니, 이봐, 무슨 일이야? 벌써 피곤하니?"

"네, 조금요." 한스는 솔직하게 말했다.

기계공들이 웃음을 터뜨렸다.

"곧 괜찮아질 거야." 주인이 차분히 말했다. "이번엔 납땜하는 걸 보여 주지. 이리 와봐!"

한스는 납땜 과정을 신기한 듯 쳐다봤다. 먼저 인두를 불에 달구고 거기 납을 바르자 뜨겁게 달구어진 인두에서 하얀 납 방울이 떨어지면서 치익 소리를 냈다.

"걸레로 이 납 방울을 잘 닦도록 해라. 납은 금속을 부식시키니까 묻어 있어서는 안 돼."

다시 한스는 자신의 바이스 앞에 서서 줄로 조그만 톱니바퀴를 문질러 댔다. 팔이 쑤셨고, 줄을 누르고 있는 왼손은 벌겋게 되어 아파 오기 시작했다.

정오가 되어 수석 숙련공이 줄을 내려놓고 손을 씻으러 가자, 한스는 자기가 작업한 것을 주인에게 가지고 갔다. 주인은 그것을 대충 살펴보더니 말했다.

"잘했구나, 그만하면 됐어. 네 자리 밑에 있는 상자에 똑같은 톱니바퀴가 한 개 더 있으니 오후엔 그걸 문지르도록 해라."

한스도 손을 씻고는 작업장을 떠나 집으로 갔다. 한 시간의 점심 식사 시간이 주어진 것이다.

거리에서 옛날 학교 친구였던 상점 견습생 두 명이 한스의 뒤를 쫓아오며 놀려 댔다.

"주 시험에 합격한 기계공이군!" 한 녀석이 소리쳤다.

한스는 걸음을 서둘렀다. 자신이 이 일에 정말 만족하는지 아닌지는 알 수 없었다. 작업장이 썩 마음에 들기는 했다. 단지 너무 피곤했다. 말할 수 없이 피곤했다.

집 대문에 이르러 이제 식탁에 편히 앉아 밥을 먹을 수 있겠다며 기뻐하는 순간, 갑자기 에마가 떠올랐다. 오전 내내 까맣게 잊고 있었던 그녀가. 그는 살며시 자기 방으로 올라가 침대에 몸을 던지고 고통으로 신음했다. 울려고도 해보았지만 눈물은 말라 있었다. 그는 다시 영혼을 갉아먹는 그리움에 빠진 자신에게 절망했다. 머리가 지끈거리고 아팠다. 흐느낌을 참으려니 목구멍도 아파 왔다.

점심을 먹는 것도 또 다른 고통이었다. 계속 아버지의 질문에 대답해야 했고, 작업장의 일에 대해서도 말해야 했다. 아버지는 기분이 좋은지, 연달아 농담도 했다. 한스는 식사를 마치자마자 정원으로 달려 나갔다. 거기서 햇볕을 쬐며 몽롱하게 15분을 보냈다. 그리고 잠시 후 다시 작업장으로 갔다.

이미 오전에 벌겋게 멍이 든 한스의 두 손은 점점 더 심하게 아파 오기 시작했다. 저녁이 되자 손이 너무 부풀어 올라 무언가를 만지지도 못할 만큼 고통스러웠다. 하지만 집에 가기 전에, 아우구스트의 지도하에 작업장 청소도 해야 했다.

토요일에는 손의 통증이 더욱 심해져 불에 덴 듯 화끈거렸고, 멍은 물집이 되었다. 주인은 기분이 나쁜지 사소한 일에도 욕을 퍼부었다. 아우구스트는 며칠만 지나면 물집이 사라지고 굳은살이 생겨 더 이상 통증을 느끼지 못할 거라고 위로해 주었다. 하지만 한스는 더없이 불행한 심정으로 종일 시계만 흘낏거리며 아무런 희망 없이 작은 톱니바퀴를 문질렀다.

저녁에 청소를 하면서 아우구스트는 내일 동료 두셋과 함께 비라흐에 가서 신나고 재미있게 놀 생각이라고, 너도 함께 가자고, 2시까지 약속 장소에 나오라고 속삭였다. 한스는 너무 피곤하고 기분도 우울해서 일요일에는 종일 침대에 누워 있고 싶었지만, 그러겠다고 약속했다. 집에 가니 안나 할머니가 상처 난 손에 바르라면서 연고를 건네주었다. 저녁 8시에 벌써 잠자리에 든 한스는 다음 날 아침 늦잠을 잤다. 그 바람에 아버지와 함께 교회에 가려고 서둘러야 했다.

한스는 점심 식사를 하면서 아우구스트 이야기를 꺼냈고, 그와 함께 놀러 가겠다고 말했다. 아버지는 반대하지 않았고 50페니히의 용돈까지 주었다. 하지만 저녁 식사 시간까지는 돌아오라고 했다.

햇살을 받으며 골목으로 나가면서 한스는 몇 달 만에 다시 일요일의 즐거움을 맛보았다. 평일에 시키면 손으로 팔다리가 피곤해질 때까지 일을 한 사람들에게, 휴일은 더욱 축제처럼 느껴진다. 태양은 더욱 밝게 빛나 보이고 모든 것이 더 화려하고 아름답게 보인다. 일요일이면 당당하고 명랑한 모습으로 햇볕이 내리쬐는 집 앞 벤치에 앉아 있던 정육점 주인, 제혁공, 빵집 주인, 대장간 주인의 심정을, 한스는 이제야 이해할 것 같았다. 그리고 이제 더 이상 그들이 한심한 속물로 여겨지지 않았다. 한스는 공장 노동자들과 숙련공들과 견습공들이 줄지어 산책을 하거나 음식점에 들어가는 모습을 바라봤다. 그들은 머리 위에 비스듬히 모자를 쓰고 하얀 칼라가 달린 셔츠에 말끔히 솔질한 나들이옷을 입고 있었다. 항상 그런 것은 아니지만, 수공업자들은 대체로 조합을 이뤄 자기들끼리 어울렸다. 소목장이는 소목장이끼리, 미장이는 미장이끼리 함께 뭉쳐 자신이 속한 신분의 명예를 지켜 나갔다. 그런 수공업자 조합들 중, 기계공이 최상층을 이루고 있는 철물공 조합이 제일 존경받았다. 조합을 이뤄 몰려다니는 것은 약간 순진하고 우스꽝스러운 면도 있었지만, 조합 안에는 은밀한 친밀감이 깃들어 있었고 그 배후에는 예부터 내려오는 장인으로서의 기품과 자부심이 숨겨져 있었다. 그런 전통은 오늘날까지 이어져 하찮은 견습공의 사기도 올려 주었다.

슐러의 작업장 앞에 서 있는 젊은 기계공들은 침착하고 의기양양한 모습이었다. 그들은 지나가는 사람들에게 고개를 끄덕이기도 하고 서로 잡담을 나누기도 했다. 그런 모습에서 그들이 자족하는 공동체를 이루고 있음을, 일요일은 물론 다른 날에도 그들끼리 서로 즐겁게 지내고 있음을 누구나가 짐작할 수 있었다.

한스 역시 그들이 그렇게 보였고, 자신이 그들의 일원이란 사실이 기뻤다. 하지만 이 일요일 모임에 일말의 불안을 느끼기도 했다. 한스가 알기로는 기계공들은 인생을 호방하게 즐기는 자들이라서 오늘 춤을 출 수도 있는데, 자신은 춤을 출 줄 모르기 때문이었다. 아무튼 그는 될 수 있는 한 최선을 다하기로 했다. 부득이한 경우 잘 못 마시는 술도 조금 마시고, 시가도 한 대쯤은 피우겠다고 작정한 상태였다.

아우구스트는 들뜬 기분으로 한스를 반갑게 맞이했다. 그러면서 수석 숙련공은 안 오겠다고 했지만, 대신 다른 작업장에서 일하는 동료 한 명이 오기로 했으니 일행이 적어도 네 명은 된다고, 그 정도면 마을 전체를 충분히 뒤집어 놓을 수 있다고 말했다. 더구나 오늘 술값은 모두 자기가 낼 테니 맥주를 양껏 마셔도 좋다고 덧붙였다. 그는 한스에게 시가 한 대를 권했다. 잠시 후 한자리에 모인 네 사람은 천천히 움직이기 시작했다. 그들은 의기양양하게 시내를 어슬렁거리고 다녔다. 그러다가 보리수 광장에 이르러서야 비로소 발걸음을 조금 서두르기 시작했다. 늦지 않게 비라흐에 도착하기 위해서!

강물은 마치 거울처럼 푸른색과 금색, 하얀색으로 반짝거렸다. 길가에 늘어선, 잎사귀들이 거의 다 떨어져 버린 단풍나무와 아카시아나무는 부드럽고 따사로운 10월의 햇살을 쬐고 있었다. 높은 하늘은 구름 한 점 없이 담청색을 띠고 있었다. 고요하고 맑은 쾌적한 가을날이었다. 이런 날에는 지나간 여름의 온갖 아름다운 일들이 고통 없는 즐거운 추억이 되어 부드러운 공기를 가득 채우고, 아이들은 계절 감각을 잊은 채 꽃을 찾으러 다닌다. 이런 가을날에 나이 든 사람들은 창가나 집 앞 벤치에 앉아 생각에 잠긴 눈으로 허공을 응시한다. 그들에게는 올해뿐 아니라 살아온 삶 전체의 그리운 추억들이, 맑고 푸른 가을 하늘 너머로 생생히 흘러간다.

하지만 젊은이들은 즐거운 기분으로 아름다운 날을 찬미한다. 신께 술이나 고기를 바치는 의식을 치르면서, 노래를 부르거나 춤을 추면서, 또는 술판을 벌이거나 한바탕 싸움판을 벌이면서, 제각기 재능이나 기질에 따라 아름다운 날을 찬미한다. 이런 날엔 어디를 가든 신선한 과일을 넣은 케이크가 구워지고 있고, 지하실에서는 갓 담근 사과즙이나 포도주가 발효되고 있다. 또한 음식점 앞이나 보리수 광장에서는 바이올린이나 하모니카 소리가 한 해의 마지막 아름다운 날들을 축하하라고, 춤추고 노래하고 사랑하라고 사람들을 유혹한다.

젊은 동료들은 빠른 걸음으로 걸어갔다. 한스는 아무런 걱정도 없는 척하며 시가를 피웠다. 시가를 피우니 기분이 몹시 좋아져 스스로도 의아했다. 딴 작업장에서 일하고 있는 숙련공은 자신의 편력에 대해 이야기했다. 그가 뭐라고 떠벌려도 아무도 못

마땅해하지 않았다. 그런 이야기에는 허풍이 들어 있기 마련이었다. 아무리 겸손한 숙련공이라 해도, 밥벌이를 할 직장이 있고 자신의 옛날 일을 목격한 사람이 없다면, 자신의 편력 시절을 거창하고 화려하게 포장해 믿기 어려운 말을 늘어놓는 법이다. 수공업 도제의 삶에 담겨 있는 놀라운 시적 정취는 민중의 공유재산이고, 그들의 전통적인 모험담은 개개인의 체험을 바탕으로 해서 짜인 새로운 아라베스크 무늬이다. 떠돌이 장인 누구라도 일단 이야기를 시작하면, 마치 불멸의 익살꾼 오일렌슈피겔*이나 불멸의 떠돌이 슈트라우빙거처럼 보인다.

"그러니까 프랑크푸르트에 머물 때였어. 아직 아무한테도 하지 않은 이야기이지. 어떤 돈 많은 상인이 우리 주인 딸과 결혼하려고 하더군. 입맛을 다시는 원숭이처럼 말이야. 하지만 아가씨는 보기 좋게 그놈을 퇴짜 놓아 버렸지. 나를 더 좋아했기 때문이야. 그녀는 넉 달 동안 내 애인이었어. 주인 영감하고 다투지만 않았더라면, 지금쯤 나는 그곳에 눌러앉아 그의 사위가 되었을지도 몰라."

숙련공은 계속 이야기를 늘어놓았다. 불한당이자 한심한 인신

---

* Till Eulenspiegel. 독일의 시골 사기꾼으로 그의 여러 가지 유쾌한 장난은 수많은 민간설화와 문학의 원천이 되었다. 브라운슈바이크의 크나이틀링겐에서 태어나, 1350년 슐레스비히홀슈타인의 묄른에서 죽었다고 한다. 기능공들이 오일렌슈피겔의 속임수의 주요 희생양으로 묘사되지만, 귀족이나 교황도 그의 속임수에 넘어갔다.

매매꾼 같은 주인이 자기를 때리려 했다고, 그래서 마음을 단단히 먹고 아무 말 없이 쇠망치를 휘두르며 그 늙은이를 노려보았더니 찍소리도 못하고 도망쳐 버렸다고, 그 비겁한 얼간이는 나중에 서면으로 해고를 통보했다고 했다. 오펜부르크에 있을 때 한바탕 큰 싸움을 벌인 이야기도 들려주었다. 자신을 포함한 세 명의 철물공이 일곱 명이나 되는 공장 노동자들을 패서 반쯤 죽여 놓았다는 이야기였다. 그러면서 오펜부르크에 가면 키다리 쇼르슈를 찾아 그 얘기를 물어보라고, 그도 그 철물공 중 하나였으며 아직까지 거기 살고 있다고 했다.

숙련공은 그 모든 이야기를 냉정하고 거친 목소리로, 하지만 속으로 희열을 느끼며 매우 열심히 전달했다. 모두들 무척 즐거운 기분으로 귀를 기울였다. 그리고 자신들도 나중에 다른 곳의 다른 동료들에게 이 이야기를 들려주리라 몰래 마음먹었다. 철물공이라면 누구나 한 번쯤은 자기 주인의 딸을 애인으로 삼은 적이 있고, 한 번쯤은 망치를 들고 성질 못된 주인에게 달려든 적이 있으며, 또 한 번쯤은 일곱 명이나 되는 공장 노동자들을 혼쭐나게 때려 준 적이 있기 때문이다. 그런 이야기의 배경은 때로는 바덴, 때로는 헤센, 때로는 스위스로 변하기도 했다. 그리고 망치 대신 줄이나 뜨겁게 달군 쇠가 등장하기도 했고, 얻어터진 대상이 공장 노동자가 아니라 제과점이나 양복점 점원이기도 했다. 흔히 듣는 낡아 빠진 이야기였지만, 사람들은 그런 얘기는 아무리 들어도 싫증내지 않았다. 그런 오래된 얘기는 다 재밌고 수공업자들의 명예를 드높이기도 했기 때문이다. 그렇다고 오늘날에는 떠돌이 장인 중에 체험이나 이야기 창작—근본적으로 이 두 가지는 동일한 것이다—에 있어 천재성을 가진 사람이 없다는 뜻은 아니다.

아우구스트는 특히나 그 숙련공의 이야기에 정신없이 빠져들었다. 끊임없이 웃어 대며 맞장구를 쳤고, 자신도 숙련공이 된 양 시건방진 쾌락주의자의 표정을 지으며 금빛으로 빛나는 허공에 담배 연기를 뿜어 댔다. 숙련공은 이야기꾼의 역할을 계속 수행했다. 그가 이렇게 일요일에 견습공들과 함께 어울리는 건 이례적인 일이었다. 평소에는 견습공들과 함께 다니지 않았다. 게다가 그런 풋내기들의 돈으로 술을 마시는 것은 창피한 일이었다.

그들은 강을 따라 한참을 내려갔다. 이제 완만한 곡선을 그리며 산으로 올라가는 국도와, 길이가 그 반밖에 안 되는 가파른 오솔길 사이에서 하나를 택해야 했다. 그들은 길이도 길고 먼지도 많이 나는 국도를 선택했다. 오솔길은 평일에나 걷는 길 혹은 지체 높은 신사들의 산책길에 불과했다. 그들 같은 평민들은, 특히 일요일이면 보통의 국도를 걷고 싶어 했다. 그런 길에는 아직도 시적 정취가 남아 있기 때문이었다. 시골 농부들이나 도시에서 온 자연 애호가들만이 오솔길을 올랐다. 그것은 노동이나 스포츠이지, 보통 사람들이 즐기는 산책은 아니었다. 국도에서는 느긋하게 나아가며 이야기를 주고받을 수 있었고, 신발이나 나들이옷이 더러워지지도 않았다. 그리고 지나가는 마차나 말도 구경

할 수 있고 산책에 나선 다른 사람들을 만나거나 앞지를 수도 있었다. 때로는 멋지게 차려입은 아가씨들이나 노래하는 젊은이 무리를 만날 수도 있었다. 그들이 농담을 걸어오면 웃으면서 받아넘기기도 하고, 가는 길을 멈추고 함께 떠들어 댈 수도 있었다. 결혼하지 않은 남자들은 아가씨들의 뒤를 쫓아가며 맞장구를 치고 웃을 수도 있었다. 동료들과의 견해 차이를 푸는 데도 이 길이 안성맞춤이었다.

그래서 그들은 국도를 따라 걸어갔다. 그 길은 커다란 곡선을 그리며 완만하고 쾌적하게 산으로 뻗어 있어, 땀 흘리며 걷기 싫어하는 사람에게도 적당했다. 숙련공은 윗도리를 벗어 지팡이 위에 건 다음, 그 지팡이를 어깨에 걸쳤다. 그는 이제 이야기를 멈추고 휘파람을 불었다. 비라흐에 도착할 때까지 한 시간 넘게 내내 휘파람을 불었다. 한스에게 빈정거리는 농담 몇 마디를 건네기도 했지만, 그리 심한 말은 아니었다. 그 농담을 열심히 받아넘긴 사람은 한스가 아니라 아우구스트였다. 그러는 사이 일행은 드디어 비라흐에 다다랐다.

비라흐는 붉은 기와지붕과 은회색 초가지붕으로 뒤덮여 있었다. 마을은 가을 색을 띤 과일나무들로 둘러싸여 있었고, 뒤쪽으로는 검은 숲이 우뚝 솟아 있었다.

그들은 어떤 주점에 들어갈지를 놓고 의견이 분분했다. '닻'에는 최상급 맥주가 있었고, 가장 좋은 케이크는 '백조'에 있었다. 그리고 '예각'*에는 아리따운 주인집 딸이 있었다. 아우구스트는 우선 '닻'에 가자고 했다. '닻'에서 두세 잔 마신다고 '예각'이 달아나 버리는 것도 아니니 거긴 나중에 가자고 설득했다. 모두들 그게 좋겠다고 했다. 그들은 마을로 들어가서 외양간을 지나고 양아욱 화분이 놓여 있는 낮은 창문들을 지나 '닻'을 향해 발걸음을 옮겼다. 두 그루의 어리고 둥근 밤나무 너머로 햇빛을 받아 반짝이는 '닻'의 금빛 간판이 사람들을 유혹하고 있었다. 숙련공은 어떻게든 주점 안으로 들어가 앉으려고 했지만 유감스럽게도 그곳은 벌써 손님들로 가득 차 있었다. 그래서 그들은 하는 수 없이 뜰에 자리를 잡아야만 했다.

'닻'은 품격 있는 주점이었다. 즉 농부들이 드나드는 낡은 주점이 아니라, 네모난 벽돌로 지은 창문이 많이 달린 현대식 주점이었다. 여럿이 앉는 긴 의자 대신 개별 의자가 놓여 있었고, 알록달록한 선전용 양철 간판도 여러 개 달려 있었다. 게다가 도회지풍으로 차려입은 여종업원이 시중을 들었고, 주인은 셔츠 바람이 아니라 언제나 유행에 맞는 갈색 정장을 차려입고 손님을 맞이했다. 그는 원래 파산한 사람이었다. 하지만 커다란 맥주 공장을 경영하는 주채권자로부터 이 집을 임차한 이후 품위 있게 살 수 있었다. 뜰은 아카시아나무와 커다란 철망 울타리로 둘러싸여 있었는데, 그 울타리는 야생 포도나무로 반쯤 뒤덮여 있었다.

"자, 위하여!" 숙련공은 큰 소리로 외치며 다른 세 명의 동료와

✦ '예각'이라는 뜻을 지닌 'scharfe Eck'에는 '얼큰히 취한 패거리'라는 뜻도 있음.

잔을 부딪쳤다. 그러고는 자신의 능력을 과시하기 위해 단숨에 잔을 비워 버렸다.

"여기요, 아가씨! 술잔이 다 비었어요. 빨리 한 잔 더 가져와요!" 그는 여종업원을 향해 소리치며 탁자 너머로 잔을 내밀었다.

맥주 맛은 일품이었다. 상큼하며 그리 쓰지도 않았다. 한스도 즐거운 마음으로 술맛을 보았다. 아우구스트는 전문 감식인의 표정으로 만족해하며 술을 음미했고, 틈틈이 수리가 잘못된 난로처럼 담배 연기를 뿜어 댔다. 한스는 조용히 경탄하며 그 모습을 지켜봤다.

인생을 알고 즐길 줄 아는 사람들과 함께, 자신도 즐길 자격이 있는 사람처럼 주점 탁자에 앉아 유쾌한 일요일을 보내는 건 그다지 나쁘지 않았다. 같이 웃기도 하고 이따금 용기를 내어 농담을 하는 것도 즐거웠다. 술을 다 마시고 나서 탁자 위에 잔을 탁하고 내려놓으며 아무 걱정 없이 소리치는 것도 멋지고 사내다운 일이었다. "한 잔 더, 아가씨!" 다른 탁자에 앉은 낯익은 사람과 건배를 한다거나, 불 꺼진 시가 꽁초를 왼손에 끼고 다른 사람들처럼 깊숙이 모자를 눌러쓰는 것도 멋진 일이었다.

다른 작업장에서 일하는 숙련공은 다시 이야기를 늘어놓기 시작했다. 자기가 아는 울름의 어느 철물공은 울름산産 고급 맥주를 스무 잔이나 마시고도 입을 닦으며 '자, 이젠 고급 포도주를 한 병 가져와!'라고 말했다고 했다. 또한 칸슈타트에서는 껍질이 얇고 단단한 소시지를 열두 개나 먹어 치울 수 있어 모든 내기에서 이길 수 있다고 큰소리치는 어느 화부를 알게 되었는데, 그는 두 번째 내기에서 지고 말았단다. 어느 조그만 음식점에서 메뉴판에 있는 음식을 몽땅 먹어 치우는 내기를 했고 정말로 거의 다 먹어 치웠는데, 메뉴판 맨 마지막에 써 있는 네 종류의 치즈 중 세 번째 것을 먹다가 접시를 옆으로 치우며 '나머지 하나를 더 먹느니 차라리 죽어 버리고 말겠어!'라고 했단다.

이 이야기도 커다란 박수를 받았다. 세상 어디에나 끈기 있게 먹고 마셔 대는 사람들이 있었고, 누구나 그런 주인공이 등장하는 이야깃거리를 가지고 있었다. 어느 사람의 이야기에서 그 주인공은 '슈투트가르트의 한 사내'였고, 다른 사람의 이야기에선 '루드비히스부르크의 용기병龍騎兵'이었다. 어떤 사람은 감자를 열일곱 개나 먹어 치운 사람 이야기를 했고, 또 다른 사람은 샐러드를 곁들인 팬케이크를 열한 개나 먹어 치운 사람 이야기를 했다. 모든 사람들이 그런 이야기들을 능숙하고 진지하게 늘어놓았다. 그러면서 세상에는 뛰어난 재능을 가진 별의별 사람들이 많으며 미치광이 바보들도 많다는 깨달음을 낙으로 삼았다. 그런 낙은 오래전부터 내려온 선술집의 훌륭한 유산이었고, 그래서 젊은이들도 술을 마시고 정치를 논하고 담배를 피우고 결혼과 죽음을 이야기하며 그런 낙을 흉내 냈다.

세 번째 잔을 마시면서 누군가가 케이크가 먹고 싶다고 말했다. 여종업원을 불러 케이크가 있냐고 물어보았고, 없다고 하자 모두들 무섭게 흥분했다. 아우구스트가 일어서더니 케이크도 없다면 다른 집에 가봐야겠다고 말했다. 단지 프랑크푸르트에서 왔다는 숙련공만 계속 있겠다고 했다. 그는 여종업원과 약간 관계가 있어 보였고, 벌써 여러 차례 그녀의 몸을 어루만지기도 했다. 한스는 맥주를 마신 데다 그런 장면까지 보게 되어 기분이 이상하던 차였다. 그러다가 모두가 자리를 옮기자고 했고, 한스는 안심이 되었다.

술값을 치르고 모두들 거리로 나왔을 때, 한스는 자신이 맥주세 잔에 약간 취했음을 깨달았다. 피곤하기도 했고, 무언가 일을 벌여 보고 싶은 기분도 들었다. 눈앞에 엷은 베일이 드리워져 있는 듯해서 모든 것이 꿈속처럼 아득하게, 비현실적으로 보였다. 한스는 계속 웃어 댔다. 모자까지 삐딱하게 쓰니 자신이 무척 쾌활한 녀석이 된 것 같았다. 프랑크푸르트에서 온 숙련공은 다시 전투적인 방식으로 휘파람을 불어 댔고, 한스는 그 휘파람에 맞추어 발걸음을 옮겼다.

'예각'은 꽤 조용한 분위기였다. 서너 명의 농부가 올해 담근 포도주를 마시고 있었다. 생맥주는 없고 병맥주뿐이었다. 즉시 젊은이들 앞에 맥주가 한 병씩 놓여졌다. 숙련공은 통이 크다는 것을 과시하려는 듯 동료들을 위해 사과가 든 커다란 케이크 한 개를 시켰다. 한스는 갑자기 무척 배가 고파져 케이크 몇 조각을 잇달아 먹어 치웠다. 갈색의 낡은 술집, 그 안에 벽을 따라 늘어선 넓고 긴 의자에 앉아 있으니, 몽롱하고 편안한 기분이 들었다. 실내가 어두워 낡은 카운터와 커다란 난로는 잘 보이지 않았다.

나무로 만든 흔들리는 커다란 새장 안에는 박새 두 마리가 날개를 푸드덕거렸다. 새장에 꽂혀 있는 마가목 가지에는, 새의 먹이가 될 붉은 열매가 주렁주렁 달려 있었다.

술집 주인이 잠시 탁자로 와서 손님들에게 반갑다는 인사를 했다. 얼마가 지나서야 젊은 무리는 다시 정상적으로 대화를 이어 갈 수 있었다. 한스는 독한 병맥주를 몇 모금 마시고 나서 과연 자신이 이 한 병을 다 마실 수 있을지 궁금해졌다.

프랑크푸르트에서 온 숙련공은 라인 지방의 포도밭 축제며 값싼 여인숙에서 묵던 떠돌이 생활에 관해 다시 허풍을 늘어놓기 시작했다. 모두들 즐거운 기분으로 그의 이야기에 귀를 기울였다. 한스도 웃느라 정신이 없었다.

한스는 갑자기 자신의 상태가 이상해지는 것을 느꼈다. 탁자와 술병과 잔과 동료들이 한데 어우러져 부드러운 갈색 구름처럼 보였다. 정신을 바짝 차려야 그것들 하나하나의 형체를 제대로 알아볼 수 있었다. 동료들이 더 크게 떠들며 웃으면 한스도 따라 웃었고, 한 말을 또 하기도 했다. 그들이 술잔을 부딪치면 그도 따라 건배했다. 한 시간이 지난 후에 보니 놀랍게도 그의 술병은 비어 있었다.

"잘 마시는데." 아우구스트가 말했다. "한 병 더 마실래?"

한스는 이렇게 계속 마셔 대다간 큰일 나겠다고 생각하면서도 웃으며 고개를 끄덕였다. 프랑크푸르트에서 온 숙련공이 노래를 부르자 모두들 따라 불렀고, 한스도 목청껏 노래를 불렀다.

그러는 사이 술집 안은 손님들로 가득 찼다. 여종업원을 돕기 위해 주인의 딸이 모습을 드러냈다. 키가 크고 몸매도 아름다운 여자였다. 얼굴은 건강하고 힘차 보였고, 갈색 눈은 조용해 보였다.

주인 딸이 새 술병을 한스 앞에 갖다 놓았다. 그러자 한스 옆에 앉아 있던 숙련공이 우아하고 정중한 찬사의 말을 쏟아 냈다. 하지만 그녀는 숙련공에겐 관심이 없다는 뜻을 보이기 위해서였는지, 아니면 기품 있게 생긴 소년의 얼굴이 마음에 들어서였는지, 한스를 향해 몸을 돌리더니 재빨리 그의 머리를 쓰다듬었다. 그러고는 카운터로 돌아갔다.

벌써 세 병째 술을 마시던 숙련공이 그녀를 뒤쫓아 갔다. 그는 어떻게든 그녀와 이야기를 나누어 보려고 갖은 애를 썼지만 허사였다. 키 큰 소녀는 무관심하게 그를 쳐다보더니 아무 대답도 하지 않고 이내 등을 돌려 버렸다. 그러자 숙련공은 탁자로 되돌아와서는 빈 병을 탁자에 두드리며 갑자기 신이 나서 소리쳤다. "얘들아, 재미나게 놀아 보자. 자, 건배!"

그러고 나서 그는 여자들과의 에로틱하고 외설스러운 모험담을 늘어놓기 시작했다.

하지만 한스에게는 왁자지껄한 모든 소리가 희미하게만 들릴 뿐이었다. 두 번째 술병이 비어 갈 때쯤엔, 말하는 것은 물론 웃는 것조차 힘들었다. 그는 박새를 놀리고 싶어 새장 쪽으로 몇 발자국 가다가 어지러워 하마터면 쓰러질 뻔했다. 그래서 조심스럽게 되돌아왔다.

그때부터 신나고 흥겨웠던 기분도 가라앉기 시작했다. 한스는 자신이 몹시 취했음을 깨달았고 더 이상 마시기가 싫었다. 다시 집까지 먼 길을 가야 하고, 가면 아버지와 한바탕 말다툼을 벌일 것이고, 내일 아침이면 일찍 일어나 다시 작업장에 가야 할 것이다. 그런 앞으로의 일들을 생각하니 머리도 아파 왔다.

다른 동료들도 상당히 취해 있었다. 아우구스트는 잠시 머리가 맑아지자 술값을 내겠다고 나섰다. 그는 1탈러*를 내고도 거스름돈을 거의 받지 못했다. 젊은 무리는 시끄럽게 떠들고 왁자지껄하게 웃으며 거리로 나왔다. 밝은 저녁노을에 눈이 부셨다. 한스는 혼자서는 똑바로 서 있을 수도 없어서 아우구스트에게 몸을 기댄 채 비틀거리며 나아갔다.

아우구스트는 감상적인 기분에 빠져 "내일 난 이곳을 떠나야 해"라며 노래를 흥얼거렸고, 그의 두 눈에는 눈물이 그렁그렁했다.

처음에는 모두들 집으로 돌아갈 생각이었다. 하지만 '백조' 옆을 지나갈 때 숙련공이 그곳에 들어가자고 고집을 부렸다. 술집 문 아래에서 한스는 무리에서 벗어났다.

"난 집에 가야겠어."

"넌 혼자 걷지도 못하잖아." 숙련공이 웃으며 말했다.

---

* 18세기 중엽까지 통용된 프로이센의 은화. 1탈러는 3마르크에 상당하는 액수였다.

"걸을 수 있어, 걸을 수 있어, 난…… 집에…… 가야 해."

"그럼 브랜디라도 한 잔 더 마셔, 이 꼬맹이야! 그걸 마시면 다리에 힘이 생기고, 위도 정상으로 돌아올 거야. 정말이야, 마셔 보라니까."

한스는 자기 손에 조그만 술잔이 쥐여져 있는 것을 느꼈다. 하지만 잔에 담긴 술을 대부분 엎지른 상태라 남아 있는 조금의 술만 들이켰다. 목구멍이 불에 타는 듯했다. 속이 메스꺼워 견딜 수가 없었다. 그는 혼자 비틀거리며 계단을 내려와서, 어쩌다가 그렇게 되었는지 몰라도 마을 바깥으로 나왔다. 집들과 울타리와 뜰이 비스듬하게 기울어지고 어지럽게 뒤엉킨 채 그의 곁을 스치며 빙빙 돌았다. 한스는 사과나무 아래 축축한 풀밭에 드러누웠다. 역겨운 기분이었고, 고통스러운 두려움이 느껴졌으며, 미처 끝내지 못한 생각 때문에 잠에 빠질 수도 없었다. 타락하고 더럽혀진 기분이었다. 집까지 어떻게 가지? 가면 아버지에게 뭐라고 말하지? 그리고 내일은 어쩌지? 몸도 마음도 완전히 기진맥진한 그는 잠들어 쉬고도 싶었고, 남은 평생이 스스로에게 부끄러울 것이라는 생각도 들었다. 머리와 눈이 아팠다. 일어날 힘도 걸을 힘도 없었다.

앞서 느꼈던 즐거운 기분이 때늦게 밀려온 파도처럼 잠시 되돌아왔다. 한스는 얼굴을 찡그리더니 혼자 흥얼거리기 시작했다.

"오, 너 사랑스러운 아우구스틴,

아우구스틴, 아우구스틴,

오, 너 사랑스러운 아우구스틴,

모든 게 끝나 버렸어."*

한스는 그 노래를 다 부르기도 전에 마음속 깊은 곳이 아파 왔다. 그는 흐릿하게 밀어닥치는 어렴풋한 상념과 추억들, 수치심과 자책감에 사로잡혔다. 한스는 큰 소리로 신음했고, 흐느끼며 풀밭에 쓰러졌다.

한 시간 뒤 벌써 날이 어두워졌다. 한스는 몸을 일으켜 위태로운 걸음으로 힘겹게 산을 내려갔다.

기벤라트 씨는 저녁 식사 시간이 되었는데도 아들이 돌아오지 않자 마구 욕을 해댔다. 9시가 되어도 여전히 한스가 돌아오지 않자 오랫동안 사용하지 않았던 굵은 등나무 회초리를 꺼내 놓았다. "이젠 아버지 매를 안 맞아도 될 만큼 컸다고 생각하는 모양이지? 돌아오기만 해봐라. 단단히 혼을 내줘야겠어!"

10시가 되자 아버지는 현관문을 잠가 버렸다. "우리 아드님이 밤의 환락을 쫓으려나 보군, 어디 묵을 데라도 있는 모양이지."

아버지는 잠을 이룰 수가 없었다. 점점 더 화가 났고, 아들이

✦ 이 노래는 〈오, 너 사랑스러운 아우구스틴〉이라는 독일 동요로, 우리나라에서는 〈동무들아 오너라〉로 번안되었다. 여자 친구도 떠나가고, 지팡이도 옷도 사라져 곤경에 처한 아우구스틴의 절망적인 심정을 노래한 곡.

문손잡이를 돌려 보고는 조심스럽게 초인종 줄을 잡아당기기를 이제나저제나 기다렸다. "밤의 환락을 쫓는 녀석은 한번 따끔한 맛을 봐야 돼! 그 개구쟁이 녀석이 술에 잔뜩 취한 게 틀림없어. 당장 술이 깨게 해줘야지. 못된 녀석, 음흉한 녀석, 고약한 녀석 같으니! 정신이 번쩍 들도록 혼을 내줘야겠어."

마침내 아버지도 그의 분노도 잠에 굴복하고 말았다.

같은 시각 아버지가 속으로 그토록 위협했던 한스는 이미 싸늘한 시체가 되어 시커먼 강물을 따라 골짜기 아래로 느릿느릿 조용히 떠내려가고 있었다. 그는 이제 구역질, 수치심, 괴로움에서 벗어났다. 어둠 속에 떠내려가는 한스의 야윈 몸뚱이를 차갑고 푸르스름한 가을밤이 내려다보고 있었다. 시커먼 강물은 그의 두 손과 머리카락, 창백한 입술을 어루만졌다. 그는 아무의 눈에도 띄지 않았다. 동이 트기 전에 벌써 사냥에 나선 겁 많은 수달만이 그를 빤히 보며 소리 없이 지나갔을 뿐이었다.

그가 어떻게 물에 빠지게 되었는지는 아무도 모른다. 길을 잃고 헤매다가 경사가 급한 곳에서 미끄러졌는지도 모른다. 목이 말라 물을 마시려다가 몸의 균형을 잃었는지도 모른다. 혹은 아름다운 강물의 모습에 유혹되어 그 위로 몸을 숙였는지도 모른다. 모두들 평화롭게 쉬고 있던 깊은 밤, 홀로 피곤하고 불안했던 한스가 달빛에 취해 자기도 모르게 죽음의 그림자 속에 빠져들었는지도 모른다.

낮에 한스의 시체가 발견되어 집으로 운반되어 왔다. 깜짝 놀란 아버지는 회초리를 옆으로 치웠다. 터뜨리지 못한 분노는 포기할 수밖에 없었다. 그는 울지 않았다. 자신의 감정을 거의 드러내지 않았다. 하지만 그날 밤 아버지는 다시 뜬눈으로 밤을 보내며, 이따금 말없이 누워 있는 아들의 모습을 문틈으로 바라다보았다. 깨끗한 침대 위에 누워 있는 아들은 여전히 잘생긴 이마와 창백하고 영리해 보이는 얼굴을 하고 있었다. 그 아이는 다른 사람들과는 다른 운명을 타고난, 특별한 존재처럼 보였다. 이마와 두 손에 난 긁힌 상처는 약간 푸르스름하고 불그스름한 색을 띠고 있었다. 그 귀여운 얼굴은 곤히 잠든 듯했다. 두 눈은 하얀 눈꺼풀에 덮여 있었고, 완전히 다물지 않은 입은 만족스러운 듯 명랑해 보이기까지 했다. 한창 꽃봉오리를 피우고 있던 그 소년은, 자신을 방해하는 운명을 피해 재빨리 달아나 버린 것 같았다. 홀로 지쳐 슬픔에 빠져 있던 한스의 아버지는, 그런 식의 행복한 망상에라도 빠질 수밖에 없었다.

한스의 장례식에는 많은 수의 조합원들과 호기심 어린 사람들이 모여들었다. 한스 기벤라트는 다시 모두의 관심을 끄는 유명 인사가 되었다. 교사들과 교장 선생님, 마을 목사도 다시 그의 운명에 동참했다. 모두가 프록코트 차림에 실크해트를 쓴 채 엄숙하게 장례 행렬을 따라갔다. 그리고 서로 귓속말을 주고받으며 잠시 무덤가에 서 있었다. 그들 중 라틴어 선생님이 특히 우울해 보였다. 교장 선생님은 나지막한 소리로 그에게 말했다.

"그래요, 선생님. 저 아이는 훌륭한 인물이 될 수 있었어요. 가장 뛰어난 아이들이 자주 불운을 맞는 건 참으로 참담한 일이에 요"

구두장이 플라이크는 한스의 아버지와 안나 할머니와 함께 무덤가에 마지막까지 남아 있었다. 안나 할머니는 끊임없이 소리 내어 울었다.

"참으로 가혹한 일입니다. 기벤라트 씨!" 동정하는 얼굴로 그가 말했다. "저도 그 아이를 무척 좋아했답니다."

"도무지 이해할 수가 없습니다." 아버지는 한숨을 쉬며 말했다. "저 아이는 무척 재능이 뛰어난 아이였어요. 그리고 모든 일이 잘 풀려 갔지요. 학교며 시험이며…… 그러다가 갑자기 우리 모두에 게 이런 불행이 닥친 겁니다!"

구두장이는 교회 묘지의 문을 나서는 프록코트의 신사들을 가리키며 나지막이 말했다.

"저기 걸어가는 사람들 중 몇몇은 한스를 이 지경으로 만드는 데 일조했습니다."

"뭐라고요?" 기벤라트 씨는 버럭 화를 냈다. 그는 믿을 수 없다 는 표정으로 구두장이를 빤히 쳐다봤다. "빌어먹을, 대체 어째서 그렇다는 거요?"

"진정하세요, 학교 선생님들이 그렇다는 말입니다."

"어째서? 대체 왜 그렇단 말입니까?"

"아, 더 이상은 말하고 싶지 않습니다. 당신과 나도 여러 면에 서 저 아이에게 소홀했어요. 그렇게 생각하지 않아요?"

마을 위로는 화창한 푸른 하늘이 끝없이 펼쳐져 있었고, 골짜기에는 강물이 반짝이고 있었다. 가문비나무로 덮인 푸르고 부드러운 산들은 무언가를 그리워하듯 저 먼 곳을 바라보고 있었다. 구두장이는 슬픈 미소를 지으며 기벤라트 씨의 팔을 잡았다. 기벤라트 씨는 고통스러운 이 고요한 시간으로부터 벗어나 익숙한 삶의 터전인 저 낮은 곳으로 가기 위해, 당혹스러운 심정으로 머뭇거리는 발걸음을 옮겼다.

가정과 학교의 몰이해 속에 파멸한
재능 있는 한 젊은이의 이야기

헤르만 헤세는 1877년 7월 2일 슈바르츠발트 북쪽의 작은 마을 칼프에서 태어났다. 헤세의 아버지인 요하네스 헤세는 1847년 에스트란트에서 의사의 아들로 태어나 신학을 전공하고 인도에서 선교사로 일했다. 하지만 그는 건강상의 이유로 3년 만에 유럽으로 돌아와, 바젤 선교단의 소개로 칼프에서 헤르만 군데르트 박사의 조수로 일하게 된다. 그곳에서 그는 군데르트 박사의 딸 마리 군데르트와 알게 되어 결혼했다. 인도에서 태어난 마리 군데르트는 선교사였던 첫 남편 찰스 아이젠버그가 사망하고 나서 헤세의 아버지와 재혼했다. 헤세의 외할아버지인 헤르만 군데르트는 인도의 말라야람어를 연구하는 데 일생을 바친 저명한 동양학자였다. 헤세는 조상의 다양한 혈통을 이어받은 데다 친가와 외가가 모두 선교사 집안이었기 때문에 어려서부터 이국적인 문화를 경험하며 국제적인 분위기에서 자라났다.

신앙적인 분위기의 가정에서 자란 헤세는 어린 시절 '나는 천국에서 살았다'고 할 정도로 행복한 생활을 했다. 헤세의 어머니는 가족의 평안과 하느님 나라를 위해서 사는 것이 자신의 사명이라고 생각했다. 자녀 교육에 열성을 보인 어머니는 헤세가 세 살 때 매우 영리하고 얘기하는 것을 좋아했지만 고집과 반항이 대단했다고 일기에서 밝혔다. 유치원에 다닐 때는 헤세의 격한 기질이 가족을 힘들게 했는데, 그의 행동이 심각한 상황에 이르자 헤세의 아버지는 급기야 어린 아들을 다른 곳에 맡겨야 하지 않을까 걱정하기도 했다.

아홉 살부터 열세 살까지 고향 칼프의 라틴어 학교에 다닌 헤세는 학교생활에 잘 적응하지 못했다. 횔덜린의 시를 애송하던 헤세는 이미 '열세 살 때부터 시인이 아니면 아무것도 되고 싶지 않다'고 생각했다. 헤세의 어머니는 신앙 속에서 아들을 키우며 보살폈지만, 헤세는 청소년기에 이르러 부모의 경건주의 기독교 세계와 갈등을 겪는다. 부모를 포함해 교회와 학교의 기독교 세계가 그에게는 너무 경직되고 편협하며 배타적인 것으로 생각되었다. 그 시절 학교와 기숙사는 그에게 너무 협소했고, 때로는 고문과 같은 것이었으며, 미래는 매우 절망적으로 보였다.

1890년 2월, 열세 살인 헤세는 뷔르템베르크의 주 시험을 준비하기 위해 괴핑겐으로 가서 라틴어 학교를 다녔다. 헤세는 훗날 괴핑겐의 라틴어 학교 시절을 긍정적으로 회고하기도 했는데, 그곳에서의 수업은 실제로 바라던 결과를 가져다주기도 했다. 주 시험에 합격하면 신학교에 입학할 수 있고, 그곳에서 국비 장학생으로 공부하여 주의 공무원이나 목사, 교수가 될 수 있었다. 따라서 학생들에게 미래를 보장해 주는 대단히 중요한 시험이었다.

그 때문에 헤세의 아버지는 1890년 11월 헤세에게 뷔르템베르크 주의 시민권을 취득하게 해주었다. 그래서 헤세는 이전에 가지고 있던 스위스 시민권을 상실하게 되었다. 1891년 6월 헤세는 주 시험에 합격했으며, 그해 가을에 마울브론 신학교에 입학했다. 이 학교는 엄격한 시험으로 학생들을 선발해 목사로 배출하는 권위와 전통을 자랑하는 명문 학교였다. 이 학교에서 학생들은 수도승처럼 검소한 생활을 해야 했고, 고전 언어를 익히며 철저하게 고전 공부를 했다. 헤세는 이 신학교에서 그리스, 로마 문학과 중세 문학을 현대 독일어로 번역하기도 하고, 실러와 클로프슈토크의 작품을 읽으며 독서 클럽을 만드는 등 그곳에 잘 적응하는 것처럼 보였다.

그 시절 부모님에게 보낸 편지들을 보면, 헤세는 처음에는 대체로 신학교 생활에 만족했다. 그는 그곳 분위기를 자유롭게 여겼고, 수업에도 나름대로 흥미를 느꼈다. 교사들과 동료 학생들도 몇몇을 빼면 대체로 마음에 들었다. 하지만 헤세는 신학교에 다닌 지 6개월 만인 1892년 3월 7일, 『수레바퀴 밑에』의 헤르만 하일너와 마찬가지로 갑자기 학교에서 사라지고 말았다. 날씨는 추웠고 수중에는 돈이 한 푼도 없었다. 학교에서는 실종 신고를 하고 근처 숲 속을 수색하기도 했지만 그를 찾지 못했다. 만 하루가 지난 3월 8일 점심때가 되어서야 그는 경찰에 붙잡혀 마울브론 신학교로 돌아왔다. 그는 학교를 무단이탈한 죄로 여덟 시간의 감금 처벌을 받았다. 그 후 헤세는 선생님들과 동료들로부터 따돌림을 당하고 외톨이 생활을 하게 되었다. 그러자 헤세는 우울증에 빠지는 등 정신적 위기를 맞았다. 3월 20일의 편지에서는 '나는 저녁노을처럼 사라지고 싶다'면서 자살을 암시하기도 했다.

결국 학업을 계속할 수 없을 정도로 건강이 나빠진 헤세는 1892년 5월에 학교로부터 요양 휴가를 받았다. 이 휴가는 공식적으로는 그의 건강을 되찾기 위한 조치였으나 실제로는 퇴학을 의미했다. 이렇게 하여 부모의 관심과 주위의 기대를 한 몸에 받으며 명문 개신교 신학교에 입학했던 헤세는, 결국 학교를 그만두게 되었다. 아버지는 당연히 이런 헤세에게 크게 실망했고, 신학교에서 불명예 퇴학을 당한 소년 헤세는 인생의 방향 감각을 잃은 채 방황하기 시작했다.

그 무렵 헤세는 우울증과 신경증으로 환각 증세를 일으키기도 했다. 그래서 블룸하르트 목사가 운영하는 바트 볼 감화원에 맡겨졌다. 헤세는 처음에는 그곳에서 안정을 되찾고 잘 적응하는 듯 보였다. 하지만 6월에 일곱 살 연상의 오이게니 콜프에 대한 짝사랑에 실패한 후에 그는 마음의 평화가 깨져 심한 정신 불안에 시달렸고 심지어 권총 자살을 시도하기까지 했다. 그러자 헤세의 부모는 1892년 6월 말 그를 슈투트가르트 부근의 렘슈탈에 있는 정신병원으로 보냈다. 그곳에서 그는 기도 요법 치료를 받았으며, 정원 일을 하거나 정신장애아들의 기초 학습을 도와주며 정신적 안정을 얻을 수 있었다. 헤세는 3개월 후 아버지에게 간청하여 고향 집으로 돌아갈 수 있었지만, 아버지와 심한 갈등을 겪은 후 다시 슈테텐의 병원으로 보내졌다. 이때 그는 사춘기의 반항심 속에서 가족으로부터 쫓겨났다는 느낌에 강하게 시달린다.

열다섯 살이 되자 부모와 사회에 반항하며 신앙적인 면에서 무척 힘든 시기를 보낸다. 이때부터 헤세는 아버지에게 반항적인 태도를 보이며 공격적이고 반어적이며 풍자적인 표현을 편지에 쓴다. 작가로서의 그의 자의식이 종교적 전통과 고루하고 위압적인 권위와 충돌했던 것이다. 그러다가 헤세는 바젤로 옮겨 가 피스터 목사의 보호를 받으며 정신적 안정을 되찾을 수 있었다. 그는 그곳에서 어린 시절을 회상하며 고향 같은 느낌을 받았다. 병세가 약간 호전된 헤세는, 1892년 10월 말 바트 칸슈타트 김나지움에 입학했다. 성적도 좋고 잘 적응하는 것 같았으나, 이내 학업에 흥미를 잃고 두통과 무기력에 시달렸다. 결국 1년 후에 헤세의 학창 시절은 영원히 끝나고 말았다.

헤세는 외삼촌의 소개로 에슬링겐 서점의 견습생이 되어 처음으로 직업 전선에 나섰지만, 거기서도 4일 만에 도주하고 말았다. 다시 칼프로 돌아온 헤세는 아버지와는 계속 냉전 상태였지만 자연과 어머니를 통해 서서히 안정을 되찾았다. 그는 작가의 길을 가고 싶었다. 하지만 현실을 받아들이기로 하고 페로트 탑시계 공장의 견습공이 되었다. 페로트 탑시계 공장에서 호의적인 견습 증명서를 받은 헤세는, 튀빙겐의 한 서점에서 견습생으로 일하기 시작한다. 헤세는 그곳에서 3년 동안 열심히 일하면서 작가가 되기 위해 부단히 노력한다.

그는 튀빙겐에서 교회에 나가지는 않았지만, 혼자 성경을 다시 읽으며 새로운 눈으로 성경을 바라보게 되었다. 헤세가 이런 변화를 보이자 아버지는 자신도 인생의 여러 시기에 성경의 여러 부분에서 감동을 받고 힘을 얻었다고 아들에게 편지를 썼다. 이제 부자간에 비판이 아닌 이해와 사랑의 새로운 분위기가 생겨난 것이다. 또한 뼈가 약해져서 2년 동안 고통을 겪고 있던 어머니와의 관계도 다시 좋아졌다. 그는 매일 밤 자리에 눕기 전에 어머니의 건강을 기원하는 기도를 하면서, 부모님께 저지른 잘못을 뉘우치기도 했다. 이내 어머니의 건강이 회복되자 헤세는 깊은 감동을 받고 하느님께 영광을 돌린다. 결국 헤세는 그리스도를 무시하거나 외면할 수 없다는 것을 깨닫게 된다.

헤세는 튀빙겐의 서점에서 일하며 틈틈이 시를 쓴다. 그리하여 1896년 「마돈나」라는 시로 등단하고, 1898년과 1899년에 각각 시집 『낭만적인 노래』와 『한밤중 뒤의 한 시간』을 출간한다. 감상적이고 애수적인 이 시집들은 상업적으로도 실패했고, 어머니로부터도 비판을 받는다. 그녀는 문학적인 재능은 하느님의 영광과 다른 사람들을 위해 써야 한다고 생각했던 것이다. 헤세는 어머니의 이러한 부정적인 평가에 크게 실망하고 고통스러워한다. 1899년 가을, 헤세는 튀빙겐을 떠나 바젤의 유명한 라이히 고서점에서 책을 분류하는 일을 하다가, 1901년 바텐빌 고서점에 들어간다.

이처럼 헤세는 1893년부터 약 10년간 여러 서점과 탑시계 공장에서 일했고, 1901년과 1903년에는 이탈리아를 여행하기도 한다. 이 기간 동안 헤세는 괴테의 작품을 읽으며 그에게서 '안정을 얻고, 가르침을 받고, 조화에 관해 배웠다'. 그 후 헤세는 브렌타노, 아이헨도르프, 티크, 슐라이어마흐, 슐레겔 형제와 같은 낭만주의 작가들에게도 매료되었지만, 그가 특히 좋아한 작가는 노발리스였다.

헤세는 1904년 『페터 카멘친트』의 성공으로 서점 일을 그만두고 본격적인 작가 활동을 시작한다. 그리고 1906년 『수레바퀴 밑에』를 발간한다.

『수레바퀴 밑에』는 헤세의 자서전이라 할 수 있다. 한스 기벤라트*의 고향 마을은 헤세의 고향인 칼프임을 쉽게 알 수 있다. 헤세는 이 작품을 쓰면서 마울브론 신학교에서 보낸 자신의 체험을 가공하고 있다. 학생들이 기거하는 방의 이름은 지금도 사용

---

* '기벤라트 Giebenrath'에는 'Geben Sie mir Rat' 즉 '내게 조언을 해주세요'라는 뜻이 담겨 있다. 하지만 기벤라트는 가정과 학교로부터 진정한 조언을 받지 못하고 사회의 몰이해 속에 죽음을 맞이한다.

되고 있는 이름이다. 『수레바퀴 밑에』의 한스 기벤라트도 헤세와 마찬가지로 마울브론 신학교에 입학한 우등생이자 모범생이었다 가 일순간에 나락으로 굴러떨어진다. 그렇게 된 이유 중 하나로, 기벤라트 역시 헤세와 마찬가지로 아버지와 갈등 관계였음을 꼽을 수 있다. 헤세의 아버지는 보수적인 골수 경건주의자였다. 그는 모든 것을 독실한 신앙적인 관점으로만 이해하고 받아들였다. 헤세는 아버지에 대한 종교적 반감 때문에 어렸을 때부터 신학을 멸시하고 조롱하며 교회를 외면했다. 종교적으로 아무 결점이 없는 완벽한 아버지는 헤세에게는 언제나 동상과 같은 존재였던 것이다.

소설에서 한스를 오랫동안 혼자 키워 온 그의 아버지도 결코 이상적인 아버지의 유형이 아니다. 그는 마을의 다른 사람들처럼 속물적인 사고방식을 지니고 있다. 그는 아들이 주 시험에 떨어지면 김나지움에 가겠다고 하자 일언지하에 거절해 버린다. 학비가 너무 많이 들기 때문이다. 그의 직업이 도매업자이자 중개인인 것으로 보아 아들의 학비를 못 댈 만큼 가난한 것 같지는 않지만. 그는 아들이 주 시험을 준비하는 동안 낚시와 토끼 사육을 금지시킨다. 한스에게는 자연 친화적인 그런 취미 생활이 유일한 휴식이었음에도 불구하고. 한스의 아버지는 아들의 죽음을 자살로 보지 않고 교장이나 교사들, 마을 목사처럼 사고사라고 생각한다.

구두장이 플라이크는 독실한 경건주의자이다. 그는 마을 목사가 신의 존재를 믿지 않으며 신앙보다 학문을 우위에 둔다고 생각한다. 그는 한스의 수호천사 역할을 자처한다. 플라이크와 마을 목사는 한스를 사이에 두고 조용한 전쟁을 벌이고 있는 셈이다. 플라이크는 헤세의 대변인 역할을 하면서, 유일하게 한스의 죽음을 술로 인한 사고사가 아니라 자살이라고 해석한다. 한스를 자살로 몰아간 것은 그의 어린 시절과 자유를 빼앗아 간 교사들과 아버지의 공명심이라고 지적한다. 책에서는 한스의 죽음이 자살이라고 분명하게 언급되지는 않는다. 만약 한스가 스스로 목숨을 끊었다면 교장과 교사들, 아버지, 마지막으로 에마도 그것에 기여했다고 볼 수 있다. 그들은 모두 한스의 문제를 자신들의 시각에서만 바라봤고, 한스 스스로가 자기 삶을 결정할 수 있다고는 생각하지 않았다.

익사의 모티프는 소설에서 여러 번 암시되고 있다. 먼저 한스의 동료 힌두가 수도원 근처의 조그만 호수에서 얼음이 깨지는 바람에 익사하고 만다. 또한 한스는 신학교에서 수업을 받는 도중 두 번이나 배에서 내리는 예수의 환영을 보는데, 두 번째 환영에선 예수가 오라고 손짓하는 것 같아 직접 그에게 달려가려고 한다. 이것 역시 익사의 모티프라고 할 수 있다. 교장과 교사, 아버지는 그런 환영을 보는 한스를 억지로라도 다시 올바른 길로 되돌리려 한다. 즉 한스는 실제로 익사하기 오래전에 이미 정신적으로 익사 상태에 있었던 것이다. 이렇듯 소설 구성으로 볼 때 한스의 익사는 어쩌면 필연적인 것이라 할 수 있다.

한스 기벤라트는 마울브론 신학교에서 헤르만 하일너를 만남으로써 자신의 억압된 자아를 발산하는 경험을 하게 된다. 틀에 박힌 진부한 생각을 거부하고 자신의 길을 가는 하일너는 마울브론 체제의 낙인이 찍히기를 거부하는 야생마 같은 소년이다. 그는 니체가 말하는 '초인Übermensch'의 한 유형이고, 쇼펜하우어가 말하는 독자적으로 사고하는 인간이다. 이름과 성의 이니셜이 헤르만 헤세와 똑같이 H. H.인 이 학생은, 헤르만 헤세의 분신이다. 시를 쓰는 그는 문학을 좋아하고 학교 제도에 비판적이며 예민한 감수성을 지녔다. 그리고 헤세와 마찬가지로 동성애적 성향을 드러내기도 하고, 신학교를 탈주하는 사건을 벌여 학교에서 쫓겨난다. 아울러 한스 기벤라트도 여러 가지 면에서 헤세의 분신이라고 할 만한 여러 특징을 지니고 있다. 헤세와 한스 둘 다 라틴어 학교를 다니다가 주 시험에 합격하여 신학교에 들어간다. 그리고 신학교에서 쫓겨나 자살을 기도하기도 하고, 공장에서 견습공으로 일하기도 한다. 첫사랑과도 같은 우정 이상의 감정을 나누었던 하일너와 기벤라트는, 헤세의 분열된 자아라고 볼 수 있다.

이 소설에서 헤세는 자신의 경험을 되새기며 창의적이고 재능 있는 아이를 파멸시키는 첩경이 무엇인지 가장 효과적으로 보여준다. 이 책의 주인공은 규범과 명령, 의무와 과중한 학습에 질식해 버리고 만다. 그런 것들은 젊은이의 원초적인 건강한 생명력을 말살해 버리는 것이다. 그리하여 생명력이 억압되고 위축된 젊은이는 급기야 문제아가 되어 학교와 사회에서 낙오하고 만다. 마울브론 신학교는 정신을 산란하게 하는 고향 마을과 가족으로부터, 활동적인 생활을 할 때 접하게 되는 유해한 환경으로부터 젊은이들을 떼어 놓으려고만 한다. 이런 1900년경의 독일 신학교의 교육철학을 비판하고 있는 사람이 바로 구두장이 플라이크와 소년 시인 하일너. 하지만 선생님들이 볼 때 하일너 같은 천재는 자신들에게 존경심을 보이지 않는 골치 아픈 존재이고 하나의 전율이다.

하일너는 동료 학생들이 지루한 위선자들이라고, 히브리어 철자보다 더 고상한 건 알지 못한다고 비판한다. 그는 그 점에선 한스도 마찬가지라고 힐난한다. 하일너는 한스가 갖고 있는 단순한 걱정이나 욕망은 없고, 자기 자신의 생각과 언어를 지니고 있다. 그는 보다 따뜻하고 자유로운 삶을 살고, 오래된 기둥과 담벼락의 아름다움을 이해하고 있다. 또한 자신의 영혼을 시구에 반영해서, 허구적인 삶을 만들어 내는 독특한 비법을 터득하고 있다. 한스에게는 이런 점이 경탄의 대상이다.

헤세의 이 소설은 획일화된 교육 현실, 학생들을 규칙과 틀에 맞추려 하는 우리 교육의 문제점을 떠올리게 한다. 아이들이 규칙과 지식만을 강요하는 주입식 교육제도에서 고통받고 좌절하며 희생되는 게 지금 우리의 교육 현실이 아닌가.

소설에서 여러 가지의 바퀴가 번번이 등장한다. 한스는 어린 시절 물레방아 만드는 것을 좋아했지만, 아버지는 그것을 유치한 짓이라며 못하게 한다. 라틴어 학교 교장도 바퀴 이야기를 한다. 그는 한스에게 "아무튼 지쳐서 힘이 빠지지 않도록 해라. 그러다간 수레바퀴 밑에 깔릴지도 모르거든"이라고 말하지만, 바로 교장 자신이 한스를 짓누르는 수레바퀴의 한 부분이라 할 수 있다. 한스는 에마를 알게 되면서 자신이 수레바퀴에 살짝 스친 민달팽이 같다고 여긴다. 한스가 견습공으로 일할 때도 톱니바퀴가 나온다. 이렇듯 책 전체에 등장하는 바퀴는 부정적이고 억압적인 것을 상징하고 있다. '수레바퀴 밑에'라는 책 제목 역시 상징적인 의미를 지닌 것으로 볼 수 있다. 한스는 결국 수레바퀴 밑에 깔리는 신세가 된 것이다. 한스에게 필요했던 건 아버지와 교장, 선생님들의 압박이 아니라 그들의 따뜻한 사랑과 관심이었다. 만약 누군가가 한스를 진정으로 이해하고 배려하며 조언해 주었더라면, 한스는 그처럼 안타까운 죽음을 맞이하지 않았을지도 모른다.

1877   7월 2일 독일 남부 뷔르템베르크 주의 소도시 칼프에서 선
         교사로 훗날 칼프 출판협회장이 된 요하네스 헤세와 그의
         부인 마리 군데르트 사이에서 장남으로 태어남. 외할아버지
         혜르만 군데르트는 인도학 학자로 유명한 선교사. 인도에서
         선교사로 활동하던 아버지는 건강상의 문제로 귀국하여 고
         향에서 헤르만 군데르트 목사의 기독교 서적 출판 사업을
         돕다가 그의 딸과 결혼함. 마리 군데르트의 첫 남편인 찰스
         아이젠버그는 영국 출신의 선교사였는데 그가 세상을 떠나
         자 32세의 나이에 요하네스 헤세와 재혼해 헤르만 외에 아
         델레, 파울, 게르트루트, 마리, 한스를 낳음.

1881-86 부모와 함께 스위스 바젤로 이주. 아버지는 바젤 선교단에
         서 교사로 활동하며 1883년에 스위스 국적을 취득.

1886–89   가족이 다시 고향 칼프로 돌아와, 헤세는 그곳에서 실업학교
           에 입학.

1890–91   괴핑겐의 라틴어 학교에 입학하여, 신학교에 입학할 수 있는
           뷔르템베르크 주 시험 준비. 시험 자격 취득을 위해 부모는
           헤르만 혼자 스위스 시민권을 포기하고 뷔르템베르크 주 정
           부의 시민권을 취득하게 함.

1891   6월에 뷔르템베르크 주 시험에 합격. 그해 9월에 케플러, 횔
           덜린을 배출한 유명한 마울브론 신학교에 입학해 6개월간
           다님.

1892   3월 7일에 마울브론 신학교를 도망쳐 나옴. '시인이 되거나
           아니면 아무것도 되고 싶지 않았기에' 자유로운 생활을 하려
           고 함. 바트 볼에 있는 블룸하르트 목사의 병원에서 치료. 6
           월에 짝사랑으로 인한 자살 기도. 슈테텐의 정신병원에서 약
           3개월간 입원 요양.

1892–93   슈투트가르트 근교에 있는 바트 칸슈타트 김나지움(인문중
           고등학교)에 1년간 다님. 중등학교 자격시험을 치른 후 학업
           중단. 에슬링겐에서 서점 견습사원으로 근무하지만 3일 후
           에 그만둠. 그 후 아버지의 조수로 일함.

1894–95	고향 칼프의 페로트 탑시계 공장에서 15개월간 견습공 생활.
1895–98	튀빙겐의 헤켄하우어 서점에서 판매원 및 서적 분류 조수로 일함.
1898	소설을 쓰기 시작함. 습작소설 『고슴도치*Schweingel*』를 썼으나 원고를 분실함. 처녀 시집 『낭만적인 노래*Romantishe Lieder*』 발표.
1899	9월에 스위스 바젤로 이주하여 1901년까지 라이히 서점에서 서적 분류 조수로 근무. 산문집 『한밤중 뒤의 한 시간*Eine Stunde hinter Mitternacht*』 출간.
1900	〈스위스 일반신문〉에 여러 가지 기사와 서평을 쓰기 시작함.
1901	3월부터 5월까지 첫 번째 이탈리아 여행. 피렌체, 제노바, 라베나, 피사, 베네치아 등지를 돌아봄. 8월부터 1903년 봄까지 바젤의 바텐빌 고서점에서 판매원으로 근무. 가을에 『헤르만 라우셔의 유작과 시*Hinterlassene Schriften und Gedichte von Hermann Lauscher*』를 바젤의 라이히 서점에서 간행.
1902	베를린의 그로테 출판사에서 시집 『시들*Gedichte*』 출간. 이 시

집은 출간 직전 사망한 그의 어머니에게 헌정됨.

1903   서적 관계 일로 두 번째 이탈리아 여행을 하여 피렌체와 베
네치아를 둘러봄. 서점 점원 생활을 청산하고 집필에만 전념
함. 그 후 베를린 피셔 출판사로부터 작품 집필을 의뢰받고
소설 『페터 카멘친트_Peter Camenzind_』를 탈고함.

1904   『페터 카멘친트』를 피셔 서점에서 출간하여 신진 작가의 지
위를 확보함. 이 작품으로 빈 농민상을 수상. 8월에 아홉 살
연상인 마리아 베르누이와 결혼하여, 9월에 보덴 호수 근교
의 작은 마을 가이엔호펜으로 이주. 자유작가로 생활하며
여러 신문과 잡지에 기고. 소설 『보카치오_Boccaccio_』와 『아시
시의 프란체스코_Franz von Assisi_』 출간.

1904–12 자유작가 생활을 하며 〈짐플리치시무스Simplicissimus〉, 〈라인
렌더Rheinländer〉, 〈노이에 룬트샤우Neue Rundschau〉지의 동인
으로 활동.

1905   12월에 첫 아들 브루노 출생. 오스트리아의 문학상 바우어
른펠트 상 수상.

1906   소설 『수레바퀴 밑에_Unterm Rad_』를 피셔 출판사에서 출간. 빌

헬름 2세의 권위에 노골적으로 도전하는 진보적인 주간지 〈3월März〉 창간에 참여하여 1912년까지 공동 편집자로 활동함.

1907　중단편집 『이 세상Diesseits』 출간. 가이엔호펜에 자신의 집을 짓고 이사함.

1908　중단편집 『이웃 사람들Nachbarn』 출간.

1909　3월에 차남 하이너 출생. 취리히, 독일, 오스트리아로 강연 여행.

1910　뮌헨의 랑겐 출판사에서 소설 『게르트루트Gertrud』 출간.

1911　7월에 셋째 아들 마르틴 출생. 시집 『여행 중에Unterwegs』 출간. 9월부터 12월까지 친구인 화가 한스 슈투르체네거와 함께 인도 및 동남아시아 여행. 가정생활의 파탄을 타개하기 위해 연말에 귀국함.

1912　단편집 『우회로Umwege』 출간. 가족들과 함께 스위스의 베른 교외에 있는 세상을 떠난 친구인 화가 알베르트 벨티의 집으로 이사.

1913   인도 여행 경험을 바탕으로 펴셔 출판사에서 『인도에서. 인
도 여행으로부터의 스케치*Aus Indien, Aufzeichnungen von einer
indischen Reise*』출간.

1914   결혼 문제를 주제로 한 소설 『로스할데*Roshalde*』출간. 스
위스 국적을 신청했으나 거부당함. 7월에 제1차 세계대전
이 일어나 자원 입대하려 했지만 시력 때문에 복무 부적
격 판정을 받음. 1915년부터 1919년까지 베른 주재 독일공
사관에 설치된 '독일 전쟁 포로 후생 사업소'에서 일하며
전쟁 포로와 억류자들을 위한 〈독일 억류자 신문*Deutschen
Interniertenzeitung*〉의 공동 발행인, 〈독일 전쟁 포로를 위한
책*Bücherei für deutsche Kriegsgefangene*〉, 〈독일 전쟁 포로를 위
한 일요일 전령*Sonntagsbote für deutsche Kriegsgefangene*〉의 발
행인을 맡음. 전쟁 중에 전쟁을 비판하는 글을 신문에 발표
하여 독일 국민의 반감을 샀으며, 또한 독일 저널리즘에서도
배척당함. 자신의 출판사를 만들어 1918년에서 1919년까지
스물두 권의 소책자를 펴냄.

1914–19 수많은 반전 내용의 정치 논평과 논문, 경고 호소문, 공개서
한 등을 독일, 스위스, 오스트리아 신문 잡지들에 발표.

1915   단편집 『길가에서*Am Weg*』와 소설 『크눌프. 크눌프 삶의 세

가지 이야기*Knulp. Drei Geschichten aus dem Leben Knulps*』 발표. 신작 시집 『고독한 자의 음악*Musik des Einsamen*』 출간.

1916 3월 부친 요하네스 헤세 사망. 부인 마리아의 정신분열증 시작과 막내아들 마르틴의 발병으로 인해 자신도 심한 신경쇠약에 시달리게 되어, 루체른 근처 존마트의 요양소에서 심리학자 C. G. 융의 제자인 랑 박사로부터 정신요법 치료를 수십 회 받음. 『청춘은 아름다워라*Schön ist die Jugend*』 출간.

1917 시대 비판적 출판을 금지하라는 경고를 받고 에밀 싱클레어라는 가명으로 신문과 잡지를 출간함.

1919 정치적 팸플릿 『차라투스트라의 귀환. 어느 독일인이 독일 젊은이들에게 보내는 한마디 말*Zarathustras Wiederkehr. Ein Wort an die deutsche Jugend von einem Deutschen*』을 익명으로 발표했다가 이듬해 베를린에서 실명 출간. 『데미안. 어떤 청춘의 이야기 *Demian. Die Geschichte einer Jugend*』를 '에밀 싱클레어'라는 이름으로 발표하여 호평을 받았으며, 신인으로 오해되어 폰타네상이 수여되었으나 이를 사양하고 9판부터 저자의 이름을 헤세로 밝힘. 이 외에 『작은 정원*Kleiner Garten*』, 『환상동화집 *Märchen*』 출간. 4월에 베른을 떠나 가족과 떨어져 테신 주의 중심 도시 루가노 근교의 어느 농가와 조렌고의 어느 숙소

에 머무르다가, 5월 11일 몬타뇰라로 이사해 카무치 별장에서 1931년까지 거주. 본격적으로 수채화를 그리기 시작.

1919–22   R. 볼테레크와 공동으로 월간지 〈생명의 절규*Vivos voco*〉를 발간.

1920   색채 소묘를 곁들인 열 편의 시가 수록된 시집 『화가의 시 *Gedichte des Malers*』와 『혼돈을 들여다봄*Blick ins Chaos*』이라는 제목의 도스토예프스키에 대한 에세이 출간. 수채화를 곁들인 여행 소설 『방랑*Wanderung*』, 세 편의 단편을 모은 『클링조어의 마지막 여름*Klingsors letzter Sommer*』 출간. 후고 발 부부와 가깝게 지냄.

1921   『시선집*Ausgewahlte Gedichte*』 출간. 창작의 위기. 취리히 근방의 퀴스나흐트에서 C. G. 융의 정신분석을 받음. 『테신에서 그린 수채화 열한 점*Elf Aquarelle aus dem Tessin*』 출간.

1922   '인도의 시문학'이라는 부제가 붙은 소설 『싯다르타*Siddhartha*』 출간.

1923   산문집 『싱클레어의 비망록*Sinclairs Notizbuch*』 간행. 9월 4년 전부터 별거 중이던 첫 번째 부인 베르누이와 이혼. 취리히

근방의 바덴에서 요양을 시작하여, 1952년까지 매년 늦가을이면 이곳에 와 요양함.

1924 스위스 여류 작가 리자 뱅거의 딸인 루트 뱅거와 결혼. 스위스 국적 재취득.

1925 소설 『요양객Kurgast』 발표. 루트 뱅거에게 바치는 사랑의 동화 『픽토르의 변신Piktors Verwandlungen』을 친필로 써서 발표. 뮌헨, 울름, 아우구스부르크, 뉘른베르크 등지로 낭독 여행. 이해부터 베를린 피셔 출판사에서 단행본으로 된 『헤세 전집』을 출간하기 시작함. 뮌헨에서 토마스 만을 방문.

1926 독일 프로이센 예술원 문학 분과 국제위원으로 선출됨. 감상과 기행문집 『그림책Bilderbuch』을 출간. 여류 예술사가 니논 돌빈과 사귐.

1927 산문집 『뉘른베르크 여행Nürnberger Reise』과 히피들의 성서가 된 소설 『황야의 늑대Steppenwolf』 출간. 후고 발 출판사에 의해 헤세의 50회 생일 기념으로 그의 자서전 『헤르만 헤세. 그의 생애와 작품Hermann Hesse. Sein Leben und sein Werk』 출간됨. 두 번째 부인 루트 뱅거의 요청으로 합의 이혼.

1928   산문집 『관찰*Betrachtungen*』과 시집 『위기. 한 편의 일기*Krise. Ein Stück Tagebuch*』 출간. 빈 실러 재단의 메이스트리크 상 수상.

1929   시집 『밤의 위안*Trost in der Nacht*』과 산문 『세계 문학 총서*Eine Bibliothek der Weltliteratur*』 출간.

1930   소설 『나르치스와 골드문트*Narziß und Goldmund*』 출간. 단편집 『이 세상』의 증보판 출간. 프로이센 예술원 탈퇴.

1931   프랑스 귀화인으로 체르노비츠의 아우슬랜더 가 출신 예술사가 이자 역사학자인 니논 돌빈과 결혼. 친구인 한스 보드머가 임대 해 준 몬타뇰라의 카사 로사(일명 카사 헤세)로 이사해서 평생 그곳에서 거주. 『싯다르타』, 『어린이의 영혼』, 『클라인과 바그너』 그리고 『클링조어의 마지막 여름』을 한데 엮은 『내면으로의 길 *Weg nach innen*』 출간. 소설 『유리알 유희*Glasperlenspiel*』 집필 시작.

1932   산문집 『동방 순례*Die Morgenlandfahrt*』 간행.

1933   단편집 『작은 세계*Kleine Welt*』 출간. 나치즘과 유대인 박해에 반 대.

1934   스위스 작가협회 회원이 됨. 시 선집 『생명의 나무에서*Vom Baum*

des Lebens』 출간. 문학 계간지 〈노이에 룬트샤우Neue Rundschau〉에 『유리알 유희』 발표 시작. 페터 주어캄프가 피셔 출판사와 함께 〈노이에 룬트샤우〉지 인수.

1935 중단편집 『우화집*Fabulierbuch*』 출간. 동생 한스 자살.

1936 스위스 최고 권위의 문학상인 고트프리트 켈러 문학상 수상. 전원시집 『정원에서 보낸 시간*Stunden im Garten*』 출간.

1937 산문집 『기념첩*Gedenkblätter*』과 시집 『신시집*Neue Gedichte*』 그리고 『다리를 저는 소년*Der lahme Knabe*』 간행.

1939–45 제2차 세계대전 발발. 나치스의 탄압으로 헤세의 작품들은 몰수되고 출판이 금지되어 『수레바퀴 밑에』, 『황야의 늑대』, 『관찰』, 『나르치스와 골드문트』가 더 이상 인쇄되지 못함. 히틀러 집권 기간인 1933–1945년 사이 독일에는 총 20권의 헤세 저서가 나와 있었는데, 그 기간 동안 총 481권의 문고본밖에 팔리지 않음. 주어캄프와의 합의하에 단행본으로 된 『헤세 전집』을 취리히에 있는 프레츠 & 바스무트 출판사에서 계속 간행키로 함.

1942 최초의 시 전집 『시집*Gedichte*』이 스위스 취리히에서 출간됨.

1943   장편소설 『유리알 유희』를 발표.

1944   비밀경찰이 헤세 작품의 독일 출판업자 페터 주어캄프를 체포.

1945   시 선집 『꽃 핀 가지*Der Blütenzweig*』와 미완성 소설 『베르톨트 *Berthold*』 그리고 새로운 단편과 동화를 모은 『꿈길*Traumfährte*』 출간. 제2차 세계대전이 끝난 후 규칙적으로 실스 마리아에서 여름을 보냄.

1946   정치적 평론집 『전쟁과 평화. 1914년 이후의 전쟁과 정치에 대한 수상집*Krieg und Frieden. Betrachtungen zu Krieg und Politik seit dem Jahr 1914*』 출간. 헤세의 작품이 다시 독일의 주어캄프 출판사에서 간행됨. 프랑크푸르트 시의 괴테 상 수상. 노벨 문학상 수상.

1947   베른 대학의 철학부에서 명예 문학박사 학위를 받음. 고향 칼프 시의 명예시민이 됨.

1950   브라운슈바이크 시의 빌헬름 라베 상 수상.

1951   『후기 산문*Späte Prosa*』과 『서간집*Briefe*』 출간.

1952   독일과 스위스에서 헤세의 탄생 75주년 기념행사가 열림. 주어캄

프 출판사에서 『헤세 문학 전집*Gesammelte Dichtungen*』 전 6권 출간.

1954   산문집 『픽토르의 변신*Piktors Verwandlungen*』, 롤랑과 주고받은 편
지를 모은 『헤르만 헤세와 로맹 롤랑의 서한집*Briefwechsel. Hermann
Hesse - Romain Rolland*』 간행.

1955   독일 출판협회의 평화상 수상. 니논에게 헌정된 후기 산문집 『주
문*Beschwörungen*』 출간.

1956   바텐 뷔르템베르크 지방의 독일 예술 후원회가 헤르만 헤세 문학
상을 위한 재단 설립.

1957   탄생 80회 기념사업으로 이미 간행된 『헤세 전집』을 증보하여
『헤세 전집*Gesammelte Schriften*』 전7권 출간. 마르틴 부버가 슈트트
가르트에서 '헤르만 헤세의 정신에 대한 봉사'라는 제목으로 축
사를 함.

1961   시 선집 『단계*Stufen*』 출간.

1962   몬타뇰라의 명예시민이 됨. 바이블러가 쓴 헤세 전기 『헤르
만 헤세. 한 편의 전기*Hermann Hesse. Eine Bibliographie*』 간행. 8월
9일 85세를 일기로 몬타뇰라에서 뇌출혈로 세상을 떠남. 이틀 후

성 아본디오 묘지에 안장됨.

1963 『후기 시집*Die späten Gedichte*』 인젤 출판사에서 출간.

1964 바이마르의 실러 박물관에 '헤르만 헤세 문헌 기록 보관소'가 설
치됨.

1965 니논 헤세가 『유작 산문집*Prosa aus dem Nachlaß*』 출간.

1966 니논 헤세가 작가의 서간문과 여러 가지 생에 관한 기록을
바탕으로 1877년부터 1895년까지의 생애를 내용으로 하는
『1900년 이전의 유년 시절과 청소년 시절*Kindheit und Jugend vor
Neunzehnhundert*』을 펴냄. 9월 헤세의 부인 니논 돌빈 71세로 사망.

수레바퀴 밑에

초판 1쇄 펴낸날 2013년 1월 31일

지은이 헤르만 헤세
옮긴이 홍성광
펴낸이 양숙진

펴낸곳 (주)현대문학
등록번호 제1-452호
주소 137-905 서울시 서초구 잠원동 41-10
전화 02-2017-0280
팩스 02-516-5433
홈페이지 www.hdmh.co.kr

ISBN 978-89-7275-624-8 04850
세트 978-89-7275-622-4

* 책값은 뒤표지에 있습니다.